늑대와 향신료의 새로운 이야기

늑대와 양피지

III

하세쿠라 이스나 지음
아야쿠라 쥬우 일러스트
박소영 옮김

"어휴 참…."

"에헤헤."

뮤리는 그렇게 말한 뒤 커다란 온수 대야로 돌아가 앉는다.

소매를 걷고, 물에 비누를 담가,

거품을 내어 뮤리의 머리털을 감기기 시작했다.

장시간 바닷바람을 쐬어 그런지

보들보들했던 머리털이 그야말로

늑대의 털가죽처럼 되어 있다.

늑대와 행상인의 딸
뮤리

성직자를 지망하는 청년
콜

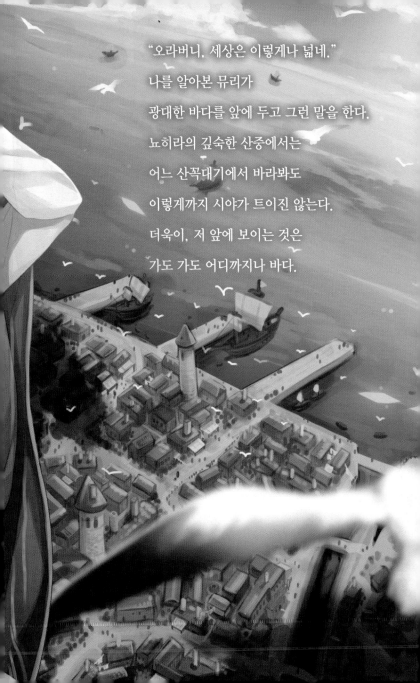

"오라버니, 세상은 이렇게나 넓네."

나를 알아본 뮤리가

광대한 바다를 앞에 두고 그런 말을 한다.

뇨히라의 깊숙한 산중에서는

어느 산꼭대기에서 바라봐도

이렇게까지 시야가 트이진 않는다.

더욱이, 저 앞에 보이는 것은

가도 가도 어디까지나 바다.

양 아가씨가 양모를 구매한다니,
상당히 평판 있는 중개인이겠다.
그런 생각이 얼굴에 드러났는지,
아가씨는 나이에 걸맞은,
혹은 겉모습에 걸맞은
앳된 웃음을 지었다.

"저는 일레니아
지젤이라고 합니다.
멀고도 먼
푸른 바다의
나라에서
나고 자랐습니다.
먼 나라의 상회에서
일하며 평소에는
이 나라에서 양모를
중개하는 일을
하고 있습니다."

양의 뿔을 가진 여상인
일레니아 지젤

CONTENTS

늑대와 향신료의 새로운 이야기

늑대와 양피지

III

eXtreme novel

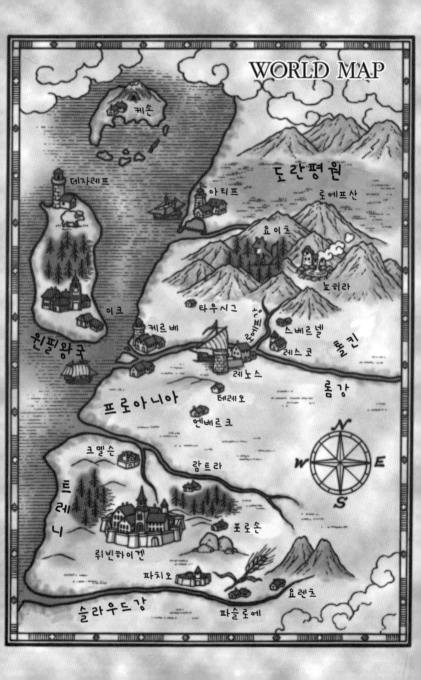

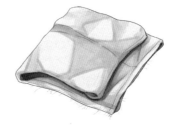

문득 정신이 들자 입가에 침이 흐르고 있다. 생각에 잠겨 있다가 깜박 졸았나 보다. 황급히 입을 닦고 자신의 해이함에 미간을 찌푸렸다.

배는 요람 같고 무릎 위는 따스하니, 금세 졸음에 지고 만다.

눈을 비비며 하품을 하자 내 무릎을 베고 잠든 소녀, 뮤리가 불만스레 몸을 뒤튼다. 나이 열두엇, 이르면 시집도 갈 나이다. 타고 나길 왈가닥이라 혼인 이야기가 나오면 한바탕 난리가 날 것이다 싶어 늘 마음을 굳게 먹고 있었건만, 상황은 상상치도 못한 전개를 맞았다.

뮤리는 오래도록 신세를 진 온천장 주인댁의 딸로, 태어날 때부터 내가 뒤치다꺼리를 해 왔다. 다행히 뮤리도 나를 잘 따르는데, 오라버니 오라버니 해 대는 게 다소 갑갑할 정도다.

그런 뮤리가 내게 연심을 품고 있다는 것을 얼마 전에야 알았다. 이맘때 소녀가 품음직한 착각, 이라고 치부할 수도 없는 노릇인데, 그게 어느 정도의 마음인지는 열흘쯤 전 해적들이 근거지로 삼고 있다는 북방 도서지역에서 그 지역 문제에 휘말렸다가 알게 되었다.

나는 윈필 왕국과 교회 사이의 싸움에 관련해 북방 도서지역의 신앙이 혹시 이단은 아닌지를 조사하러 갔었다. 그곳에서 나는 기도만으로는 해결할 도리 없는 빈곤한 현실을 접했고 가혹한 삶의 진실을 알았다.

게다가 목숨만 겨우 부지하는 그 지역에 남방의 대상회와 교회가 파견한 대주교가 사악한 계획과 황금을 들고 나타났다. 그 계획을 격퇴해 낸 것은 거의 운이라 해도 될 터인데, 굳이 누구의 노력 덕인지를 따지자면 그것은 다름 아닌 뮤리다.

그야말로 신앙에 가까운, 나를 향한 뮤리의 호의 덕분이었다.

시커먼 극한의 바다에 떨어져 죽음을 각오한 순간, 뮤리는 주저 없이 나를 따라 바다로 뛰어들었다. 사랑을 맹세한 연인 사이일지라도, 그렇게까지 할 수 있는 사람이 몇이나 되겠는가.

그런 무모함과 단호함에 어이없어하면서도, 그만한 마음을 보여 주었으니 소녀의 앳된 착각이라고는 더는 말할 수 없다.

그리고 내가 성직자가 되고자 금욕의 맹세를 했다든가, 여동생 같아서 연심에 응답할 수 없다든가 하는 주장은 뮤리에게 아무런 의미가 없다는 것도 은연중에 이해했다.

무릎 위에서 칭얼대는 뮤리의 머리를 쓰다듬자 재에 은가루를 섞은 듯 신비한 배합의 머리카락과 같은 색을 띤 세모꼴 모피가 쫑긋쫑긋한다. 이것은 짐승의 귀, 늑대의 귀다. 뮤리의 어머니는 현랑 호로라 불리는, 보리에 깃든 늑대의 화신이다. 숲의 사냥꾼인 늑대가 목숨 걸고 사냥감을 점찍었는데 도망칠 길이 있겠는가.

신의 어린양으로서의 본능이 논리로는 설명할 수 없는 곳에서 그런 목소리를 낸다.

그러나 그와 동시에, 논리를 따질 것 없이 뮤리는 내 여동생이다.

　아비가 딸과, 오라비가 여동생과 맺어지다니, 신이 허락하실 리가 없다.

　어떻게든 뮤리가 그 점을 이해하기 바랐으나 잘되지 않았다.

　하지만 무릎을 베고 편안히 잠든 모습을 보니 피식 쓴웃음이 난다.

　골치 아픈 문제는 있으나, 적어도 지금은 온화한 시간이 흐르고 있으니.

　바라건대 앞으로도 이런 시간이 이어지기를.

　그렇게 기도하고 뮤리의 머리를 쓰다듬으며 다시 눈을 감았다.

늑대와 양피지

제 1 막

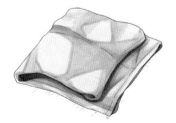

"**오**라버니! 일어나!"

뮤리가 외치는 소리에 눈을 떴다.

무슨 일인가 하여 주위를 둘러보자, 여전히 배 안이고, 게다가 캄캄했다.

항구에 도착했나? 하지만 야간항해는 어지간해서는 하지 않을 텐데? 라는 생각에 어리둥절해하는데, 그러자마자 배가 구덩이에 떨어졌다.

아니, 그렇게 느껴질 만큼의 부유감이 있고 난 후, 쿵 충격이 일더니, 이번에는 바닥이 맹렬히 솟구친다.

"뭐든 잡아!"

선원이 고함치고, 배는 재차 깊은 구덩이로 떨어져 내린다. 바닥이 기우뚱하고, 선적된 나무상자며 포대 더미가 일제히 굴러간다. 다행히 대부분 속은 비었으나 그래도 정통으로 맞았다가는 크게 다칠 수 있다.

서 있기도 여의치 않은 것은 배가 흔들려서라기보다 무슨 일이 벌어진 것인지 몰라서 동요한 탓이다. 반사적으로 뮤리의 어깨를 끌어안고 안전한 곳을 찾았으나 독 안에 든 쥐 못지않은 선적물 탓에 도망칠 곳이라곤 위뿐이었다.

어둠 속에서 크게 비틀대며 가까스로 사다리에 다다라 뮤리를 먼저 올려 보낸다.

산골 태생의 왈가닥 소녀는 탈 없이 사다리를 올랐다. 오히려 책만 읽은 내가 도움을 받고서야 간신히 갑판 위로 나선 순간, 사정없이 몰아친 바람과 비에 휩쓸렸다.

"더 꽉 묶어!"

"키에 한 명 더 붙어! 절대 놓지 마라! 서쪽으로 흘렀다간 외해로 내몰린다!"

갑판 위는 지옥이 따로 없었다.

맹렬한 비는 폭포수 밑으로 배가 끌려 들어간 것처럼 퍼붓고, 하늘은 석탄처럼 시커먼 구름이 뒤덮었다. 번개가 쉴 새 없이 암흑 세계를 비춰 구름의 불길한 굴곡까지 뚜렷이 보인다.

넋을 놓고 멍하니 서 있자 돛에 매달린 누군가가 이쪽을 향해 고함을 질렀다.

하지만 천둥소리에 묻혀 무슨 소리인지 도통 알아들을 수가 없다.

직후, 뱃전을 넘어 격류가 덮쳐들었다.

갑판으로 밀려든 파도가 무릎이 꺾인 게 아닌가 싶을 만한 기세로 발밑을 쓸고 나간다. 물 덩어리도 바윗덩어리 못지않다. 저항할 새도 없이 뮤리와 더불어 반대편 뱃전까지 떠밀렸다.

등짝을 얻어맞고 이어서 몸이 붕 뜨는가 싶더니, 폭포가 발밑에서 정수리를 향해 쏟아지고, 종래에는 바닥에 얼굴이 처박혔다.

사태에 전혀 대응할 수가 없다.

기침을 터뜨리고 있자 누군가가 귓전에 대고 외친다.

"오라버니, 일어서!"

뮤리의 음성에 눈을 뜬다. 흠뻑 젖은 뮤리가 내 오른손을 양손으로 잡고 있었다.

"밧줄을 붙들어!"

누군가의 음성에 뮤리가 황급히 주위를 둘러보았다. 이번에는 내가 움직여 옆에 있는 밧줄로 손을 뻗는다. 그와 동시에 뮤리가 잡고 있는 오른손을 당기고, 옆구리와 가슴을 이용해 가녀린 몸을 힘껏 끌어안았다.

그 직후에 뱃머리가 깊이 가라앉고, 짜디짠 격류가 몸 위를 훑고 간다. 추위를 느낄 여유조차 없다. 눈앞이 아찔한 번개에 뒤이은 천둥소리도 갑판을 휩쓰는 바닷물 소리에 묻힌다.

이제야 비로소 배가 어떤 상황인지 파악했다.

폭풍 한복판에 휘말려 나뭇잎 배 꼴이 나 있다.

"괜찮아요?"

품 안의 뮤리에게 묻자, 흠뻑 젖은 새끼고양이 같은 뮤리가 기침을 하면서도 고개를 끄덕였다.

"오라버니, 야말로… 바다에 떨어지지 마! 또 뛰어들긴 싫으니까!"

얄미운 소리에 웃고는, 파도에 씻긴 단정한 이마에 입을 맞췄다.

"무사하십니까? 콜 님, 뮤리 님!"

우리를 부르며 한 인물이 배가 크게 흔들리는 와중에서도 민첩하게 이쪽으로 달려온다.

통처럼 둥근, 데바우 상회의 상인인 요제프다.

"신의 뜻으로 그럭저럭이요."

그렇게 대답하자 요제프는 다시 덮쳐든 파도로부터 우리를 보호하듯 몸으로 막았다가 물이 빠지자 말했다.

"여기는 위험합니다! 두 분은 밑으로 내려가세요!"

하지만 선원들은 전원이 배를 움직이느라 미친 듯이 죽을힘을 다하고 있다.

뭔가 도울 일이 없겠느냐고 물으려던 순간.

"밑에 내려가서, 안에 있는 물을 견습선원들과 함께 퍼내 주세요! 그리고 물을 담아 추로 쓰고 있던 통은 비우고 여러 개를 모아서 밧줄로 단단히 묶어 주세요! 만에 하나 선체 바닥에 구멍이 뚫리더라도 그게 꽤 부력에 도움이 될 겁니다! 여차하는 때는 거기에 매달려 신께 기도드리는 겁니다!"

다행히도 해야 할 일은 많은가 보다.

"우리는 배가 외해로 떠내려가지 않게끔 막겠습니다! 다음 파도가 지나가면 뛰세요!"

배가 가라앉고, 번개에 비쳐 절벽 같은 파도의 능선이 아득히 머리 위로 보였다.

직후, 바닥에 눌려 붙을 정도의 기세로 배가 치솟는가 싶더니, 도중에 바닷물이 갑판을 확 쓸어 냈다.

"자, 지금!"

얼굴을 닦을 새도 없이 뮤리의 팔을 껴안다시피 하여 갑판을 나아간다.

뮤리는 배의 짐칸 입구를 잡더니 사다리도 쓰지 않고 훌쩍 뛰어내렸다.

물론 나는 그렇게는 못 하니 사다리를 타고 내려가는 도중에 머리 위로 파도를 뒤집어썼고, 끝내 발이 미끄러져 바닥에 나동그라졌다.

"오라버니는 내가 없으면 진짜 안 되는구나!"

뮤리가 웃으면서 그랬지만, 맞는 말이다. 그리고 지금은 뮤리가 곁에 있기에 나도 버틸 수 있다. 뮤리의 손을 잡고 일어나 요제프가 시킨 일을 하기 시작했다.

선체가 기우뚱할 때마다 말 안 듣는 소처럼 선적물들이 날뛴다. 미덥지 않다거나 멍청하다는 소리를 듣고 있지만 온천장에서는 나름 힘쓰는 일도 해냈다. 어떻게든 버텨서 통을 붙들고 있는 사이, 뮤리가 물어뜯다시피 하여 마개를 뽑아낸다. 그 후엔 파도가 굴리는 대로 두면, 절로 뒹굴면서 속이 비워질 것이다.

그러는 사이 이미 속이 빈 통을, 온갖 것이 이리 범벅 저리 범벅 밀리고 쏠리는 와중에 기를 쓰고 붙들어 뮤리가 찾아온 삼베 밧줄로 세 개씩 모아 묶는다.

옆에서는 짐칸보다 더 내려간 아래층에서 견습선원들과 승객들이 물이 가득 찬 나무통을 손에서 손으로 옮겨 와 벽에 난 창으로 버린다. 버리는 것보다 들어오는 물이 더 많아 보이기도 하지만, 아무것도 하지 않았다가는 배가 침몰한다. 못난 소리를 하는 이는 아무도 없었다.

통 모으는 작업이 끝나자 우리도 물 버리는 작업에 가담했다. 나무통은 꽤 가벼워 보였건만, 엄청난 착각이었음을 이내 깨달았다. 납덩이가 든 것 같은 통을 배가 뒤집히려 할 지경으로 흔들리는 가운데 내용물을 흘리지 않고 다음 견습선원에게 건네기가 쉽지 않다. 네 번을 실패한 뒤로는 맨 밑바닥으로 밀려 들어가 무릎까지 푹 빠진 상태에서 물을 푸게 되었다.

하지만 키가 크고, 온천탕 물을 무수히 빼 왔던 내게는 이쪽이 더 적성이었나 보다. 머리 위에서 내려오는 나무통을 받아 물을 푹 푼 뒤 들어 올린다. 통을 받아 내는 이는 이따금 번갯불에 윤곽이 보이는 뮤리다.

물이 든 통을 받고 빈 통을 내리는 호흡이 척척 맞아 단 한 번도 주춤대지 않았다. 배 밑바닥엔 끊임없이 파도가 부딪치고, 저 널판 한 장 너머는 죽음의 세계인데도 공포도 느끼지 않았다.

대체 얼마나 그러고 있었을까, 아무 생각 없이 그저 손만 자동으로 놀리는데 별안간 나무통이 바닥을 딱 쳤다. 그 충격에 정신이 들고 보니 어느 결에 물이 빠져 있다.

배는 여전히 흔들리고 있으나 천지가 뒤집힐 정도는 아니다. 산에서 이는 폭풍도 그렇지만 바다 폭풍도 변덕스러운가 보다. 최악의 상황은 면한 듯하다.

그런 생각이 들자마자, 약한 진동에도 서 있지 못하고 그 자리에 주저앉았다.

팔도 손도 곱아, 사다리에 간신히 기대는 게 고작이었다.

그때 누군가가 사다리를 타고 내려오고, 내 머리 위에 푹 젖은 털가죽이 덮였다. 털 길이로 그게 무엇인지 안다.

"오라버니, 괜찮아?"

내 머리를 훌쩍 넘어 배 바닥으로 내려간 뮤리가, 몸을 최대한 부르르 떨어 꼬리털의 물기를 털어 낸다.

그것만으로도 기진맥진했던 기력이 돌아왔다.

"괜, 찮아요. 그리고."

하며 더는 움직이지 못할 것 같던 팔을 뻗어 뮤리가 내민 손을 잡는다.

"뮤리가 무사하다면."

기쁘게 웃는 뮤리를 앞에 두고 오라버니로서의 존엄을 긁어모아 가까스로 일어섰다.

"자, 위로 올라갑시다. 여기 있다가는 감기 걸려요."

나무통으로 물을 퍼낼 만큼은 아니어도 배 밑바닥에는 여전히 차가운 바닷물이 남아 있다. 여기 앉아 있다가는 금세 몸이 냉해진다. 귀와 꼬리를 넣은 뮤리의 도움을 받아 가며 비척비척 사다리를 타고 짐칸으로 돌아간다.

어이없게도 짐칸에 난 창문 밖으로는 눈이 아릴 정도의 저녁 햇살이 들고 있었다.

그리고 바닥에는 지쳐 쓰러진 견습선원들과 승객들이 뭍에 튀어 올라온 물고기들처럼 널브러져 있고, 그런 그들을 넘어 다니며 요제프가 선장답게 인원수를 손가락으로 짚어 가며 세고 있다. 우리를 보더니 빙그레 웃고 무사함을 축하해 주었다. 현재로서는 바다로 내던져진 사람은 없는 듯하다면서.

폭풍에 떠밀려 진로가 대폭 어긋났지만, 잠시 후 인근 항구에 정박할 수 있다고 했다.

"재난이었네요."

벽에 기대어 신을 벗고 안에 든 물을 버리며 말했다. 옷도 쥐어짜니 물이 후드득 떨어진다. 저녁놀에 머리카락이 반짝반짝한 뮤리가 곁에 앉아 히죽 이를 드러내고 웃으며 이렇게 답했다.

"재난 아니야, 대모험이지."

이 소녀에게 걸리면 터무니없는 세상도 눈이 핑핑 도는 모험의 무대가 된다.

태양 같은 눈부심에 눈을 가늘게 떴다. 남은 긴장마저 풀린다.

"잠깐 잘게요."

"응."

물을 짜낸 상의를 덮어 주던 뮤리가 당연하다는 투로 그 속으로 함께 들어온다. 이어서 뺨에 붙은 내 머리카락을 손가락으로 떼어 주고는 부끄럼도 없이 입을 맞춘다.

주의를 줄 기력도 없는 내 상황을 간파한 범행이다.

"잘 자, 오라버니."

어휴 정말, 하면서도 상의가 뮤리 쪽으로 조금 더 가게 한 후 잠이 들었다.

결국 배는 예정 항로에서 상당히 서쪽으로 밀려 데자레프라는 항구도시에 닿았다고 한다. 전해 들은 말투인 것은, 축축한 배에서 자는 것이 오히려 더 피곤해 짐칸에 늘어져 있었기 때문이다. 대신 진작 기운을 차린 뮤리가 갑판으로 나가 선원들에게 이야기를 듣고 와 주었다.

"있잖아, 오라버니. 아주 큰 도시래."

"그래요? 하지만… 목적지에서는 상당히 멀어진 듯하네요."

섬나라인 윈필 왕국과 해협을 끼고 대륙 쪽 항구도시들을 포함한 바다 일대의 지도를 들여다보며 끄응 소리를 냈다. 데자레프라는 글자는 윈필 왕국 북쪽 꼭대기 언저리에 있다.

"우리가 가야 할 곳은, 아티프? 라는 항구 아니었어?"

옆에서 지도를 들여다보던 뮤리가 그런 소리를 한다.

우리의 목적지는 아티프가 아니라 라우즈번이라는 윈필 왕국의 항구도시다.

"금발이 거기로 오라고 한 것뿐이잖아? 안 가도 되는 거 아냐?"

그런 말을 천연덕스러운 얼굴로 한다.

뮤리가 말하는 '금발'은 윈필 왕가의 피를 이은 귀족 신분인 하이랜드를 말한다. 신심이 두텁고 용기와 지혜를 겸비한, 사람들을 이끄는 영주가 되기 위해 태어난 것 같은 훌륭한 인물임에도 뮤리는 하이랜드에게 영 박하다.

하이랜드에게 보내는 나의 경의를, 그것이 아닌 다른 무언가로 의심해서다.

하이랜드는 용감하고 아름다운 여성으로, 확실히 뮤리에게는 없는 매력을 겸비하고 있기는 하다.

"그럴 수는 없어요. 굳이 장소를 지정한 것은 무슨 움직임이 있어서일 테니."

북방의 섬에서 일어난 일련의 사건에 관해서는, 우리가 움직이기 일주일쯤 앞서 빠른 배편을 통해 편지로 전했다.

케손 항에 있던 우리에게 답장이 온 것이 이틀쯤 전으로, 그것을 받자마자 섬을 나섰다.

"흐음. 뭐, 어쨌든 좋아. 새로운 도시에 갈 수 있는 건 즐거우니까."

산속 깊숙한 뇨히라 마을에서 뮤리는 온천장에 온 손님들을 졸라 어디에서 왔는지 지도를 그려 받곤 했다. 그런 의미에서는 지루하진 않겠지.

"그런데 오라버니가 옛날에 갔었다는 데는 어디야?"

"거기는요, 라우즈번에서 한참 남쪽으로 내려간….'

하며 지도를 들고 이야기를 한 지 얼마 되지 않아, 배가 데자레프 항에 다다랐다.

항구의 번화함은 갑판에 나서기 전부터 짐칸에 들리는 바닷새의 울음으로 알 수 있다. 뮤리의 재촉에 갑판으로 나서자 아티프보다 더 번화한 시가지가 보였다. 이 나라 내에서도 굴지의 무역항이라니, 최소한 따뜻한 밥은 먹을 수 있을 테고 축축한 배 안에서 밤을 보내지 않아도 되겠다.

서서히 항구로 다가가는 배의 갑판 위에서 보니, 무수한 배들이 흠뻑 젖어 저녁놀을 받아 반짝이고 있다. 활대가 기울어져 있거나 부러진 돛 밑에 선원들이 쭈그려 앉아 있는 배도 있다. 적지 않은 배가 아까 그 폭풍을 만나 이 항구로 피해 왔거나 떠밀려 온 모양이다.

검은 성모를 숭배하는 해적들의 근거지라는 북방 도서지역에서 우리를 태워다 준 요제프의 배는 개중 잘 헤쳐 나온 축인가 보다.

그 이야기를 하자, 북방 지역의 선원들이었으면 애당초 폭풍을 멀찌감치에서 알아채고 피했을 거란다.

윈필 왕국과 교회가 대립해 조만간 바다를 둘러싸고 전쟁이 벌어질지 모르는 상황에서 북방의 그런 뱃사람들을 아군으로 만든 것은 기대 이상의 성과다.

이것도 다 뮤리의 덕이다 싶어 곁에 선 소녀를 돌아본 순간.

항구를 바라보고 있던 뮤리가 내 손을 아프도록 꽉 잡았다.

내 생각이 전해졌나 하여 놀랐다.

"왜요?"

그러기는커녕, 눈이 휘둥그레진 뮤리가 울 것 같은 얼굴로 이런다.

"양 냄새가 나!"

그러자마자 배 속에서 꾸르륵 소리가 크게 울렸다.

긴장감이라고는 없는 모습에 기막혀할 것도 없다. 세상을 강하고 다부지게 살아간다는 것이 바로 이런 것일 테니.

뮤리의 손을 되잡고 사람과 배로 붐비는 항구의 공기를 한껏 들이마셨다.

"따뜻한 음식을 먹을 수 있으면 좋겠네요."

나를 쳐다본 뮤리가 저녁놀에도 지지 않을 웃음을 지었다.

항구도시 데자레프에서 가장 눈에 띄는 것은 뭐니 뭐니 해도 거대한 곶이다. 백조가 목을 틀고 있는 듯한 형상으로, 항구는 곶 어귀에서 펼쳐진 날개에 보호받듯 조성되어 있었다.

곶 위에는 우러러봐야 할 만큼 높다란 종탑과 대성당이 있고, 종탑의 종 옆에 피워 놓은 불은 한시도 꺼지지 않는다고 한다. 그 덕에 조난한 무수한 뱃사람들이 끝까지 희망을 놓지 않고 이곳을 향해 모인다.

게다가 항구는 심연처럼 깊어서 거대한 배도 정박할 수 있기에 활기의 양상이 아티프보다 한층 대단했다. 왕국 북부에서 실려 온 양모와 양고기, 그것들을 가공한 물품, 그리고 풍부하게 채취되는 이탄을 써서 증류한 왕국 명산품인 불타는 술의 출하지이면서, 반대로 남방으로부터는 포도주, 밀, 각종 다양한 수입품이 들어온다. 특히 오가는 술의 양이 어마어마하여, 양조장 문장이 찍힌 술통이 곳곳에 쌓여 있었다.

술이 오가고 양도 있으니 사람이 북적일 수밖에 없다. 더욱이 북방 도서지역만큼 바람이 세차지 않고 추위도 그럭저럭하여 밖에서 마시며 떠들기에 딱 좋은 기후다.

날이 저물어 가는 지금이 오히려 사람들의 왕래가 더 활발해질 분위기였다.

"뮤리, 잘 따라와요."

하며 선두에 선 요제프의 등을 놓치지 않게끔 주의하며 평소 습관대로 손을 잡으려 한 때는 이미 소녀의 모습은 곁에 없었다.

앞장서서 길 안내를 하는 요제프를 황급히 불러 세우고, 좌로 우로 돌아보다가 꼬치구이 노점 앞에서 자그마한 등짝을 발견했다. 숨이 막힐 정도의 기름 냄새와 고소한 연기 속에 머리부터 뚫고 들어갈 기세다.

토양도 초목도 빈곤한 북방 도서지역에는 양도 산양도 거의 없다. 돼지도 없거니와 닭조차 적었다. 가끔 잡힌다는 바다짐승을 대접받기도 했는데, 죄다 살이 물컹하고 피 맛이 나서 그다지 입에 붙지 않았다.

그런 반면, 윈필 왕국의 양은 세계에서 제일로 유명하니, 육식은 되도록 삼가는 나도 한입 꾹 물면 단 기름이 주르륵 나올 것 같은 양고기 꼬치구이에 군침이 돌았다.

내가 말을 걸기도 전에 먼저 돌아본 뮤리의 눈빛에 저항하기는 어려웠다.

"하그, 앗뜨! 아후!"

"어휴, 천천히 먹어요."

물론 뮤리는 내가 하는 말은 귓등으로도 안 듣고 울상을 지으며 뜨거운 양고기를 먹는다. 어쩌면 정말로 울었을 수도 있다.

여하튼 평화로운 광경임은 분명하니, 얼굴이 흐뭇하게 풀어지고 만다.

이렇게 맛있는 음식을 먹을 수 있는 것도 모두 신의 은총이니 감사하다.

폭풍에 휘말리고도 무사한 것까지 포함해, 추후 대성당에 가서 깊은 감사 기도를 드려야겠다.

"자, 두 분 이쪽으로."

요제프는 우리의 그런 대화를 즐겁게 바라보며 항구도시 안에서도 특히 훌륭한 건물들이 늘어선 번화가 일각으로 안내해 주었다. 오늘 밤 묵을 곳을 빌리기 위해 요제프도 소속한 데바우 상회 상관으로 왔다.

길가에 면한 하역장은 아담한 집 한 채는 족히 들어갈 만한 크기였다. 해 질 녘이라 거대한 나무문이 반쯤 닫혀 있었으나 그 틈새 너머로는 아직 수많은 상인들이 일하는 중이다.

그런 하역장 옆으로는 그에 질세라 위풍당당한 정면 현관, 데바우 상회의 깃발이 내걸렸고 화톳불이 타고 있다. 심심산중의 온천향 뇨히라에서 나온 지 얼마 되지 않은 뮤리는 할 말을 잃고 멍하니 상관 건물을 올려다보았다.

건물이 하도 훌륭하니 이런 꼬락서니의 나그네 둘을 묵게 해줄지 나도 걱정이 되었다.

"저기, 오라버니, 마구간으로 가라고 하는 거 아닐까?"

우리가 입은 옷은 여전히 푹 젖은 상태에 바다 비린내가 진가를 발휘하기 시작하고 있었다.

의기양양하게 건물 안으로 들어가는 요제프가 설명을 해 주면 절대 그럴 일은 없을 거다 싶긴 해도 역시 약간은 불안했다. 입구에서 기다리고 있는 동안, 오가는 상인, 직인들의 시선도 조금 신경 쓰였다.

찬바람에 뮤리가 재채기를 해서 상의를 빌려주고 있을 때였다.

"이거 참, 여러분, 잘 오셨습니다!"

문을 벌컥 열고 나온 것은 진한 금발을 물결처럼 매만진, 귀족적 분위기가 나는 젊은 신사였다. 저울을 다루는 상인이 아니라 사람들을 움직이는 대상회 지배인을 그림으로 그려 놓은 듯한 인물은, 새하얗게 표백한 장갑을 벗더니 열렬한 악수를 청해 왔다.

"제 이름은 에드윈 슬라이라고 합니다. 본 상관을 맡고 있습니다!"

"처, 처음 뵙겠습니다. 저는 토트 콜이라고 합니다. 이쪽은."

"뮤리라고 합니다. 안녕하세요."

웬일로 인사가 공손한 것은 부드러운 침대와 따뜻한 식사를 기대해서겠지.

슬라이는 뮤리와도 악수를 나누자 바로 안으로 들여 주었다. 요제프는 선박용 물품을 구입할 게 있다면서 슬라이와 잠시 말

을 주고받은 뒤 하역장 쪽으로 갔다.

그 길로 실내로 초대된 우리는 석조건물 입구에 장식된 갑주, 거대한 모직물 걸개에 눈을 희번덕거렸다. 아티프 상관과는 분위기가 또 달라서, 그야말로 귀족의 저택 같다. 복도 양옆에 선 있는 동일한 복장의 하녀들도 연극처럼 나란히 고개를 숙이고 있었다.

벌이가 어마어마하다는 것을 한눈에 알겠다.

입구에서 복도로 나아가자 하역장과 이어진 듯한 큰 방이 나왔다. 그곳은 낯익은 광경인 상회 계산소로, 양피지 다발을 끌어안은 소년이 분주히 뛰어다니고, 줄줄이 늘어선 계산대에는 나이 지긋한 상인들이 깃털 펜을 놀리고 있다.

"우선은 옷부터 갈아입으셔야지요. 형편이 말이 아니십니다."

슬라이의 농담에 다소 얼굴이 붉어질 만큼 꼴이 말이 아니었다.

꽤 젊어 보이는 관장은 양의 그림이 자수된 커다란 태피스트리 밑에서 일하고 있는 이를 불러 이쪽을 공손히 손으로 가리켰다.

"두 분이 입으실 옷을 가져다드리게."

말을 들은 이는 우리를 힐끗 보더니 피륙이 천장까지 빼곡하게 들어찬 선반 문을 연다. 온 세상의 피륙은 거기에 다 채워져 있는 것만 같았다.

"그럼 방으로 안내하겠습니다."

거실을 나서자 바닥이 돌에서 나무로 바뀐다. 계단 난간은 공들여 반질반질 닦은 놋쇠이고, 벽에 걸린 촛대에서는 밀랍이 달달한 빛을 발하고 있다.

어릴 적에 이 나라에 왔을 때는 양모 수출이 부진해 불경기가 극심해 보였는데, 아주 딴판이 되었다.

"그나저나, 콜 님께서 저희 상관에 오시다니 신께서도 참으로 근사한 일을 하셨습니다. 듣자하니, 데자레프 인근의 불우한 이들이 다들 이리로 모여들고 있다더군요!"

계단을 오르며 슬라이가 그런 소리를 했다.

"설마요."

어이가 없어 웃으며 그렇게 말하자, 걸음을 멈춘 슬라이가 돌아보더니 진지한 얼굴로 고개를 저었다.

"루윅 동맹의 거대한 선박이 북으로 향하기 전에 마지막 보급을 한 곳이 이 데자레프 항이었습니다. 숨기긴 했지만 고위 성직자를 태운 것은 다 들켰지요. 대체 그들이 북방엔 웬 볼일이냐며 시끌시끌했습니다."

슬라이가 언급한 것은 윈필 왕국과 대립한 교회가 북방 해적들을 제 편으로 끌어들이려고 보낸 선박 이야기다. 그들은 황금을 산더미처럼 싣고 와서 곤궁에 처한 사람들을 인질 대신 노예로 사들이려 했었다.

"그리고 각 상회의 명을 받은 이들이 정보를 얻으려고 북으로 향했는데, 거기에서 수많은 이들이 기적을 목격한 겁니다. 오만한 남방 대상회와 대주교가 검은 성모의 노여움을 산 것이지요. 그것 참, 꼴좋다!"

어린애처럼 양팔을 쳐들고 웃더니, 끼릭 소리가 날 기세로 뒤돌아 다시 걸음을 내디뎠다.

"그때, 북방의 바다를 이끌고 있는 수도사와는 별도로 한 성직자가 힘을 보탰다는 것을 알았습니다. 하지만 아무도 그 정체를 몰랐습니다. 그 사람이, 콜 님이시라는 사실을 요제프 씨에게 들었습니다."

차림새는 우아한 귀족풍이지만 걷는 속도는 딱 상인이다.

성큼성큼 걸어가 문 앞에서 우뚝 선다.

"더욱이, 왕족이신 하이랜드 님과 함께 성전의 세속어 번역에 참여하시었고, 저 아티프에서는 욕심 사나운 교회 주교에게 철퇴를 가하시고, 마침내 민중이 참된 신앙에 눈을 뜬 최초의 불길을 지핀 인물이시라는 것 아닙니까?! 그 이야기는 이 나라 내에서도 소문이 자자했습니다!"

굳이 말하자면 그런 사건에 어쩌다 우연히 관여한 느낌이기에 몸 둘 바를 모르겠다. 하물며 북방 도서지역에서 일어난 사건은 9할 9푼 뮤리의 공이다.

하지만 자세하게 말을 할 수도 없기에 고심하고 있자, 슬라이는 그것을 겸손의 미덕이라 여긴 모양이다.

"콜 님, 역시 훌륭하십니다. 바야흐로 콜 님은 교황의 악정으로 영혼의 위안을 얻지 못한 지 오래인 이 나라에서 살아 있는 전설로 여겨지고 있습니다. 음유시인이 주점에서 노래할 때는 이런 별칭도 붙고 있지요!"

"별칭?"

문고리를 잡은 슬라이가 허세 가득한 동작으로 문을 열더니 이렇게 말했다.

"여명의 추기경! 우리에게 신앙의 새벽을 가져다주시는 분이니!"

농담이지? 하며 웃고 싶었으나 슬라이의 안내로 들어간 방 안의 집기들은 농담이 아니었다.

"이 방을 써 주십시오. 저희 상관에서 제일 좋은 방입니다!"

오륙층쯤 되어 보이는 건물에서 이층에 있는 방으로 안내된 것부터가 놀라웠다. 고층 건물은 위로 갈수록 조악하여 아래층에서 지핀 불의 연기로 가득해 훈제 생선이 되는 기분을 맛보는 게 상례다. 그래서 이층 방은 보통 건물주나 귀한 손님이 쓴다.

벽난로도 훌륭하니 벽 속을 지나는 연기의 예열에 간신히 의존할 일도 없겠다.

눈이 번쩍 뜨이는 것은 덮개 달린 침대. 화려한 것을 좋아하는 뮤리마저 얼굴이 어정쩡하게 웃는 채로 굳어 있다. 벽에는 아티프에서도 본 저울과 검을 든 여신을 수놓은 거대한 태피스트리가 걸렸다. 이곳에는 금전의 강력한 힘이 응축되어 있었다.

"콜 님 일행께서 라우즈번으로 떠나기 전까지, 무엇이든 말씀만 하십시오. 그리고 지금 곧 서둘러 물을 데울 테니 목욕 준비가 될 때까지 시가지를 바라보시면서 편히 쉬세요. 폭풍이 지나간 뒤로 공기가 깨끗해서 시가지의 화톳불이 보석처럼 보이거든요. 목욕 후에는 식사도 대령하겠습니다. 오랜 여행으로 피로하실 테니 방으로 가져오지요. 뭔가 드시고 싶은 건 없습니까?"

슬라이의 입에서 말이 폭포수처럼 쏟아진다.

눈앞 방 안 풍경에 압도되었기도 하여 얼간이처럼 우뚝 서 있었다.

"어, 아, 아니요… 저기, 따뜻한 것이라면, 뭐든 기꺼이."

"사양치 마십시오. 하지만 저희도 성스러운 어린양의 절제를 방해하고 싶지는 않으니, 그렇군요. **정숙한 것**으로 몇 가지 마련하겠습니다."

그 즈음에서 뮤리가 옷소매가 쭉 잡아당겼다. 소리는 내지 않고 입 모양새로 '고기'라고 한다. 꼬치구이 한두 개로는 충족이 안 되었겠지. 생선은 북방의 바다에서 한평생 먹을 것을 다 먹고 온 기분이고.

가능하면 이대로 쭉 소탈하게 먹고살았으면 좋겠으나 강요했다가는 정말 울 수도 있다.

"죄송하지만 이쪽 아가씨에게는 양고기 같은 것을 조금 곁들여 주실 수 있으신지."

"오오! 알겠습니다! 특등품으로 준비하지요."

슬라이가 활달하게 대답했는데, 설마 통구이가 나오는 것은 아니겠지 하여 다소 불안했다.

"그럼 잠시 쉬고 계십시오."

가슴에 손을 얹고 허리를 굽히더니, 문을 쾅 닫고 물러났다.

그러자마자 어깨의 힘이 쑥 빠진다.

그건 그렇고, 여명의 추기경?

무슨 그런 터무니없는 별명을.

"마구간은 아니지만, 말도 들어올 수 있을 만한 방이네."

널찍한 방을 둘러보던 뮤리가 곁방 문을 열며 말한다.

"우리에게는 과분한 방이에요."

보따리 속 내용물은 바닷물에 꽤 젖었지만 말리면 대충 살릴 수 있을 것 같다.

"근데 오라버니, 들었어?"

벽을 따라 둔 의자 위에는 양털이 두둑이 들어 있고 금사로 장식된 방석이 놓여 있다. 뮤리는 그것을 손가락으로 쿡 찌르고는 웃으며 말했다.

"여명의 추기경이라잖아. 오라버니, 출세했네."

"일일이 곧이곧대로 받아들였다가는 웃음거리가 돼요."

"응~? 별명이 붙었다니, 모험담 같고 멋진데 왜. 그리고 추기경님이라고 불리면 한심한 오라버니도 조금은 빠릿해지지 않겠어?"

추기경은 교회 계급 중에서 교황에 이어 중요한 지위다. 사람에게는 각각 걸맞은 호칭이란 게 있다. 주제에 맞지 않은 호칭으로 불려 봐야 우스꽝스러울 뿐이지.

어이가 없어 한숨을 짓고 있자 문 두드리는 소리가 나고, 도제와 하녀가 큼지막한 대야, 온수가 담긴 나무통을 들고 줄줄이 들어온다. 그들이 대야와 통을 곁방에 내려놓자, 뒤이어 온 이들이 벽에 밧줄을 매더니 천막처럼 삼베 천을 펼쳤다.

"물이 부족하면 말씀해 주십시오. 그리고 새 옷은 이쪽에."

더할 나위 없는 배려에 송구하기 짝이 없다. 하녀는 끝으로 인사한 후 방에서 물러났다.

내가 그들을 대하는 사이, 뮤리는 곧바로 옷을 사방팔방 벗어던진 뒤 머리에 물을 뒤집어쓰고 있었다. 하여간에, 하며 옷을 주워 모으고 있는데 천막 너머에서 거침없는 음성이 들려왔다.

"아~ 살 것 같다!"

연료가 부족한 북방 섬에서는 목욕은 꿈도 못 꿀 일이었다. 온천장에서 나고 자라 날마다 온천탕 속에 뛰어드는 게 당연지사였던 뮤리에게는 괴로운 나날이었을 수도 있겠다.

첨벙첨벙 신나 하는 소리에 웃으며 족욕용 나무통 옆을 보다가 비누가 있는 것을 발견했다. 벽난로 재라도 써야 하려나 했는데, 이런 고마울 데가.

"뮤리, 비누가 있어요."

"어, 진짜?"

하며 천막을 젖히고 알몸의 뮤리가 나타났다. 평소 같으면 우향우를 할 참이지만, 지치기도 했고 뮤리가 너무도 태연하기에 잔소리밖에 안 나온다.

"뮤리, 조금 더 조신하게⋯."

"저기, 오라버니, 머리 좀 감겨 주면 안 돼?"

설상가상, 잔소리는 귓등으로도 들을 생각 없이 소매를 쭉쭉 잡아당긴다.

"그 정도는 스스로 해요."

"나는 꼬리를 감아야 한단 말이야. 혼자서 머리를 감고 나서 꼬리를 감으면 물이 다 식어 버릴 거라고."

타당한 명분에 맥 빠져 하자 뮤리가 생긋 웃음을 짓는다.

"북방 섬에서 열심히 애쓴 나를 칭찬하는 뜻에서 오라버니가 머리털 정도는 감겨 줄 것이라 생각하는데에?"

"⋯⋯."

북방의 섬에서는 정말 뮤리 덕에 목숨을 구했다.

저 이야기를 들고 나오면 항변할 길이 없다.

"어휴 참⋯."

"에헤헤."

뮤리는 그렇게 말한 뒤 커다란 온수 대야로 돌아가 앉는다.

소매를 걷고, 물에 비누를 담가, 거품을 내어 뮤리의 머리털을 감기기 시작했다.

장시간 바닷바람을 쐬어 그런지 보들보들했던 머리털이 그야말로 늑대의 털가죽처럼 되어 있다. 그리고 보면 머리 빗는 모습을 못 본 지도 꽤 됐다. 이래서는 빗질을 해 봐야 아프기만 할 테니.

북방 일의 인사도 겸해 정성스레 비누 거품을 내어 머리를 감겨 주다가, 밑에서 군색하게 몸을 비틀어 꼬리를 감는 뮤리의 모습에 고개를 갸우뚱했다.

"내가 꼬리를 감기고, 뮤리가 머리를 감는 게 더 낫지 않아요?"

더듬어 꼬리를 끌어당겨 부지런히 털을 감고 있던 뮤리의 손길이 우뚝 멎더니 어깨 너머로 이쪽을 본다.

그러고는 휙 눈길을 피했다.

"됐어. 창피하단 말이야."

수치심 따위는 산마루 어디쯤엔가 묻어 버린 줄 알았는데 그렇지는 않은가 보다.

하지만 그 기준을 잘 모르겠다.

"귀는 만져도 되는 거죠?"

어머니를 닮아 세모꼴로 돋은 짐승 귀가 거품을 막기 위해 납작 덮여 있다.

"그건 괜찮아. 아, 안에 물은 들어가지 않게 해!"

"예, 예."

들통으로 머리를 헹굴 때도 귀에 물이 들어가지 않게 손으로 눌러 준다. 거품을 씻어 내자 칙칙한 잿빛이던 머리털이 껍질을 벗은 듯이 독특한 광채를 되찾는다.

때가 가시는 것을 보고 있자 왠지 이제야 비로소 북방의 땅에서 돌아온 실감이 들었다.

그곳에서는 나의 존재 의미를 묻는 듯한 괴로운 현실을 목격했다. 나 자신의 무력함, 한심함도 통감했다.

배에서 새카만 극한의 바다로 떨어져, 몸이 굳어 가라앉는 죽음의 순간도 체험했다. 무엇보다, 이 세상에서 가장 소중한 누군가가 죽을지도 모른다는 공포를 직면했다.

그러다가 구조된 기적도.

돌이켜 보면, 생각만 해도 가슴이 메는 며칠이었다.

"뮤리."

"응?"

이름을 부르자 꼬리털을 바지런히 조몰락조몰락하고 있던 뮤리가 어깨 너머로 돌아본다.

"북방 섬에서는… 고마웠어요."

그곳에서 나는 뮤리에게 못된 상처를 입히기도 했다. 그 점을 사과할까 했으나 그건 좀 아닌 것 같다.

그래서 감사 인사를 했더니, 어리둥절해하다가 낯간지러운 듯이 웃는다.

"이제부터 돌려받을 거니까 괜찮아."

돌려받아? 하고 되물으려는 순간, 들통을 빼앗아 머리부터 물을 뒤집어씌웠다.

거의 말라 가던 옷이 도로 흠뻑 젖었다.

"일단 목욕부터 같이 해."

"……."

물이 뚝뚝 떨어지는 앞머리 너머로 뮤리가 짓궂게 송곳니를 내보인다.

"나는 오라버니가 캄캄한 한겨울 밤바다에 떨어졌을 때 거기에 뛰어들었잖아. 그럼 오라버니는 나를 위해 따뜻한 물속에 뛰어드는 것쯤이야 식은 죽 먹기겠지?"

그것과 이것은 다른 이야기라고 지적하고 싶지만, "그치?" 하고 웃으며 꼬리를 흔드는 뮤리를 보자, 이런저런 말들이 모양새를 취하기 전에 무너진다. 의연한 태도의 성직자 지망생의 자세일랑 간곳없다.

"자, 어서, 얼른 안 들어오면 물이 다 식어."

이쪽이 아무런 저항을 하지 않자 이때다 싶게 뮤리가 손을 뻗어 옷을 벗기려 든다. 아가씨의 수줍음? 조신함? 그딴 게 다 뭐냐.

있는 것이라곤 일말의 타협도 없이 차고 넘치는 호의.

"자, 거기 앉아서 가만있어."

순순히 온수가 담긴 대야에 앉자, 뭐가 재미있는지 키득키득대며 뮤리가 머리를 감겨 준다. 기분은 좋으니 이게 또 분하다.

무릎을 끌어안고, 여명의 추기경은 무슨, 하며 어이가 없어 한숨을 지었다.

감겨 주는 대로 머리를 맡기고 난 이후로도 티격태격 옥신각신하며 뮤리와 함께 몸을 씻어 여행의 때를 벗겨 내고, 오랜만에 바닷물에 뻣뻣하지 않은 아마천 옷으로 갈아입자, 다시 태어난 것처럼 개운했다. 잠시 후 따끈따끈한 식사도 차려지고, 대접이 극진하다.

식사는 예상하기는 했지만 엄청난 양에 질도 훌륭했다. 뮤리가 희망한 뼈다귀 양고기는 집어 들기만 해도 고기가 뼈에서 벗겨질 만큼 야들야들하여, 도저히 참을 수가 없어 딱 한 조각만 먹기로 했다. 메말랐던 몸이 즉시 기름으로 윤기가 도는 것만 같다.

새하얀 밀빵. 벽돌처럼 큼직한 버터. 터질 지경인 돼지고기

소시지에 닭고기 수프. 달달한 것도 갖춰서 건포도, 사과 등이 바구니에 수북이 담겨 있다.

뮤리는 모조리 먹어 치울 기세였으나, 북방 도서지역에서는 죽음을 넘나드는 고열을 일으켰고, 회복한 뒤로는 늑대의 모습으로 탄광을 헤집고 다녔으며, 오늘은 폭풍에 휘말렸다가 조금 전까지 목욕을 하며 수선을 피웠다.

세 번째 빵에 손을 내민 무렵, 실이 툭 끊긴 것처럼 동작을 멈췄다. 오히려 용케도 잘 버틴 편이다. 목이 꺾인 채 잠이 푹 들었는데도 여전히 빵을 움켜쥔 식탐은 칭찬해 주어야 하려나.

하지만 수프 그릇에 얼굴을 처박았다가는 모처럼 한 목욕도 소용없어진다.

살며시 손에서 빵을 빼내자 다소 저항은 했으나, 비누향이 나는 머리를 껴안자 몸을 툭 기대어 온다. 한숨을 쉬며 공주님을 의자에서 안아 드는 일도 이제는 익숙하다.

양털로 푹신한 침대에 누이고 자리를 뜨려다가 소매를 덥석 잡혔다.

"아무 데도 안 가요. 음식을 치우게 한 뒤 바로 올게요."

비누로 갓 씻은 짐승 귀의 솜털이 속삭임에도 솔솔 흔들린다.

머리를 쓰다듬고, 귀와 꼬리가 나와 있기에 머리께까지 모직물을 덮어 준 뒤 사람을 불러 남은 음식을 치워 달라고 했다. 많은 양이 남아 미안해하고 있는데, 빵을 자루에 모두 담은 하녀가 쭈뼛쭈뼛 다가와서는 이렇게 말했다.

"빵에 축성을 해 주실 수 없는지요?"

"축성? 하지만…."

하고 놀라 되묻자, 하녀가 결심한 표정을 짓는다.

"이곳에서 주교님들이 떠난 지 벌써 몇 년이 지났습니다. 제발, 가엾이 여기신다면 자비를 베풀어 주세요."

원필 왕국이 교회와 대립하고, 교황이 성무 정지, 즉 성직자의 온갖 종교 행위를 금지한 지 삼 년째다. 어린아이가 태어나도 축복받지 못하고, 결혼식은 거행되지 못하며, 장례식에서는 고인의 영혼이 위안을 얻지 못한다.

안 그래도 살다 보면 무언가에 매달리고 싶을 때가 있다. 아파서 병상에 누운 가족이 있다든지, 멀리서 일하는 친한 이의 안부가 염려된다든지, 남에게는 말 못 할 고민을 안고 있는 이도 있을 테고, 뭔가 큰 결단을 내리는 데에 격려가 필요할 적도 있다.

암만 봐도 미처 다 먹을 수 없을 만큼 많은 양의 식사를 제공한 데에는 환영의 뜻 외에도 까닭이 있었던 것이다. 귀한 손님에게 대접되었다가 고스란히 남은 음식은 사용인들이 나눠 먹는 것이 관례이나, 성직자의 축성을 받은 음식에는 신성이 깃든다. 병자에게는 약이, 마음이 불안한 이에게는 수호물이 된다. 슬라이의 특기는 화려한 행동거지만이 아닌가 보다.

체재비라 치고 모든 음식에 신의 축복이 함께하기를 기도한 뒤, 그 자리에 있는 하녀들 모두에게 건강과 행복을 빌어 주었다. 가족의 불행을 위로해 주고, 친척이 출산을 앞둔 이에게는 순산까지 기도해 주었다.

나는 정식 성직자가 아니니, 따지고 들면 그다지 칭찬받을 일은 아니다. 오히려 돌팔이 성무 행위는 이단 혐의를 살 수도 있다.

그러나 구원을 바라는 이가 눈앞에 있고, 내가 그 흉내를 낼 수 있다면, 할 수 있는 일은 해야 한다고 생각했다. 하녀들은 다들 진지한 얼굴로 나를 추기경이라 불렀고, 기도를 마친 후에는 울음을 터뜨리려 했으니 더더욱.

기도만으로는 아무 문제도 해결되지 않는다는 것을 북방 섬에서 깨달았으나, 기도를 청하는 이들이 있다면 기도해 주어야 한다고 지금은 생각한다.

또한, 무턱대고 교회를 없애면 그만인 게 아니라는 것도 새삼 실감했다.

교황과 왕국이 다투기 이전에는, 이러니저러니 문제는 있었어도 이곳의 교회가 저들에게 영혼의 위안을 제공해 왔을 게 분명하니까.

마지막 사람을 방에서 내보낸 뒤, 피로와 더불어 교회라는 조직을 개선하고 싶은 의지를 새로이 했다.

그러나 그러는 것도 일단 자고 난 뒤의 일로, 억누를 길 없이 하품이 새어 나온다. 신앙심도 몸의 피로만큼은 좀처럼 가시게 하지 못한다.

쉰 목을 달달한 포도주로 축인 뒤 촛불을 껐다. 데자레프는 낮밤이 따로 없는지 나무창 틈새로 대로에 걸린 봉화 불빛이 새어 든다. 거기에 의지해 발을 부딪치는 일 없이 침대에 도달했다.

뮤리가 깨지 않게 살며시 한 이불 속으로 들어간 직후였다. 뮤리의 손이 내 멱살을 잡더니 얼굴을 바짝 갖다 댄다.

"…끝…났어?"

잠꼬대처럼 우물대는 소리에다 눈도 뜨고 있지 않다.

오라버니가 자기 전에 먼저 자서는 안 된다는 기특함이라기보다, 시끄러웠다고 불평하는 것 같기도 하다.

어느 쪽이 됐건, 뮤리의 그런 모습에 미소 지으며 이렇게 말했다.

"예. 오늘 밤은 푹 잡시다."

"…응."

그게 대답이었는지, 아니면 잠꼬대였는지는 잘 모르겠다.

뮤리의 찌푸린 미간이 풀리고, 손에서 힘이 빠진다. 오랜만에 온화한 얼굴을 보는 것 같다.

천진함이 가득 담긴, 익숙하고도 친숙한 잠든 얼굴이다.

"당신의 앞길에 행복이 가득하기를."

오늘 하루 중 가장 지극한 마음을 담아 기도했다.

뮤리의 짐승 귀가 쫑긋쫑긋하고 몸을 조금 비틀더니, 도로 고르릉고르릉 숨소리를 낸다.

나도 곁에서 눈을 감자, 잠이 드는 것은 순식간이었다.

어젯밤 하녀들의 태도에서 각오는 했었다. 일출과 함께 잠에서 깨어 세수를 하려고 중정에 있는 우물로 가려던 때였다. 문을 열자 하녀 세 사람이 세면 대야를 든 채 기다리고 있었다. 물론, 세수하기 전에 그들의 사연부터 듣고 신의 가호와 축복을 내렸다.

벽난로용 장작을 채우려고, 타고 남은 초를 회수하려고, 아침 식사를 준비하려고 사람이 왔고, 그때마다 고민거리를 상담했다. 그 즈음에는 잠꾸러기 뮤리도 시끄러워 못 견디겠는지 마뜩잖은 기색으로 눈을 떴다.

그리고 들락날락 연신 사람들이 찾아오는 모습을 보고는, 아무래도 편히 지내지는 못할 것 같다고 느꼈는지 표정이 부루퉁했다.

식사 후에는 옷을 조정하러 왔다면서 옷감을 취급하는 상인과 그가 고용한 재봉 직인이 넷이나 왔다. 평소 같으면 뮤리가 오라버니, 이 옷이 어울려? 이게 더 나으려나? 하며 수선을 떨 참인데, 옷감과 실, 바늘을 든 상인과 직인의 입이 더 빨랐다. 셋은 딸의 혼담이 오가는 중이고, 남은 한 사람은 연로한 부모님의 건강이 좋지 않단다.

신의 인도하심과 가호가 함께하소서.

침구를 갈고 방을 청소하겠다며 사람이 온 무렵엔 뮤리는 베개와 모직물을 들고 옆방으로 가고 없었다.

아무리 그래도 방문할 핑계가 그리 많을 리는 없다. 얼마 후면 찾아오는 이들도 끊기겠거니 했는데, 총명한 누군가가 성전의 곁들이 용품을 생각해 낸 모양이다. 즉시 깃펜, 깃펜을 깎는 나이프, 잉크 병, 잉크를 말릴 모래, 양피지 등등, 떠오르는 대로 모든 도구를 일층 하역장에서 상인, 사용인 가리지 않고 들고 왔다. 물론 수많은 고민 상담과 더불어.

이를 테면, 장사가 잘 안 된다, 가족에게 불행이 닥쳤다, 아들이 항해를 떠났다, 아이가 태어날 예정이다, 치통, 요통 호소에 이어, 수탉이 울지 않는다, 서쪽 하늘의 구름 모양새가 불길하다, 하루에 세 번이나 검은고양이를 마주쳤다는 고민 상담은 모두 나이 먹은 하녀들의 것이다.

급기야는 대체 어떤 구실로 찾아왔는지 기억도 나지 않을 만큼 무수한 사람이 찾아와 구구절절 사연을 늘어놓고 신의 은총을 청했다.

어느 도시에나 교회는 반드시 있고, 사제와 부제가 있으며, 큰 도시에는 주교가 있고, 그 밑으로도 수많은 성직자가 일하며 사람들의 고민을 도맡아 준다. 그들이 사라진 폐해는 적지 않다. 신앙은 결코 무용지물이 아니고, 신앙을 관리하는 조직 또한 필요하다.

신의 종복으로서는 이런저런 생각할 일이 많으나, 관심 없는 뮤리의 입장에서는 자기를 상대해 주지 않는 것이 더 불만이겠지. 옆방에서 이를 갈며 자고 있을 게 뻔하다.

게다가 나 역시도 쉴 새 없이 찾아오는 사람들의 고민거리를 들어 주는 일이 남의 도움이 되니 기쁘기는 해도 익숙지 않은 일이라 정신적 피로가 컸다. 그래도 사람들이 믿고 의지해 주니 몸과 마음을 다해 임했고, 차츰 내가 무슨 말을 하고 있는지도 알 수 없어지기 시작한 무렵, 물결이 일단 가라앉았다. 다름이 아니라, 슬라이가 방을 찾았기 때문이다.

"상회 사람들이 몰려와 있는 듯하여."

미안한 표정을 짓고 있으나, 그들이 이리로 오지 못하게 말렸을 것 같지는 않다.

"아닙니다…. 방은 충분히 넓으니까요."

이렇게 될 줄 알고 가장 큰 방을 주었겠지.

슬라이는 내 말의 의미에 빙그레 웃다가 돌연 진지한 표정을 지었다.

"교회 종이 울리지 않게 된 지 벌써 삼 년입니다. 한동안은 사제들도 시내에 살았는데 대부분이 바다 건너 대륙으로 가 버렸습니다. 이곳에는 곶 위에 있는 교회 외에도 큰 예배당이 세 곳 있습니다만, 모두 문을 판으로 막아 버렸지요. 직인과 상인조합에 딸린 예배당도 빈 지 오래입니다."

윈필 왕국의 상황은 뇨히라에 있을 때부터 들었다. 하지만 전해 듣는 것과 실제 분위기를 접하는 것은 역시 전혀 다르다. 건강할 때에 감기의 고통을 상상하기 어려운 것처럼.

그렇더라도 의문은 남는다.

"남아 있는 성직자 여러분은 무엇을 하시고요? 설마 전원 철수한 것은 아니겠지요?"

그러자 슬라이는 어깨를 크게 으쓱였다.

"교황이 파견한 밀정이 어슬렁대고 있을 테니까요. 교황의 명령을 무시하고 사람들을 위해 기도를 드려 보세요. 혹시라도 교황 측이 승리한 경우 도로 자리에 돌아갈 수 있겠습니까? 지위가 높을수록 숨을 죽이게 마련이고, 지위가 낮으면 성직자 녹봉 없이는 살아갈 재산이 없지요."

"시민들의 헌금은요?"

하고 물은 뒤에 바로 깨달았다. 손뼉도 마주쳐야 소리가 나지. 슬라이는 고개를 끄덕였다.

"교회 성직자들에게 헌금하는 사람은 교회의 앞잡이에게 붙은 왕국의 배신자로 간주합니다. 개개인이야 신께 중재해 줄 수만 있다면 그게 교회든 뭐든 상관없지요. 하지만 선량한 시민의 한 사람으로서는 그럴 수가 없는 겁니다."

그리하여 도시 내에서 신앙의 은총이 사라졌다.

"콜 님께서 아티프에서 마침내 상황에 변동을 주신 일은 저희 왕국 국민들에게는 참으로 기다리고 또 기다리던 낭보였습니다. 언제 끝날지 모를 왕국과 교회의 눈싸움이 다음 단계로 나아간 것이니까요. 어느 쪽이든 좌우간 결판이 나기를 다들 고대하고 있습니다. 물론."

하고 슬라이는 덧붙였다.

"교회의 횡포에는 저희도 진력이 나니 왕국이 이기기를 바랍니다만."

어떤 형태로든 전쟁이 나면 피해를 보는 것은 무고한 양민들이다.

"여러분께 힘이 될 수 있다면, 기꺼이 그렇게 하겠습니다. 저는 그러려고 고향 마을을 떠나온 것이니까요."

외국인이고 성직자도 아니나, 사람들은 내가 신께 중재 기도를 드릴 수 있다고 믿는다.

나는 꽤 좋은 상황에 놓인 듯하다.

"고맙습니다. 콜 님을 보내 주신 신께 감사드립니다."

그런 후 슬라이의 지시로 점심 식사가 들어왔고, 냄새에 이끌려 뮤리가 방에서 모습을 드러냈다. 방에서 나올 때는 부루퉁하더니 탁자 위 진수성찬을 보자마자 화색이 돈다. 어찌나 타산적인지 한숨이 난다.

"그런데 요제프 씨에게 들었습니다만, 두 분은 오누이 사이로 여행을?"

오른손에는 빵, 왼손에는 나이프로 꿴 돼지고기 소시지를 든 뮤리가 슬라이를 봤다가 나를 쳐다본다. 그러다 흥미를 잃은 투로 빵을 먹는다. 알아서 상대하라는 뜻이다.

나중에 단단히 혼 좀 내야겠다고 생각하면서, 슬라이에게 이렇게 답했다.

"혈연관계는 아닙니다. 길을 나서기 전 저는 온천장에서 일을 했는데, 그 댁 따님입니다. 감시자 역할 겸 가정교사인 셈이었습니다만, 보시다시피 말괄량이라… 마을 밖으로 나가고 싶다는 말을 입에 달고 살더니 제 짐 속에 숨어 따라와 버렸습니다."

뮤리는 묵묵히 밥을 먹으면서도 탁자 밑으로는 줄곧 내 발을 밟고 있었다.

"하지만 길을 나선 뒤로는 오히려 제가 배우는 부분이 많아 고마워하고 있습니다."

뮤리의 손이 우뚝 멎는다. 이쪽을 보기에 미소 짓자, 입을 샐쭉하고는 홱 외면했다. 발은 여전히 밟은 채로.

"서로 얻는 점이 많은 관계라니 멋집니다."

슬라이는 즐겁게 말한 뒤 입을 닦았다.

"그리고, 앞으로의 일 말씀입니다만, 어떠실지요? 저는 이 상관의 관장으로서 상관 사람들의 영혼의 평온에 신경 써야 할 의무가 있습니다만, 한편으로는 머무시는 손님도 배려해야 하지요."

뜬금없이 무슨 소리인가 했는데, 슬라이는 이렇게 말을 이었다.

"이 방에 계시면 쉴 새 없이 누가 찾아올 테니, 기분전환 삼아 출타하실 때는 말씀해 주십시오. 특히 성직자 차림으로는 이런저런 성가신 일에 휘말리실지 모르니까 직인용 옷차림을 준비하겠습니다."

"두루 감사드립니다."

"아닙니다. 콜 님 덕분에 상관 사람들의 얼굴이 모두 활짝 폈습니다. 일하는 이들의 얼굴이 밝아지면 경쟁하는 다른 상회와 차이가 나게 마련이지요."

어디까지가 본심인지는 알 수 없지만, 아마 솔직한 마음일 테고, 그런 한편으로 우리를 배려하는 게 느껴진다.

"그리 말씀해 주시니 고맙습니다."

"그럼 어떠십니까? 식사를 마친 후 제가 이 방에서 나가자마자 또 상회 사람들이 밀려들 듯한데."

"어…."

당황하자 옆에 앉은 뮤리가 넌더리를 내며 옷자락을 잡아당겼다.

시내에 나가고 싶다는 뜻이다.

"죄송합니다. 요제프 씨에게 볼일도 있고 하니, 외출용 옷을 준비해 주실 수 있을까요?"

"물론이지요. 잠시만 기다려 주십시오."

그러면서 손뼉을 치자 방 밖에서 대기 중이던 사용인이 차분히 방으로 들어왔다.

슬라이의 지시에 엄숙히 고개를 끄덕이는데, 뮤리가 자기도 옷을 보고 싶다며 끼어들었다. 슬라이는 버릇없는 말이 오히려 반가운 기색이다.

어처구니없어하다가, 땅울음 같은 파도소리와 우울한 바람 소리만 있던 북방 섬에서는 뮤리도 나름대로 참고 지냈을 테니 그냥 넘어가기로 했다.

잔뜩 들떠서 감춘 귀와 꼬리가 당장에라도 튀어나올 것 같은 모습을 바라보고 있자, 차라리 혼자서 시내 구경을 하다 오지 그러나 싶은데, 불현듯 뮤리가 이쪽을 쳐다본다.

"왜요?"

나를 빤히 쳐다보는 붉은 기 도는 호박색 눈에 어머니를 닮은 지적인 심오함이 감돈다.

"혼자 가서 구경하고 오지 그러냐고 생각했지?"

나는 아직도 신의 진의를 모르는데, 뮤리는 나를 꿰뚫어 본
다.

"그렇긴 하지만, 그럴 수는 없겠죠?"

나 역시 뮤리에 관해서는 잘 안다.

"물론이지!"

뮤리는 생긋 웃고 깍지 끼듯 손을 잡아 왔다.

이따금 버겁긴 해도, 나를 잘 따르니 어쨌든 기쁘다.

"사 먹고 싶은 게 있을 때 오라버니가 없으면 안 되잖아?"

내 그럴 줄 알았지, 웃고 한숨을 쉬자 뮤리도 간지러운 듯이
웃었다.

사람의 내면은 언뜻 봐서는 알 수 없는 법이다. 성전 속에도
인간의 모습으로 화한 신이나 정령을 알아보는 이가 없고, 성인
은 늘 바보 취급을 당한다.

신분이란 결국 무엇을 걸쳤느냐에 달렸다.

…라는 것이 정설일 테지만, 영 납득이 가지 않았었다.

"오라버니는 진짜 뭘 입어도 어울리질 않는구나."

더는 놀리지도 않고 진심으로 신기하다는 표정이다.

"…뮤리는 어엿한 공방의 도제로군요."

통소매 상의에, 거친 모직물로 만들어 튼튼한 게 장점인 바지를 입고, 공구류를 끼우는 두툼한 허리싸개를 한 뮤리는 마무리로 머리를 대충 묶는 것만으로도 바로 장발의 견습 도제로 탈바꿈했다.

그런 반면 나도 비슷하게 차려입었지만, 옷을 준비해 준 상인마저 애매모호하게 웃고 있었다.

"차라리 상인 차림을 하시겠습니까? 어느 도시 상회의 젊은 도련님이라고 하면 그러려니 할 것 같은데요."

결국에 나는 견실한 일꾼이 아니라, 펜과 잉크가 어울리는가 보다.

그런 대화를 거쳐 시내로 나가자 뮤리는 노점의 먹거리란 먹거리는 모조리 사 달라고 졸라대는… 것도 아니었다. 점심을 먹은 후이기도 했지만, 호기심이 식욕을 이겼나 보다.

직인거리를 지나자 눈을 빛냈다.

"오라버니! 저기 좀 봐! 저렇게 큰 냄비가! 저거면 엄청나게 먹을 수 있겠다!"

"저건 냄비이긴 하지만 양조용 냄비라고 하여 보리로 술을 주조하거나…."

"오라버니, 저기도 굉장해! 이상하게 생긴 창을 팔고 있어!"

"저건 창이 아니에요. 돼지나 양을 꿰어 화덕 불에 얹는 거예요. 손잡이가 갈고리 모양으로 되어 있어서 거기를 잡고 빙글빙글 돌리면서 고기를 구워서….”

“와! 엄청나. 여기는 모피가게인가? 하지만 이렇게 얄팍한 모피로는 춥지 않을까?”

“아티프에서도 봤잖아요? 이것은 입는 용도가 아니라 글을 쓰는 양피지로, 저렇게 사방으로 잡아당겨 가며 말려서….”

“오라버니, 오라버니, 저기도 좀 봐!”

라는 식으로 내 설명은 끝까지 듣지도 않고 다음 또 다음으로 가 버린다. 그래도 한번 설명을 들은 물건이 다시 눈에 띄면 분명히 기억하고 있으니 대단하다. 까불까불 법석을 떨고 있는 것처럼 보여도 엄청난 기세로 세상을 흡수하고 있다.

그러저러하는 새에 길은 직인거리에서 주택가로 접어들었는데, 거기에서 돌연 뮤리가 조용해졌다. 앞쪽을 응시한 채로 우뚝 선다.

그러고는 내 팔을, 거의 무의식적이겠지만 꽉 붙들었다.

뮤리는 호기심의 저울이 한쪽으로 너무 기울면 조용해진다.

그 시선이 닿은 저편, 데자레프 시의 처마 밑에서 여자와 어린아이들이 양모에서 실을 잣고 있었다.

직인거리에서는 대부분 작업이 공방 안에서 이루어졌으나 이곳에서는 길바닥에까지 온통 도구를 늘어놓고, 길가로 난 창과 문을 활짝 열어 놓은 채 집 안에서도 작업을 하고 있었다. 어디부터가 집이고 어디까지가 작업장인지도 분간이 되지 않는다.

끈으로 묶은 널판에 실린 짐이 창에서 길로 오르락내리락하고, 가마 깊숙이 빵을 집어넣는 커다란 주걱이 창밖으로 쑥 나와 옆집으로 재료를 건네기도 하는 광경이 왠지 비현실적이었다.

남쪽 나라에서 본, 도시 전체를 무대로 한 연극 같다.

"굉장해….."

뮤리가 무심결에 중얼거린 것은, 그런 분위기에 대해서이리라.

길 한복판에 깔린 거대한 깔개에는 우러러봐야 할 만큼 양모가 쌓였다. 거기에 작은 여자아이들이 얼굴을 묻다시피 하여 티끌을 제거하고 있다. 그 바로 뒤에서는 조금 더 나이 먹은 아이들이 갈퀴로 양모를 연신 긁어 털 방향을 고른다.

벽 앞에는 건조대 같은 것이 주르륵 늘어서 있고, 여자아이들이 까치발을 해 가며 양모를 얹는다. 높은 곳에 놓인 양모에는 차례차례 추가 매여 있으니 실을 꼬는 공정이리라. 키가 좀 되어야 하는 일이라 뮤리보다 조금 연상으로 보이는 소녀들이 씩씩하게 수다를 떨며 작업을 하고 있다.

발 디딜 틈 없이 떠들썩한 와중을 빠져나가자 여러 갈래로 난 수로를 맞닥뜨린다. 그곳에서는 길에서 보이지 않던 남자아이들이 모여 저마다 도르래를 단 밧줄로 망치를 끌어올렸다가 물에 젖은 모직물을 내리치고 있었다. 축융(縮絨) 공정이다.

이어서 그 옆에서는 양모를 통에 담아 물, 재, 그리고 어떤 약석을 끼얹어 막대로 휘젓듯 세척한다. 세척이 끝나 물을 잔뜩 흡수해 육중해진 모직물은 발로 밟아 물기를 빼는 아이들이 따로 있고, 물기 빠진 모직물이 잘 마르도록 펼쳐 늘어놓는 아이들도 있다.

그런 각 공정에 쓰는 재료를 운반하기 위해, 자기 몸보다 커다란 자루를 등에 진 소년도 있었다.

"개미굴 같아."

뮤리가 감탄한 나머지 한숨을 섞어 가며 그런 소리를 했다. 수긍이 간다.

"근면의 상징이네요."

"…설교는 싫어."

괜히 긁어 부스럼을 만들었다는 듯이 뮤리는 대놓고 양쪽 귀를 손으로 막았다.

"그런 거 안 해요. 북방 섬에서는 뮤리도 훌륭한 일꾼이었으니까."

뮤리는 여전히 의심스럽게 쳐다보다가 거짓말은 아니라는 걸 알았는지 금세 웃는 얼굴이 되어 팔에 매달린다.

"아무튼 정말 다들 열심히, 즐겁게 일하네요."

사람들의 활기찬 모습이 절로 그런 말이 나올 정도다.

"뇨히라도 저기에 뒤지지 않을 만큼 떠들썩하잖아?"

웬일로 뮤리가 그런다. 뇨히라를 떠난 뒤로 시간이 좀 흐르니

고향 생각이 나는지.

"떠들썩함은 비슷한지 모르겠지만, 뇨히라에서는 연회만 하니까요."

그에 비해 이곳은 일하는 사람들로 떠들썩하다. 게다가 도시 곳곳에서, 집 앞에서, 좁은 골목길에서까지 양모 가공을 하느라 사람들이 일하고 있었다. 그것도 진심으로 일을 즐기는 표정으로.

나도 일하기를 싫어하지는 않지만 이곳 사람들의 분위기는 그것과는 조금 다르게 느껴지는 점이 신기했다.

그런 모습을 찬찬히 둘러보고 있자 불쑥 뮤리가 말했다.

"아, 그러고 보니 오라버니, 무슨 용무가 있다고 하지 않았어?"

"맞아요. 요제프 씨를 만나러 가야….."

그러다 뮤리를 보았다.

"응? 왜?"

뮤리가 어리둥절하여 쳐다보는데, 나도 모르게 흐뭇한 미소를 짓는다.

"뮤리가 놀러 가자고 재촉하지 않고 내 용무를 잘 챙겨 주니 참 반갑네요."

뮤리는 눈을 몇 번 깜빡이다가 의아한 표정으로 대답했다.

"용무가 끝나지 않으면 먹을 것을 사 달라고 졸라도 볼일 먼

저 보고 난 뒤에 그러자면서 야단칠 거 아냐? 이제 슬슬 배고파
지려고 한단 말이야."

"……."

이것을 성장이라 해도 될지 판단이 서지 않는다.

아무튼 용무가 있는 것은 사실이기에 데자레프 항구로 발길
을 옮겼다. 시내도 떠들썩하지만 항구는 그보다 배는 더 떠들썩
해서, 어제는 지나가는 비로 오가는 사람이 적었다는 걸 알 수
있었다. 뮤리의 손을 단단히 잡고, 밀고 밀리면서 간신히 목적
한 배에 도달했다.

배는 짐을 바꿔 싣는 중인지, 그야말로 개미굴처럼 사람들이
쉴 새 없이 드나들고 바빠 보였다. 요제프를 어떻게 불러 달라
고 하나 망설이고 있는데, 마침 당사자인 요제프가 뱃전에서 몸
을 내밀고 있었다. 배의 측면을 열심히 내려다보고 있다가 불현
듯 고개를 든 순간 우리를 알아보았다.

"콜 님!"

몸을 일으킨 요제프가 내 이름을 부르더니 옆에 있던 남자에
게 지시를 내리고 부랴부랴 널판을 건너왔다.

"웬일이십니까? 상관에서 무슨 불편한 일이라도 있으셨습니
까?"

하며 진중한 얼굴로 묻는 것은, 자기가 소개했으니 노여움을
살 일이 있으면 자기 책임이다 싶은 것이다. 참 의리 있는 사람

이다.

"당치 않습니다. 극진한 대접을 받았습니다."

일단 그렇게 안심시킨 후, 본론으로 들어갔다.

"라우즈번으로는 언제쯤 출항하게 될지 여쭙고 싶어서요."

만일 출항이 늦어진다면, 요제프에게는 미안하지만 다른 배편을 알아보거나 말을 타고 육지로 가는 길도 염두에 두어야 한다.

"옳거니, 출항 말씀이시군요. 이르면 사흘, 무슨 문제가 발견되면 응급처치를 하느라 일주일 내지 열흘은 걸릴 듯합니다."

요제프는 뒤에 있는 배를 돌아다보며 미안한 듯이 말했다. 뮤리도 다른 사람들처럼 배의 아래쪽을 보고 있는데, 배 가장자리에서 사람을 내려보내 배의 상태를 점검중인 듯하다.

"다른 배편도 한동안 출항하진 못할 텐데, 폭풍의 여운이 남아 있어 앞바다는 바람이 거세고 해류도 몹시 빠르게 흐르고 있다고 하거든요. 그리고 말로 이동하시는 건 권하지 않아요. 지도 위에서는 산만 넘으면 금방일 것 같지만, 이 시기에는 아직 눈이 남아 있어서요. 해로로 가는 편이 압도적으로 빠릅니다."

안타깝지만 어쩔 수 없다.

"데자레프는 좋은 곳입니다. 이참에 푹 쉬시면 다음의 좋은 일로 이어질 겁니다."

요제프를 채근해 봐야 소용없는 일이고, 하이랜드가 보내온 편지에 서두르라는 말은 없었다.

"그렇군요. 이 또한 신의 뜻인지도 모르지요."

요제프는 다소 안도한 듯이 미소 짓고는 "아, 맞다." 하고 말했다.

"아까 콜 님을 찾아온 사람이 있었습니다."

"예?"

윈필 왕국에는 뇨히라에서 일하던 시절에 알게 된 손님이 몇 있기는 해도, 내가 이곳에 와 있다는 것을 아는 사람이 있을 리 없는데? 놀라워하자 요제프는 어깨를 으쓱였다.

"콜 님의 이름을 대지 않고 북방에서 활약한 성직자를 태우고 온 배가 맞느냐며 물었으니, 콜 님의 소문을 재빨리 들은 사람인지도 모르지요. 손님과 선원들의 입에 문이 달려 있지는 않으니까요."

슬라이도 그런 말을 했었는데, 설마하니 정말 그런 상황일 줄은 생각도 못 했다.

"아는 분일 것 같지 않아 얼버무리기는 했는데, 그렇게 차려입길 잘 하셨네요. 콜 님이라는 걸 주위에 들켰다가는 귀찮은 일에 휘말릴지도 모릅니다."

내 차림새를 내려다보자 곁에서 뮤리도 대놓고 쳐다본다.

지금은 최소한 성직자로는 보이지 않는다.

"명성은 힘이고, 그 힘을 이용하려 드는 자는 많으니까요."

"충고 감사합니다."

"아이고, 무슨 말씀을."

아무튼 나는 세상사에는 둔하니 조언은 잘 새겨듣는 게 나으리라.

그렇긴 해도 나를 이용하려는 사람이 있다니, 영 와 닿지 않는다. 대체 무엇에 이용하려고? 신학서 독해라면 기꺼이 하겠지만.

"일단 오늘 밤엔 상관에 얼굴을 내밀 테니, 슬라이 님과 함께 술이라도 마십시다. 이 도시에는 제가 손에 꼽는 양조장이 있거든요."

그러는 요제프의 뒤편으로 용건이 있는 남자들이 줄줄이 열을 지어 서 있다.

일을 방해해서는 미안하니.

"예, 기대하겠습니다."

그렇게 대답한 후 자리를 떴다.

항구를 걷고 있자 아까는 앞으로 나아가는 것만으로도 고생스럽더니 흐름이 보이게 됐는지 별로 힘들지 않았다.

뮤리도 주위를 두리번두리번하기에 결국 물어보았다.

"뭐 맛있어 보이는 거라도 있었어요?"

그러자 뮤리가 화들짝 놀란 표정을 짓더니 눈썹을 약간 치올린다.

“오라버니를 노리는 나쁜 놈이 있는지 없는지 살피고 있는 건데?”

아직은 어린 여자아이를 보호하는 것이 성인 남성인 나의 역할. 그렇긴 하겠으나 어이없어하는 표정인 뮤리에게 뭐라 대꾸할 말이 떠오르지 않는다.

“위험하니까 놓치지 않게 조심해요.”

이렇게 되면 누가 누구의 손을 잡아끌고 있는지 모를 노릇이다.

하지만 건방지다며 어처구니없어하는 일은 이제 없었다.

“뮤리만 믿을게요.”

그런 말을 건네자 이내 활짝 웃으며 이를 내보였다.

“나만 믿어!”

귀와 꼬리가 튀어나오려 할 듯이 힘이 넘치는 듯하더니, 사람으로 북적이는 항구 한복판에서 돌연 고개를 들고 우뚝 선다.

하늘을 바라보는 소녀의 행동에 천사라도 하늘에서 내려왔나 싶어 눈높이를 좇았다.

“오라버니, 저기 올라가 보고 싶어!”

뮤리가 팔을 뻗어 가리킨 곳은 바다에서 조난한 배를 위해서는 등불을, 사람들을 위해서는 신앙의 빛을 밝히는, 곶 위의 대성당이었다.

제 2 막

항구에서 곶 위의 대성당으로 가는 내내 뮤리는 평소보다 더 신이 나 있었다.

"오라버니, 얼른! 얼른!"

지칠 줄 모르는 소녀는 언덕 위 돌계단을 나는 듯이 달려간다. 부드러운 풀밭에 놓인 돌계단은 몇 백 년을 밟혀 온 탓인지 당장에라도 흙 속으로 가라앉을 것만 같다. 일부분이 움푹 팬 것도 수많은 이들이 열심히 오갔음을 알게 한다.

하지만 지금은 누구 하나 서성이지 않고, 교회와 알력이 생긴 후로는 일단 이곳에 올라오는 사람이 없다는 설명을 곶 어귀에 모여 있던 걸인들에게 들었다. 예전에는 이곳을 오가는 신도들의 신심에 호소하면 꽤 돈벌이가 되었던 모양이다.

그런 그들이 지금은 어찌 살아가고 있는지는 모르겠으나, 함께 냄비를 둘러싸고 온갖 생선이 잔뜩 든 수프를 먹고 있으니, 처진 생선으로 끼니는 때울 수 있는가 보다.

동화 몇 푼을 적선하고 서둘러 뮤리를 뒤쫓았다.

물론 뮤리가 신바람이 난 것은 신심을 자극받아서는 아니다.

오르막길을 반쯤 오른 위치에서도, 돌아보면 데자레프 항구와 광대한 바다가 한눈에 들어온다.

산골 태생인 뮤리에게는 가슴 벅찬 광경일 것이다.

"낭떠러지에서 떨어지지 말아요!"

그렇게 소리쳤지만 뮤리는 물론 귓등으로도 안 듣는다. 돌계단을 뛰어오르더니 보는 내가 조마조마해할 만큼 낭떠러지 끝으로 바짝 다가가 눈 아래 시가지를 내려다본다.

그리고 자신의 체력 부족을 저주할 즈음이 되어서야, 나도 대성당이 자리한 곳 끄트머리에 도착했다.

훌륭한 성당 앞에는 아담한 목조건물이 늘어서 장터 모양새를 이루고 있었다. 노천 화덕에 탁자와 의자가 놓여 있었음직한 돌바닥이 남아 있는 것으로 보아 대성당에서 예배를 본 후에는 이곳에서 가벼운 식사를 하거나 휴식을 취했으리라.

하지만 화덕은 불 지핀 지 오래인 듯하고, 의자와 탁자 모두 눈에 띄지 않는다. 어느 건물이나 쇠살문이 단단히 내려져 있다.

성당 주변은 몹시 한산하고 인적이 없었다.

"오라버니! 경치가 엄청나!"

한편, 성당 따위엔 눈곱만큼도 흥미를 보이지 않는 뮤리는 곳 위에서 바라보이는 풍경에 몹시 흥분한 모습이었다. 아티프 시에서는 그런대로 관심을 보였으나, 뮤리의 머릿속에서는 이거나 그거나 돌로 만든 큰 건물일 뿐일 것이다.

저런 대범함과 빠른 태도 변화에 피식 웃음이 난다.

하지만 이곳 사람들이 다들 뮤리 같을 리는 없으니, 대성당이 이토록 쓸쓸한 까닭은 슬라이가 말한 대로이겠지. 이곳으로 오는 길은 시내 어디에서나 보이기 때문에 이 지역 사람이 여기에 오면 대번에 소문이 날 게 뻔하다.

나는 외지인이니 문제없을 거고, 등댓불이 꺼지지는 않은 것으로 보아 누군가는 출입하고 있을 텐데. 이 지역 이야기를 좀 물어볼 수 없을까 하여 닫힌 대성당 문에 다가갔다가 알았다.

"벽보?"

대성당 문에 무수한 종이가 붙어 있었다. 양피지가 아니라 낡은 천으로 만든 싸구려 종이로, 멀리서 봤을 때는 무슨 문양인 줄 착각할 만큼 다닥다닥 붙어 있다.

큰 성당이나 교회에는 지방에 따라 다양한 특색이 있다. 무슨 내력이라도 있는 건가 싶어 종이를 들여다보다 기겁했다.

―고리대금업자! 지옥에 떨어져라!

라고 되어 있다.

그 옆을 보자, 내 재산을 돌려달라, 회개하라 등등 여러 가지다. 아무튼 비난과 분노로 가득한 종이가 빽빽하게 붙어 있다. 바람이 불 때마다 팔락팔락 서글픈 소리를 내어, 도시의 떠들썩한 모습과는 대조적이었다.

슬라이는 교회의 횡포에 분개하는 듯했는데, 이 종이도 왕국과 교회의 대립이 격화되는 와중에 붙여진 모양이다. 게다가, 가만 보니 모두 색도 변했고 바스러질 지경이다.

어쩌면 사람들의 분노라기보다는 시의 일원임을 드러낼 의무감에서 붙인 게 아닌가 싶기도 했다.

대성당의 문은 꽉 닫혀 있고, 인기척은 없다.

그렇지 않더라도 상황이 이러면 방문객이 환영받지는 못하겠다.

체념하고 경치를 바라보는 뮤리의 곁으로 갔다.

"오라버니, 세상은 이렇게나 넓네."

나를 알아본 뮤리가 광대한 바다를 앞에 두고 그런 말을 한다. 뇨히라의 깊숙한 산중에서는 어느 산꼭대기에서 바라봐도 이렇게까지 시야가 트이진 않는다.

더욱이, 저 앞에 보이는 것은 가도 가도 어디까지나 바다.

방향은 서쪽을 향해 있고, 대륙과는 정반대다. 요제프의 배로 북방에서 오는 길에 서쪽으로 흘러가게 하지 말라고 소리치던 게 생각났다.

하늘과 바다가 뒤섞인 저 수평선 너머로는 무한한 바다가 이어진다.

그 사실에 뭔가 정체 모를 공포를 느낀다. 혹은, 이 세상을 창조하신 신의 심연을 엿본 것 같은 기분이 들어서인지도 모르겠다.

물끄러미 바다 저편을 바라보고 있는데, 별안간 곶 아래에서 솟구치듯 바람이 일었다.

체중이 가벼운 뮤리가 넘어가지 않도록 황급히 끌어안는다.

"괜찮아요?"

"아하하. 바람이 엄청나네! 바다는 바람이 불어서 좋아!"

반대편 벼랑에서 불었으면 어쩌나 하는 생각은 전혀 들지 않나 보다. 뮤리는 즐겁게 깔깔대다가 품 안을 스르륵 빠져나갔다.

그리고 그제야 곶 위에 건물이 있는 것을 안 듯, 멍하니 고개를 들었다.

"오라버니, 여기도 교회야?"

"……."

뮤리를 신앙심에 눈뜨게 하기는 몹시 어려워 보인다.

"그래요. 대성당이에요. 등대도 있나 본데, 보러 가 볼까요?"

"화톳불이 계속 있는 곳이랬나? 등대가 나오는 전설도 요제프 아저씨한테서 잔뜩 들었어."

요제프는 북방 도서지역 출신이자 바다의 상인이다. 이야기하기를 좋아하는 면이 있어 뮤리에게 바다의 모험담을 많이 들려준 모양이다.

"그나저나, 이런 곳에 이런 건물을 세우다니 대단하네."

"믿음이 이루어 낸 위업이에요."

그렇게 말하자 뮤리가 이잇~ 하며 이를 내보인다. 그런 후 빙그르 주위를 둘러보았다.

"하지만 이런 장소에 있다는 점은 왠지 엄청 마음에 들어."

자칫 쓸쓸한 분위기이기는 해도 지금은 날씨도 좋아 아무튼 상쾌하다.

씩씩한 뮤리에게는 딱 맞는 곳일 수도 있겠다.

그런 생각을 하고 있자 문득 오른손이 따스해진다.

내려다보니 뮤리가 손을 잡고 있다.

"결혼식은 이런 곳이 좋겠어. 오라버니는 어떻게 생각해?"

생글생글 웃으며 그런 소리를 한다. 웬일로 여자애다운 뮤리
를 보았다가 성당을 우러렀다가, 바다 저편을 본 뒤 다시 뮤리
를 보았다.

"뭐, 확실히 좋을 것 같은데요?"

"어휴, 남의 말 하듯이."

뮤리가 토라져서 당황했다가 불현듯 깨달았다.

설마 하는 생각에 화제를 바꾸려 했을 때는 이미 늦었다.

"내가 좋아하는 건 오라버니란 말이야. 다른 누구랑 결혼식을
올리겠어?"

의심할 수도, 얼버무릴 수도, 시치미를 뗄 수도 없는 말투였
다. 이곳은 깎아지른 낭떠러지로 둘러싸인 곶 위의 대성당이다.
천진하게 수선을 떠는 것처럼 보였지만, 어쩌면 처음부터 이럴
셈으로 여기에 왔는지도 모른다.

그게 지나친 추측이 아닌 것은 뮤리의 차분하고도 질문하는
듯한 눈빛에 드러나 있다.

"오라버니, 북방 섬에서 난리를 겪으면서 흐지부지된 줄 알았
지?"

바늘로 찌르듯 정확히, 딱 부러지게 묻는다.

"아니, 절대 그런 건….'

빤히 쳐다보는 뮤리의 시선을 견디지 못하는 것은 내게 켕기는 게 있어서다.

뮤리는 나를 오라버니로서가 아니라 한 남자로 좋아한단다.

처음에는 단순히 제일 가까운 남성이 나니까, 정도로 생각했는데 뮤리는 그 마음을 따라 말 그대로 몸을 던지기까지 했다. 진심이다.

하지만 나는 분명한 대답을 하지 않았다. 호의에 응할 수 없다고 하면서도 우리 둘의 여행을 강제로 끝내려 하지는 않고 있다. 뮤리는 똑똑한 소녀이니 내가 진심으로 거절하고 여행을 끝내려 하면 물러설 텐데.

그러지 못하는 것은 망설임이 있어서다.

"혹시, 오라버니는 내가 싫어?"

돌변해 슬픈 눈빛을 하는 뮤리를 보자 두통이 인다. 슬픈 건 사실이겠지만, 저런 표정을 하면 내가 죄책감을 느낄 거라는 뮤리의 꾀가 발휘되고 있는 게 훤히 보인다.

뮤리는 이런 식으로 해자를 조금씩 메워 나를 구석으로 몰아간다.

사냥 기술은 어머니인 현랑 호로가 직접 전수한 것이고.

"오라버니?"

가차 없는 힐난에 대답하지 않을 수 없다.

"…좋은가 싫은가로 말하자면, 좋아해요."

"그럼 나랑 결혼해."

흥정 따윈 없다. 확 당겨 덥석 문다.

그런 시원시원함에 일종의 감탄도 들지만, 역시 내 대답은 한 결같다.

"안 돼요…."

"왜?"

한 걸음 물러서도 뮤리는 한 걸음 이상 다가온다.

북방의 섬 이후로 이 화제를 분명히 꺼내지 않은 것은 단지 기회를 엿보고 있었을 뿐인가 보다.

"왜냐니… 나하고 뮤리는."

"피는 이어져 있지 않아."

딱 잘라 말한다.

"그리고 오라버니는 아직 성직자가 아니야. 그러니까 그 점에서도 문제없어."

내 변명을 먼저 차단한다.

"앞으로, 될지도, 몰라요…."

"그때는 이혼하면 된다고 들었어."

그런 쓸데없는 꾀는 대체 누가 불어넣은 거야?! 하고 속으로 외친다.

뮤리는 한순간도 내게서 눈을 떼지 않는다. 침묵이 흐르고 바람이 휘잉 불었다.

그리고 뮤리의 화난 얼굴에 못내 슬픔이 배어 나오는 것을 보고 황급히 말문을 열었다.

"잠깐만. 그렇게 성급히 결론짓지 말아요."

"하지만, 안 그러면 오라버니는 한없이 우물쭈물할 거잖아."

그렇지 않다고 말하고 싶지만, 굳이 따지자면 우유부단한 쪽이라는 자각은 있다. 게다가 뇨히라를 떠난 뒤로 깨달은 것은, 세상은 언제 무슨 일이 벌어질지 모른다는 점이다. 북방 섬의, 그 어둠 속 극한의 바다에 떨어져 이대로 죽는구나 싶었을 때의 기분은 생각만 해도 몸이 떨린다.

뮤리와의 문제를 미뤄 놓은 채 죽고 싶지는 않았다.

하지만 그 점을 제외하고라도 나는 이렇게만 말하고 싶었다.

"지금 이대로는 안 돼요?"

뮤리가 오라버니로 나를 따르고, 나는 여동생으로 최대한 사랑을 쏟는다.

지금까지 그러면서 잘 지내 왔고, 앞으로도 잘될 것 같은데.

"일단 말해 두겠는데, 설령, 만에 하나, 결혼을 한다 해도 뮤리의 고집을 다 받아 준다거나 하는 일은 없을 거거든요? 하물며 부부가 되면…."

"알아! 오라버니, 바보!"

뮤리는 화를 내지만 나는 반신반의다.

정말 알기는 하나? 연인 관계가 되면 지금까지와는 상황이 달라진다. 내가 뮤리의 마음을 도저히 받아들이지 못하는 것도 그래서다.

아무리 뮤리를 귀엽게 여긴다 해도, 오라버니라 부르며 나를 따르는, 태어났을 때부터 알고 지낸 여자아이를 **그런 눈으로 보는** 것은 엄청나게 비도덕적인 것 같다. 상상하는 것만으로도 죄책감에 시달린다. 그런데 나의 고뇌를 알아챘는지 뮤리가 의기양양하게 이런다.

"나는 오라버니에게라면 무슨 일을 당하든 괜찮아!"

도리어 남자다울 만큼 당당한 선언에 내가 더 얼굴이 벌게진다.

하지만 저런 행동은 남녀간의 사랑이 깊어져서 그리되었다기보다는 태어난 때부터 곁에 있었기 때문에 신경 쓰지 않는 것으로만 보인다. 뮤리의 태도는 어릴 적부터 초지일관이다. 내가 뮤리의 마음을 눈치채지 못한 원인도 그래서인 것 같다.

그렇다. 뮤리는 여동생 시절 그대로다.

여전히 여동생에 머물러 있는 뮤리가 자기를 여자로 보아 달라고 하니 나도 당황스럽다.

"오라버니는, 내 무엇이 불만인데?"

무슨 꿍꿍이, 술책에서가 아니라 정말로 모르겠다는 듯이 묻는다.

불만 같은 건 없다. 예컨대 뮤리를 데려가는 남자가 있다면, 그는 세상에서 제일 행복한 사람이리라.

그러니 불만이 아닌, 조금 다른 이유에서다.

"불만은 없지만… 별안간 관점을 바꾸기는 무리예요. 사과는 사과이지 포도는 아니니까요."

"하지만 나는 오라버니를 정말로…."

뮤리의 말이 격해지려는 순간.

"알았어요."

하고 말을 가로막았다. 이대로는 결말이 나지 않을 게 분명하고, 이 문제는 흐지부지 넘어가서 될 일이 아니니까.

"나는 뮤리에게 북방 섬에서 큰 빚을 졌어요. 물론 갚으려 한다고 갚아질 것은 아니지만, 뮤리를 위해 최선을 다할 생각이에요."

그러자 뮤리는 이내 거북스럽게 얼굴을 찡그렸다.

"…그런 식으로 날 좋아하는 건, 그건 좀, 싫은데…."

물론 나도 빚 갚는 셈으로 사람을 좋아하게 되리라고는 생각지 않는다. 그런 짓을 했다가는 뮤리에게 실례다.

그러니, 정말로 하고 싶은 말은 따로 있다.

"그게 아니에요. 다만, 나 나름의 노력에 뮤리의 협조를 받았으면 해요."

"내 협조?"

뮤리는 어리둥절하여 되물었다.

"그래요. 지금의 나에게는… 저기 그, 지금의 뮤리가 너무도 여동생 그대로라, 아무래도 달리 보이질 않아요. 그러니까….'

"여동생답지 않게 행동하라고?'

뮤리가 의아하게 묻는다. 오늘도 또 교묘하게 얼렁뚱땅 넘어가려는 게 아닌지 의심하는 눈빛이다.

"하지만, 어떡하면 되는데? 얌전히 있으라고?'

확실히 바라는 바이기는 하지만, 그 또한 아니다.

"좀 더 큰 틀에서요. 생각해 봐요. 예를 들면, 호칭이요.'

"호칭?'

"연인 사이가 되었다 치면, 언제까지나 오라버니라고 부르는 건 이상하겠죠?'

"어? 아, 그건… 뭐, 응.'

"하지만 나는 뮤리에게 뭐라고 불릴지도 상상이 가지 않아요. 왜냐하면, 단 한 번도 오라버니 외에는 불린 적이 없으니까. 그러니 오라버니 이외의 나 자신을 상상하기도 어렵죠.'

이곳 사람들에게 느닷없이 추기경 소리를 듣고 영 못 배기겠는 것과 마찬가지다. 호칭은 사람이 몸에 걸친 의복과 같고, 의복은 그 사람의 신분을 결정지으니까.

그리고 내가 확실히 그렇듯, 그 어떤 옷을 걸쳐도 어색한 경우도 있다. 뮤리의 앞에 선 나의 모양새는 오라버니 외에는 어울리지 않을 것 같다.

뮤리는 일리 있다는 투로 끄덕이더니 상쾌한 표정으로 얼굴을 들었다.

"그런 걸로 된다면, 그거야 쉽지."

하지만 저런 뮤리에게 이름으로 불리는 상황을 상상하자 어색하기 짝이 없다. '토트'라고 이름으로 부르려나? '토트 씨'라고 부르는 건 몹시 얌전한 아가씨 같아 뮤리와 안 어울린다. '토트 님'은 너무 우아하고 귀족 따님 같고. 그럼 혹시, 뮤리의 부모가 부르듯 '콜'이라고 부르려나?

설마 '콜아'라고 부를 리는 없을 테고, '콜 씨'는 단골 상인이나 온천장 손님 같아 영 서먹서먹하고. '콜 님'은 기사도 이야기에 나오는 기사와 소녀 같다.

아무리 생각해도 모조리 이상하기만 하다.

대체 뮤리는 나를 뭐라고 부를까.

오히려 호기심이 솟을 만큼 짐작이 가지 않았는데, 아무리 기다려도 뮤리는 입을 떼지 않았다.

"…뭐 해요?"

하고 묻자, 쉽다고 대답했을 때의 얼굴 그대로 굳어 있던 뮤리가 화들짝 한다.

"어? 어어? 아, 응, 오라버니의, 오라버니 말고 다른 호칭 말이지?"

웃음을 꾸며 보이다가 이내 굳는다. 드물게 눈이 갈팡질팡하고 있다.

"으으… 어어? 아니, 그치만, 이건 쉬운 건데…."

있는 호칭 없는 호칭을 모조리 머릿속에서 곱씹어 보지만, 어느 것 하나 딱 와 닿는 게 없는 모양이다.

"…내가 무슨 말을 하고 싶은지 이해하겠어요?"

"잠깐! 잠깐만 기다려!"

그러고는 눈을 감는다. 입속으로 중얼거리며 생각하려 안간힘을 쓰는 게 보인다.

그 모습을 보자 조금 속이 시원하고, 약간 짓궂은 만족감이 든 게 사실이다. 별안간 관점을 바꾸란다고 그게 쉽게 되겠는가.

"우으으으…. 그치만… 코…훗, 토…훗!"

헛구역질하듯 저러는 건 내 이름을 부르려는 거겠지만 잘 안 된다. 머리를 싸안고 새빨개진 얼굴을 양팔로 감추려 애쓴다.

결국엔 팔 틈새로 원망스레 노려보더니 와락 안겨 들었다.

"우~! 오라버니!"

매달려 품에 얼굴을 묻고 힘껏 부른다. 그 말이 심장에 직접 닿을 것만 같았다. 흥분한 나머지 튀어나온 귀와 꼬리가 몸부림치는 뱀처럼 파닥파닥한다.

어이없어하며 등에 팔을 두르자, 뮤리는 내 가슴을 손으로 밀

고 몸을 뺐다.

"나, 나는 이런 거에 안 넘어가!"

눈초리에서 더운 김이 피어날 것 같은 얼굴인데, 본인이 생각하기에도 멍청한 소리인 줄은 아는 모양이다. 별로 박력이 없다. 아직 꾀가 붙기 전, 나라도 쉽게 말로 구슬릴 수 있었던 어릴 적에는 이런 식으로 발끈하곤 했었지, 참 오랜만에 보는구나 싶다.

뮤리는 태연한 나의 태도 자체가 마음에 들지 않는지 아랫입술을 깨물며 신음한다.

그러다가 내 품에 힘껏 돌진하려고 자세를 낮춘 그때.

쾅! 하고 엄청난 소리가 났다.

"엇?!"

얼결에 숨을 삼키고, 뮤리에게 박치기를 당한 소리였나 싶어 손으로 가슴을 확인했다.

아니다. 뮤리는 눈앞에서 자세를 낮춘 상태로 굳어 있다.

시선을 내 뒤편에 준 채.

뒤에 뭐가? 하여 돌아본 직후였다.

"이 악마!"

고함이 들렸다. 그 단어에 머리가 이해하기에 앞서 몸이 뮤리부터 가렸다. 그리고 숨을 곳을 눈으로 찾다가 정자를 발견했을 즈음 고함이 한 번 더 터졌다.

"아직도 그 소리를!"

음성은 대성당의 문 너머에서 들려왔다.

대체 뭐지, 하고 있는데 대성당 문이 벌컥 열리고 벼락같은 소리가 울린다.

"그런 가짜 증서에 속을 줄 알고?! 신이 두렵지 않나, 이 수전노! 썩 꺼져!"

그리고 고함에 떠밀리듯 사람이 튀어나왔다. 힘에 밀렸는지 엉덩방아를 심하게 찧고 벌렁 자빠진다.

"천벌을 받아라!"

얼이 빠져 있자 문 틈새로 험악한 형상의 성직자, 복장으로 봐서는 성당 주교의 모습이 보였다. 성당 안이 캄캄한 탓도 있어 그야말로 악마처럼 보인다. 분노에 싸인 주교는 무슨 말을 더 하려다가 문득 우리가 있는 것을 알아챘다.

제삼자의 존재로 냉정해졌는지 입을 다물고 겸연쩍은 표정을 짓더니, 문을 확 당겨 닫는다.

그러자 자빠졌던 인물이 몸을 일으켜 문에 매달리려 한다. 손에는 양피지인지 뭔지를 쥐고 있다.

"자, 잠시만요! 이건 가짜 증서가 아니···."

말이 채 끝나기도 전에 문은 닫힌다. 철컥 하는 육중한 음은 빗장을 지른 소리였을 텐데, 거절 의사를 드러내기에 그보다 적합한 것도 없다.

급작스러운 상황에 망연자실해하고 있다가 퍼뜩 정신을 차렸다.

문 앞에서 고개를 늘어뜨린 인물은 이 도시의 신도는 아닌 듯했다. 한눈에 보기에도 여행복 차림인 데다 증서가 어쩌고저쩌고 했으니, 교회에 빌려준 무언가를 되찾으러 왔다든가 하는 그런 일이리라.

마찬가지로 얼이 빠져 있던 뮤리의 머리에 외투의 후드를 씌우고 꼬리를 탁 친 뒤 돌아섰다.

"괜찮으십니까?"

그렇게 말을 걸자 문 앞에 주저앉아 있던 인물의 등이 움찔했다. 우리가 대성당 안의 상황을 전혀 몰랐듯 저쪽도 사람이 있으리라고는 생각지 못했나 보다.

그 인물이 손에 든 양피지를 황급히 품에 넣고 돌아서자 이번에는 우리가 놀랐다.

두건 밑 얼굴이 젊은 아가씨였기에.

"아, 어, 앗."

눈이 딱 마주치자 추태를 보였다고 생각했는지 비뚤어져 당장에라도 벗겨질 듯한 두건을 양손으로 잡고 얼굴을 감추려 든다. 평범한 아가씨가 대성당에서 쫓겨나고, 주교에게 악마라는 욕을 듣는 것을 누가 보기라도 하면 시집은커녕 시벽 안에서 살아가기도 어렵다.

이보다 더한 불명예가 있으랴 하는 느낌인데, 무슨 사정이 있으리라는 것은 물론 안다.

아가씨를 진정시키려고 손을 내밀었다.

"설 수 있겠어요?"

아가씨의 얼굴은 잔뜩 굳어 있었으나 내 얼굴과 손을 번갈아 보다가 일단 적은 아니라 여긴 모양이다. 딸꾹질하듯 숨을 들이마시고는 쭈뼛쭈뼛 손을 내민다.

놀라 어쩔 줄 모르면서도 타인의 호의를 받아들일 수 있는 것은 솔직한 성격이라는 증거다. 안심시키듯 미소 짓자 아가씨의 표정이 조금 풀린 듯했다.

그리고 냅다 밀쳐진 공포 탓인지 다소 떨리고 있던 손이 내 손을 잡으려던 때였다.

"……."

아가씨의 눈이 휘둥그레지고, 나는 난생처음으로 사람의 검은 눈동자가 졸아드는 순간을 목격했다.

그러나 그 눈은 내가 아니라 좀 더 뒤편을 포착하고 있었다.

시선을 좇아 돌아보지만, 다른 누가 있을 리도 없다.

설마 뮤리의 귀와 꼬리를 들켰나 했는데 둘 다 잘 감춰져 있다. 그 대신 뮤리도 눈이 휘둥그레져 있었다.

"그쪽은, 혹시…."

뮤리가 그렇게 중얼거린 순간, 손이 쭉 당겨져 자세가 무너진다.

"어, 저기, 대체…."

말이 끝나기도 전에 털썩 소리가 났다. 쳐다보자 손을 잡고 있던 아가씨가 기절했다. 하도 느닷없어 상황 파악이 되지 않는다.

당황하여 갈피를 잡지 못하고 있자, 한층 세찬 바람이 곶 아래에서 불어왔다. 파라라락 옷자락이 나부끼고, 쓰러지면서 두건이 벗겨져 아가씨의 머리카락도 바람에 날린다.

"앗."

그게 전부라면 별일도 아니다. 약간 구불대는 검은 머리는 미신이 깊은 지역에서는 마녀를 연상시켜 그다지 환영받지 못할 수도 있다. 하지만 문제는 그게 아니었다.

바람에 날리는 부드러워 보이는 머리카락 속에, 확연히 딱딱한 무언가가 있었다.

"뮤리… 이 사람은, 혹시…."

눈앞에서 쓰러진 아가씨의 머리에 있는 것.

돌돌 말린, 양의 뿔이었다.

성당 측은 아가씨와 다툰 직후이기도 하고, 무엇보다 뿔 문제가 있어 의지할 수가 없다.

눈을 뜰 때까지 기다릴까도 했으나 바람에 노출된 곶 위는 춥고, 상황을 보러 나온 교회 사람과 마주쳤다가는 일이 더 복잡해진다.

결국 아가씨를 업고 시내로 내려가기로 했다.

뮤리는 양 아가씨를 걱정스레 보면서도 나에 대해서는 조금 서먹했다.

나를 남자로 좋아한다고 하면서도 오라버니라는 호칭 말고는 입이 떨어지지 않은 게 마음에 걸리는 모양이다.

어쨌든, 뮤리 역시 나처럼 결국엔 오누이 관계의 틀 안에 있었음을 알게 되어 조금 마음이 놓였다. 이 정도로 포기할 성격일 리는 절대 없겠지만, 그건 그것대로 상관없다. 차츰 관계를 바꾸어 가는 쪽으로 뮤리가 마음을 돌려 주면 나도 거기에 맞출 수 있으니까.

그 결과가 어떻게 될지는 그때 가 봐야 알 수 있다.

다만, 적어도 뮤리를 소중히 여기는 마음만큼은 바뀌지 않는다. 그런 생각에 뮤리를 쳐다보자 내 시선을 알아채고는 토라지듯 홱 외면했다.

어이없이 웃고, 등에 업은 아가씨를 추슬렀다. 뮤리도 아가씨가 마음에 걸리는지, 이따금 끙 소리를 내는 아가씨의 얼굴을 들여다보며 걱정스러운 표정이다.

내리막길이기에 간신히 옮길 수 있었으나, 항구로 다 내려온 무렵에는 무릎이 후들거리고, 어귀에 모인 걸인들이 기이한 눈으로 쳐다보았다.

데바우 상회의 상관까지는 도저히 다리가 버티지 못할 것 같아 요제프의 배로 걸음을 옮겼다.

배가 정박한 잔교에 가까스로 도착하자 커다란 냄비 안에 불이 피워져 있다. 목제 잔교가 타지 않게 하려는 뜻일 텐데, 커다란 냄비 안의 작은 냄비에서는 새카만 액체가 끓고 있다. 냄새와 색으로 보아 석탄을 찌면 나오는 기름이다. 나무에 바르면 방수가 되어 썩지 않기에 뇨히라에서도 건물 보수에 자주 쓰였다. 뮤리가 뇨히라 마을을 나올 때도 이 기름을 수송하는 데 쓰는 나무통에 숨는 바람에 평소엔 달달한 향기가 은은히 나는 뮤리에게서 한동안 탄내가 풍겼던 게 생각난다.

요제프는 그 냄비 속에 삼을 꼰 다발을 담그는 참이었다.

"어이쿠, 콜 님. 이게 웬일입니까?"

하고 물으면서 요제프는 등에 업힌 인물을 보고는 눈을 껌뻑였다.

"죄송합니다만 이분을 돌봐 드릴 수 있게 배를 잠시 쓸 수 있을까 해서요."

"그거야 상관없지만… 이봐! 누가 좀 와 봐!"

요제프는 바로 다부진 선원을 불러 등에 업힌 아가씨를 받아 주었다. 더는 몇 걸음도 버티지 못할 지경이었기에 큰일 날 뻔했다.

선원이 선내로 옮겨 가는 것에 맞춰 뮤리도 따라갔으니 두건을 벗길 일은 없을 테지.

한숨을 돌리고 있자, 질척한 검은 액체를 끓이고 있던 요제프가 다른 이에게 봉을 맡겼다.

"거듭 일에 지장을 드려 죄송합니다."

"무슨 말씀을요."

앞치마로 손을 닦으며, 요제프는 말은 그렇게 했지만 퍽 곤혹스러운 표정이다.

하지만 그게 일을 방해받아서가 아님을 깨달은 것은 뒤이은 말 때문이었다.

"그나저나 어떻게 된 겁니까? 콜 님을 찾아 이 배로 왔던 이가 바로 저 사람이었는데요?"

"엇."

내 명성을 듣고 무엇엔가 이용할 목적으로 찾아온 사람이 있다고 했다.

저 아가씨는 성당에서 악마라는 욕설을 듣고 있었으니, 신앙에 얽힌 문제이려나?

"아니, 그게… 잘 모르겠습니다. 대성당에 갔다가 주교님인지 누구인지에게 내쫓기는 것을 우연히 목격해서. 무척 험악했는데 설마하니 폭력을 휘두를 줄은 몰랐습니다."

"저런!"

성당에서 폭력 사태라니, 요제프도 아연실색한다.

"사실은, 상관으로 옮길 수 있으면 좋았겠지만… 다리가 후들거려서."

한심하게 실토하자 요제프는 내 무릎을 보고 웃었다.

"콜 님은 더 다른 것을 짊어지고 계시지 않습니까. 속세 일은 제게 맡기세요."

"고맙습니다."

"슬라이 님께는 연락하는 게 낫지 않을까요?"

요제프의 물음에 잠시 고심한다.

"일단은 저분의 이야기부터 들어 보려고 합니다."

저 아가씨는 인간이 아닌 존재다. 상관에 폐를 끼칠 수도 있다.

"무슨 일 있으면 바로 알려 주십시오."

"고맙습니다."

요제프는 고개를 끄덕이고 걱정스러운 얼굴로 나를 배웅하며 기름 젓는 작업으로 돌아갔다.

배로 이어진 널판을 건너, 보수를 하느라 선원들이 오가는 선미로 향한다. 거기에는 선장실이 있으니 환자를 돌본다면 그쪽에 있을 것이다 싶었다.

예상한 대로 대야에 물을 담은 소년이 문을 열고 있고 뮤리가 맞이한다.

나를 보더니 뮤리는 생쥐가 벽 틈새에 숨듯 몸을 사렸다.

뇨히라의 온천장에서도 자기가 친 장난이 어처구니없는 결과를 부르면 저런 식이었다. 한숨이 나오지만, 문은 닫지 않은 걸 보아 그냥 조금 거북해하는 정도임은 알겠다.

"깨어났어요?"

물을 가져온 소년에게는 동화를 쥐여 주고, 뒷손으로 문을 닫은 후 물었다.

나무창은 닫혀 있으나 유리램프 속에 초가 타고 있어 어둡지는 않다.

뮤리는 촛불 탓인지 살짝 불안한 표정으로 고개를 저었다.

"그런데… 정말로 양인가요."

자고 있는 아가씨를 배려해서인지, 아니면 단순히 어색해서인지 뮤리는 말없이 끄덕였다.

"이 왕국에 있는 양이라면… 혹시…."

기억을 더듬고 있다가 뮤리의 시선을 느꼈다. 돌아보자 휙 외면한다.

어이가 없어 웃음을 지으며 설명했다.

"내가 어릴 적에 뮤리의 부모님과 이 왕국에 온 이야기는 했죠? 그때 양의 화신인 분을 뵌 적이 있어요. 진위 여부는 모르겠으나 윈필 왕국 건국신화에 나오는 황금 털가죽을 가진 황금 양 본인이라더군요. 그리고 그분은 동료 양들을 위해 이 나라에 자신들의 은밀한 보금자리를 꾸리고 계셨어요."

이 아가씨도 그중 하나인지 모른다.

사람이 아닌 이들 중에는 인간 세상에서 살아가는 이도 적지 않다.

하지만 그게 가능한 경우는 완전히 믿을 수 있는 사람을 만났거나, 해당 인물에게 재능이 있을 때에 한한다. 맷돌에 넣은 보리 속에 돌멩이가 섞이면 언젠가는 반드시 발견돼 밖으로 튕겨 나가는 것과 같은 이치다. 돌은 돌, 보리는 보리이지, 돌이 보리처럼 보릿가루가 되지는 못하니.

"하지만… 그런 것치고는 복장이 좀 묘하네요."

그 말에 뮤리가 이쪽을 힐끗 쳐다보았지만, 우리 오라버니가 옷에 관해 뭘 알 리가 없는데, 라고 얼굴에 쓰여 있다. 멋이 무엇인지는 모르지만, 옷의 양식은 어린 시절에 아득히 먼 남쪽까지 여행한 경험을 통해 나름대로 지식이 있다.

"허리띠 자수가 남방의 것이고, 이 두건도요. 이 천은 이 근방에서는 드문 사라사예요."

한창나이 때인 뮤리는 옷에 관해서는 흥미진진하다.

겸연쩍어 묻지는 못하면서도 가르쳐 달라고 꼬리가 말한다.

"면이라 불리는 소재로 만든 거예요. 나도 원료를 본 적은 없지만… 몹시 더운 나라에서 운반되어 오는 특수한 천이죠. 들은 바로는, 보리 이삭 대신 털실이 찬 열매를 맺는 식물이라나요?

예전에 읽은 적 있는 편력 선교사가 쓴 문서에는 양을 열매 맺는 식물이라고 쓰여 있기도 했어요."

뮤리가 대번에 수상쩍은 표정을 짓는다.

"…나도 양을 열매 맺는다는 말은 믿지 않지만, 어쨌든 이 근방에서는 얻을 수 없는 물건을 착용했고, 이 여행복도요. 멀리서 왔겠죠."

내 힘을 필요로 한 것은 주교를 상대하기 위해서였겠지.

악몽이라도 꾸는지 괴롭게 눈을 감고 있는 양 아가씨의 목적은 대체 무엇인지.

내가 힘이 될 수 있는 일이라면 좋겠지만, 하고 생각한 순간.

"아."

뮤리가 나직이 낸 소리에 시선을 돌리자, 양 아가씨가 눈을 감은 채 얼굴을 찡그리고 있다. 그러다가 돌아누우려던 도중 벌떡 튕기듯 일어난다. 한껏 벌어진 눈이 얼마나 당황했는지를 드러낸다.

"괜찮으십니까?"

내 음성에 양 아가씨가 숨을 삼키고 이쪽을 본다. 반사적으로 가슴께에 손을 얹은 것은 품속의 검을 더듬은 것인지, 아니면 대성당에서 손에 들고 있던 양피지를 확인하기 위해서인지.

잠시 침묵이 내렸다. 그러는 사이에도 선실 바깥에서는 항구의 떠들썩한 소리, 바닷새의 울음이 들려온다. 항구에 정박한 배 안이고, 마주하고 있는 것은 성당 밖에서 만난 이인조라는 것을 이내 이해한 모양이다. 돈주머니도, 품속의 양피지도 무사하다는 것은 알았을 터.

아가씨는 살짝 경계가 풀렸는지 가슴께에 얹고 있던 손을 내렸다. 하지만 방 안에 있는 뮤리에게 눈길이 머물자 또 화들짝 놀란다.

늑대와 양이다. 한 방에 있으면 불안하기도 하겠지. 뮤리가 방구석에 자리한 것은 내가 어려워서가 아니라 아가씨를 배려해서였던가 보다.

일단 헛기침을 해서 아가씨의 주의를 끈 뒤 자기소개를 했다.

"저는 토트 콜이라고 합니다. 이쪽은 제 길동무인 뮤리입니다. 늑대의 피를 이었지만 함부로 물지는 않습니다."

그렇게 설명하자 아가씨는 나를 봤다가 다시 뮤리를 보았다.

입을 벌렸으나 말은 나오지 않고, 여전히 동요한 상태인 게 느껴진다.

그릇에 주전자의 물을 따라 아가씨에게 건넸다.

아가씨는 물그릇을 받아 들더니, 물은 마시지 않았으나 크게 심호흡을 했다.

"…죄송합니다. 하도 갑작스러워, 놀라서…."

들판의 양은 조금 큰 소리에도 기절하곤 한다. 느닷없이 늑대를 직면했으니 버틸 수가 없었겠지.

하지만 상대를 보고 기절하다니, 실례는 실례다. 사과의 말은 뮤리를 향해 반듯하게 건네자, 잔뜩 몸을 움츠리고 있던 뮤리는 그제야 안심한 듯이 고개를 가로저은 후 내 곁으로 다가왔다.

"성당 앞에서 정신을 잃으셔서 항구까지 옮겨 왔습니다. 숙소로 삼고 있는 곳까지는 제 다리가 버티질 못해 신세를 지고 있는 배로 왔고요."

아가씨는 그제야 상황 파악이 되었는지, 느릿느릿 고개를 끄덕였다.

그런 후 매무새를 바로잡더니 침대 끝에 걸터앉았다.

"도와주셔서 고맙습니다."

"아닙니다. 다친 데가 없어 참 다행입니다."

단순한 갈등이라고 보기에는 주교의 격분이 극심했다. 이 아가씨도 내쫓기면서 운 나쁘게 부딪쳤더라면 크게 다칠 수도 있었다.

"그나저나, 성당에서 무슨 일을 당하신 겁니까?"

잡담하듯 넌지시 꺼낼 작정이었는데, 아가씨의 얼굴에 긴장한 기색이 확 돈다.

잘 하면 내 정체는 숨긴 채 상대의 목적만 들을 수 있지 않을까 했는데, 너무 얌체 같은 짓인 것 같다.

잠시 망설였으나, 거짓말은 하지 않는 것이 나중을 위해 낫다.

"말씀해 주시면 도와드릴 수 있을지도 모릅니다."

"…그건?"

하며 묻는 아가씨에게 이렇게 말했다.

"찾고 계시는 북방 섬에서 온 인물은 필시, 저일 테니까요."

아가씨는 숨을 삼키고 주변을 둘러보았다. 표정이 긴장한 까닭도 모를 바는 아니다.

탐색하던 상대의 소굴에 끌려왔다가 위험에 처하는 일이 얼마쯤도 있을 수 있으니.

"주위에 사람들이 포위하고 있다거나, 그런 일은 없습니다. 이 배는 풍랑에 휘말렸었기에 보수와 점검으로 갑판에서 다들 바쁩니다."

그 설명에 아가씨는 납득한 표정을 지으면서도 귀를 기울이는 게 잘 느껴졌다.

물론 내 귀에도 문밖에 펼쳐진 건전한 배의 한 장면이 훤히 잡힌다.

"말씀해 줄 수 있으십니까?"

그렇게 묻자, 아가씨는 여전히 무릎 위로 주먹을 쥔 채 몸의 긴장을 풀지 못했다.

하지만 다소 수그린 얼굴은 완고한 게 아니라 단순히 주저하는 듯한 표정이었다.

아마도 이 아가씨는 양의 화신이라는 것을 내게 밝힐 생각은 없었을 테고, 내 곁에 늑대 소녀가 있으리라고는 상상도 못 했으리라.

주저하는 마음은 이해하기에 가만히 입 다물고 기다렸다.

아가씨는 총명해 보이고, 이지적인 분위기에 비해 배짱도 있을 성싶다.

아니나 다를까, 오래지 않아 고개를 들었다.

"…한 가지, 여쭈어도 될까요?"

"하십시오."

"당신은… 우리의 이해자이신가요?"

그 물음은 나를 똑바로 향해.

양, 늑대, 인간이 한 방에 있으면 이단은 인간이겠지.

"제가 여러분을 정말로 이해하고 있는지 어떤지 모르겠습니다만, 그렇게 하고 싶어 노력은 하고 있습니다."

되도록 정직하게 대답하고 싶은 마음에 아무래도 에두르는 말투가 된다. 당연히 아가씨는 의심스러운 표정이 되지만 그것을 본 뮤리가 말했다.

"오라버니는 이해자야. 나랑 결혼할 거거든."

"엇."

놀란 음성이 누구의 것인지 모르겠으나, 뮤리가 펄쩍 안겨 드는 바람에 당황하여 떼어 낸다.

"그런 말 안 했어요."

밀려 나간 뮤리가 다시 팔에 매달린다.

"신앙은 말이 아니라 행동으로 보이는 거라며?"

"그건….."

설교로 그렇게 말한 적이 있는 것 같다.

"아무튼 그 얘기는 나중에….."

그런 말을 주고받는데, 여태 침대 위에서 불안한 기색이던 양 아가씨가 망연한 표정을 짓고 있다.

"이런 추태를….."

한심함에 현기증을 느끼며 뮤리를 나무라려 했는데 삼베 천을 부드럽게 쓰다듬는 듯한 소리가 났다. 아가씨가 참다못해 터뜨린 웃음소리로, 동시에 곁에서는 뮤리가 의미심장하게 나직이 웃는다. 양 아가씨를 위해 일부러 치기 어린 짓을 한 모양이다.

그렇긴 해도 '어쩌면 혹시' 하는 속셈은 느꼈기에 머리에 꿀밤을 먹였다.

"사이가 좋으시군요."

웃어서 긴장이 풀렸는지 양 아가씨가 그렇게 말했다.

"하지만… 결혼이라니? 오누이…시지요?"

어휴 참, 하며 이 부분만큼은 뮤리를 저주했다.

"이 아이는 제가 일하던 주인댁의 따님으로, 갓난쟁이 때부터 제가 오라버니를 대신해 왔습니다. 어린 소녀가 흔히 하는 짓이지요."

그렇게 말했다가 팔을 손톱에 찔렸지만, 송곳니를 세우며 으르렁대지 않은 것만으로도 다행으로 여기기로 했다. 그리고 양 아가씨에게는 단박에 전해졌는지 심심히 고개를 주억인다.

"저를 찾고 있었을 뿐 아니라, 양의 뿔도 갖고 계십니다. 이야기를 듣지 않고 끝내기는 어렵습니다."

뮤리가 팔에 매달려 있는 모습이 천 마디 말보다 설득력이 띤 게 분명하다.

아가씨가 결단을 내린 것이 표정에서 느껴졌다. 즉시 자세를 바로 하더니 이렇게 이름을 밝혔다.

"저는 일레니아 지젤이라고 합니다. 멀고도 먼 푸른 바다의 나라에서 나고 자랐습니다. 먼 나라의 상회에서 일하며 평소에는 이 나라에서 양모를 중개하는 일을 하고 있습니다."

양 아가씨가 양모를 구매한다니, 상당히 평판 있는 중개인이겠다.

그런 생각이 얼굴에 드러났는지, 아가씨는 나이에 걸맞은, 혹은 겉모습에 걸맞은 앳된 웃음을 지었다.

"하지만 지금은 임시 징세인입니다."

"징세인?"

하고 되묻자, 일레니아는 품에서 양피지를 꺼냈다.

"저는 윈필 왕국 클리벤드 왕자의 이름으로 발행된 징세권을 구입해 성당에서 세금을 징수하려 했었습니다."

세금 대리 징수는 흔히 있는 일이라고, 뮤리의 아버지이자 전직 행상인인 로렌스 씨에게 들은 적이 있다. 세금을 거두는 것은 큰일이기에 권력자는 그 권리를 경매에 부쳐 팔아 치운다. 권리를 산 자는 전액 회수하면 낙찰한 금액과의 차액만큼 돈을 벌게 된다.

물론 회수하지 못하면 큰 손실이 나고, 하물며 기꺼이 세금을 낼 이는 거의 없다.

"그래서 내쫓기셨다는?"

아가씨는 고개를 끄덕이고 심호흡을 하더니, 정색한 얼굴로 말했다.

"하지만 저는 단순히 돈벌이를 위해 이번 일에 손을 댄 것은 아닙니다. 이곳에서 콜 님을 만난 것은 운명의 인도하심이 아닌가 합니다."

과장도 참, 하고 조금 대놓고 생각했다.

징세 대리는 소소한 용돈벌기 아닌가.

그렇게 생각한 직후.

"이 징세는 제 원대한 계획의 일부입니다."

당황하여 얼결에 되물었다.

"실례… 그게, 무슨?"

일레니아는 몸을 앞으로 내밀며 말했다.

"저는, 우리처럼 사람이 아닌 이들끼리 살 수 있는 나라를 만들고자 합니다."

"……."

대꾸도 못 하고 일레니아를 쳐다보자, 검은 눈이 주눅도 들지 않고 나를 빤히 본다.

"우리는 어디에 있든 인간의 눈을 속이며 몰래 살고 있습니다. 개중에는 어느 정도 규모로 동료를 모아서 살고 있는 이들도 있기는 하지요. 하지만, 그런 게 아니라, 당당히 지도에 실릴 만한 곳을 만들고 싶습니다."

"그런 건….."

머릿속에서 상식적인 사고가 빙빙 돈다. 사람이 아닌 이들이 살아가기 위해서는 깊은 숲속에서 숨을 죽이거나, 사람들 사이에 섞여 도시 생활에 녹아들거나, 또는 인간 세상이 돌아가는 틈새에 잘 잠입하거나.

하지만 애당초 지금 세상에 누구의 것도 아닌 땅이 있을 리 있나.

이내 한 가지 생각에 이르렀다.

"전쟁을 일으키겠다는 말씀입니까?"

사람이 아닌 이들의 막강함은 잘 안다. 우러러봐야 할 만큼 거대한 늑대의 두꺼운 송곳니, 날카로운 발톱을 안다. 백 명 규모의 용병단을 단번에 날려 버린 이야기도 안다.

온 세상의 사람 아닌 이들을 모아 집단을 이루면, 어쩌면.

옛 정령시대에 살던 이들의 힘을 엿볼 때마다 그런 생각이 들지 않을 리 없다.

하지만 그 참모습은 우러러볼 만큼 거대한 현랑도 종종 말했다.

사람에게는 이겨도 인간 세상에는 이기지 못한다고.

발톱과 날카로운 이빨이 모든 것을 결정하던 시대는 끝났다는 걸 그들 스스로가 안다.

알고 있지 않은 것은 일레니아와의 대화를 집어삼킬 듯이 듣고 있는 젊고, 아직 세상을 모르는 이들뿐.

그러나 일레니아는 나를 빈틈없이 응시한 채로 말했다.

"원거리 무역에 종사하는 이들이라면 누구나 한 번쯤은 들어본 소문이 있습니다. 이 왕국의 서쪽 바다 끝에는 아무도 본 적 없는 대륙이 있다는. 거기에 나라를 세우는 겁니다."

팔에 매달려 있던 뮤리의 손톱이 아프리만큼 파고든다. 그렇지 않아도 모험을 좋아하는 뮤리는 휘둥그레진 눈으로 일레니아를 응시하고 있다.

"그 땅을 우리가 손에 넣게 되면, 우리가 우리임을 숨기지 않아도 되는 나라를 세울 수 있습니다. 아니, 그래야만 합니다. 당신도… 뮤리 씨도, 그게 얼마나 근사한 일인지 아시지 않나요?"

아티프 상관에서 뮤리는 벽에 붙은 커다란 세계지도를 바라보았다. 세계는 너무도 넓고, 우리가 살던 뇨히라쯤은 지도 한 귀퉁이의 얼룩이나 다름없다.

하지만 그 지도 어느 곳에 있더라도 뮤리는 참모습을 드러낼 수 없다.

어디에 가더라도 마음 쉴 곳이 없다고, 그래서 내 손을 잡았다고, 이 품 안에서라면 안심할 수 있기 때문이라고 뮤리는 말하겠지.

"그건… 내가, 언제든지 늑대의 모습으로 있을 수 있다는 거야?"

"물론이지요. 당신이 원하는 모습으로, 오라버님과 자유로이 살 수 있습니다."

오라버님이라는 말에서 상인다운 영업용 문구를 느끼지만 뮤리에게는 효과가 있었나 보다.

팔에 힘이 아닌 열기가 담기는 게 느껴졌다.

"하, 하지만, 징세와 대체 무슨 관계가?"

홀린 표정인 뮤리의 손을 끌어당기고 정신을 차렸다. 헛간에 두었던 작은 항아리의 뚜껑을 열었더니 소를 꿀꺽할 만큼 거대한 뱀이 튀어나온 것만 같은 이야기였다.

일레니아는 황당무계하게 지어낸 이야기로 우리를 현혹하려는 게 아닐까?

"징세는 구실입니다. 제 목표는 대성당이 장기간의 축재 끝에 모은 성유물입니다."

성당 문에 붙어 있던 고리대금이라는 글귀가 떠오른다.

"저는 양모 중개인으로서 양을 대규모로 키우는 수도원을 돌아다녔습니다. 그러면서 어느 수도원에 어떤 성유물이 있는지도 조사했고, 이 데자레프 대성당이 성(聖) 넥스의 천이라 불리는 것을 사들였을 가능성이 있다는 걸 알았습니다."

성 넥스는 나도 안다. 원래 포목상으로 막대한 부를 쌓았으나 신의 계시를 받아 전 재산을 가난한 이들에게 나눠 주고 여생을 신앙에 바친 성인이라, 실과 천을 취급하는 직인조합의 수호성인으로 받들어지곤 한다. 성 넥스의 이득은 실이 끊어지지 않는다, 천이 벌레 먹지 않는다, 불이 나지 않는다 등등 수수한 것들이다.

굳이 따질 것도 없이 수수한 성인이라 일레니아가 말한 장대한 꿈과 조합이 잘 안 됐다.

저런 과장된 이야기에는 일찍이 신이 대지에 강림하셨을 때 밟은 돌이라거나, 제7천사가 지상에 남긴 검이라든가, 그런 게 어울릴 것 같은데.

실을 둘둘 감은 막대와 옷감을 손에 든 성인으로는 좀 미덥지 않잖아?

"그 천이 대체 어떻기에 그러시죠? 혹시, 말씀하신 대륙으로 가는 지도가 그려져 있기라도 합니까?"

"아쉽게도 지도는 아닙니다. 하지만 우리를 새로운 세계로 이끌어 줄지도 모른다는 의미에서는 가깝지요. 돛을 만들 겁니다."

"돛?"

"성 넥스의 천은 축복받은 성스러운 천으로, 이 세상에서 가장 튼튼한 천이라고 합니다. 그 전설이 사실이건 과장이건, 바다 저 끝으로 가는 배의 돛으로는 더할 나위 없이 걸맞지요."

"그런 배를 만들려는 겁니까?"

"가능하면, 옛날 세상을 덮친 대홍수 때에 신이 보냈다는 방주를 찾아내고 싶었습니다만."

농담인지 진담인지 알 수 없다.

하지만 거기에서 황야를 가는 양의 강인함을 본 것은, 그 발굽이 대지에 탄탄히 뿌리박고 있어서인지도 모른다.

"물론 저 자신은 인간이 말하는 신을 믿지는 않습니다. 그러니 성유물을 가득 채워 성인의 기적으로 이루어진 배를 만들고자 하는 것은 아닙니다. 그것은 **그런 배를 만들고 싶어 하는 사람에게 바칠 공물입니다.**"

일레니아는 꿈을 이야기하며 흥분했는지 강한 웃음을 지었다.

"신대륙에는 딱 한 번, 윈필 왕국의 탐험선이 도달했었다고 합니다. 항해록과 해도를 보유하고 있는 것은 이 왕국뿐입니다. 이 점에 착안하여 항해에 쓰면 여로 안전의 수호물이 될 만한 성유물을 모아 헌상함으로써 재차 신대륙으로 향할 때 우리 배도 선단에 낄 수 있게끔 하는 계획입니다. 징세권을 낙찰한 것은 교회와 성당의 문을 열기 위한 구실, 그리고 징세에 협조함으로써 왕국에 좋은 인상을 남기기 위해서이지요. 애당초 이 징세 자체가 신대륙으로 가는 모험 자금을 모으기 위한 것이라고 저는 보고 있습니다."

성급히 세운 계획은 아닌 모양이다.

묘한 현실감이 있었다.

"하, 하지만, 윈필 왕국은 교회와 전쟁을 벌일지도 모른다고 합니다. 이교도와의 전쟁도 수십 년이나 이어졌어요. 긴 싸움이 되겠지요. 그런 꿈같은 모험을 할 여유가 있을 것 같지…."

그러자 일레니아는 고개를 가로저었다. 말귀 못 알아듣는 어린아이를 앞에 둔 것처럼 애타게 말했다.

"이 왕국이 교회와 대립하는 이유가 바로 그것 때문이라면 어떨까요?"

머리가 돌아가지 않는다.

"…무슨 말씀이신지?"

"항간에는 세금을 둘러싼 대립과 오랜 세월 교회의 좋지 않은 행적이 원인이라 하지만, 뭔가 이상하지 않나요? 새삼스러울 것도 없고, 왕국 측도 부패의 단물을 빨아 왔습니다. 더욱이, 타국을 향한 교섭 행동이 일절 없어요. 일국에 불과하나 의로운 분노로 일어섰다, 라는 식이지만 부자연스럽습니다. 마치 혼자서만 교회에 거리를 두려는 듯이."

하지만 바로 그런 이야기를 듣고 감동하여 살던 마을을 떠나 온 몸으로서는 이상하다 여겨지지 않는다.

"글…쎄요. 현재 아티프에서는 개혁의 불길이 솟고 있습니다. 왕국에서는 성전의 속세어 번역도 진행되고 있고, 민중에게 신앙이 열리려는 참인데…."

"바로 믿지 못하시는 것은 이해합니다. 하지만 저는 신대륙은 분명히 있다고 생각합니다. 아니, 악마 들린 자라 불리는 모든 이들, 우리처럼 사람이 아닌 이들은 확신할 겁니다."

저렇게까지 말한다면 무슨 단서가 있는 거다.

양 아가씨는 양이 싸울 때 그러하듯 이마를 쑥 내렸다.

"신대륙에서는 소수의 생존자를 태운 배 한 척만 돌아왔다고 합니다. 그 생존 선원들이 그랬답니다. 바다 저 끝에 있는 대륙에는 악마가 산다고. 동료들이 모두 그 악마에게 찢겼다고. 바다가 갈라질 정도의 포효를 내지르며, 한 걸음 내디딜 때마다 호수가 생길 만큼 거대하여, 어둠을 틈타 목숨 간당간당하게 배에 뛰어올라 바다로 도망친 뒤에야 비로소 돌아보았다가 그 전모를 파악했다고. 산에 걸터앉을 수 있을 만큼 거대하고, 쳐든 팔은 당장에라도 하늘에 뜬 달에 닿을 듯한…."

그 순간, 설마 했다. 저런 이야기를 들은 적이 있기에.

일찍이 세계 각지에 남은 전설을 모으는 수도사가 있었다. 그는 자신이 믿는 신의 존재 여부를 확인하기 위해 이교도 신들의 이야기를 수집했다. 보리에 깃든 늑대. 초원 너머를 유유히 걸어가는 황금 털을 가진 양. 머리와 꼬리로 날씨를 바꿀 만큼 거대한 뱀. 이마에 큰 나무가 자라고 유구한 시간을 살아가는 거대한 사슴. 황당무계한 이교도들의 공상이라고밖에 생각할 수 없는 이 이야기들에는 기묘한 공통점이 있었다. 그들이 어느 시기를 경계로 홀연히 자취를 감췄다는 것이다. 인간의 힘쯤은 아득히 능가하던 그들이 돌연 역사의 무대에서 사라졌다.

그들은 전설적인 싸움으로 목숨을 잃었다고들 한다.

싸움 상대는 숲과 정령의 시대의 왕 중의 왕.

"달을 사냥하는, 곰…."

그 폭군에 의해 스러졌다.

"전설을 아는 이들은 다들 제일 먼저 그것을 떠올립니다. 그리고 달을 사냥하는 곰 이야기는 인간들 사이에서는 거의 알려져 있지 않아요."

내가 그것을 아는 것은 뮤리의 부모님과 함께 여행을 했기 때문이다.

자연히 얻어들은 이야기가 아니라, 탐구하다 비로소 찾아낸 이야기다.

"전설에 따르면 달을 사냥하는 곰은 싸움 후에 서쪽 바다로 사라졌다고 합니다. 산을 넘고 바다에 뛰어들어 섬을 만들었다고까지 하는 달을 사냥하는 곰이, 인간의 모습으로 몸을 숨겨 지금 세상에서 살고 있을 것 같지 않습니다. 하지만, 전설 이후로 아무도 그 모습을 본 적이 없습니다. 하물며 지금 세상은 숨어서 살기에는 인간의 수가 너무 많습니다. 저는, 그러니까, 라고 생각합니다."

"달을 사냥하는 곰이 바다 저 끝 대륙에서 살고 있다?"

일레니아는 고개를 끄덕였다.

"이 왕국은 그 악마와 싸우고자 하는데, 무디고 오래된 교회의 신앙의 검으로는 의지는커녕 이권 다툼에 빠질 게 눈에 선하니 방해밖에 되지 않는다고 생각했다면 어떨까요? 몇 년도 더 전에 있던 이교도와의 전쟁에서는 전리품 대다수를 결국 교회 측이 교묘하게 가로챘습니다. 같은 전철을 밟지 않으란 법이 없다 싶을 겁니다."

배의 선장은 한 명으로 충분하다는 건가.

"왕국이 조선기술을 급격히 진보시키고 대륙의 산이란 산에서 목재를 베어 오고 있는 것은 신대륙으로 갈 준비를 하는 것으로 생각되지 않습니까?"

뇨히라는 상당한 산중인데, 그런 심심산골에서도 목재가 강을 타고 팔려 나가는 것은 알고 있었다. 산중에 드문드문 사는 마을 사람들이 짠 삼베는 뇨히라를 지나쳐 하류 도시로 팔려 나가고, 대부분은 범선의 돛으로 쓰인다고 들었다.

사들이는 측은 윈필 왕국이다. 원격지 무역용 조선작업이 활발했기에.

"저는 신대륙 이야기를 열쇠로 삼으면 왕국이 취하는 행동 대부분이 설명된다고 확신합니다. 이 좋은 기회를 놓치면 우리는 앞으로 영원히 인간 세상의 그늘에서 살아가야만 해요. 이 도시의 대성당에서 성 넥스의 천을 손에 넣는 일은 중대한 첫 걸음입니다. 그러니 부디, 힘을 빌려… 아니, 아니지요."

일레니아는 교회 앞에서 자비를 구하는 빈자가 그리하듯 나와 뮤리를 향했다.

"제 계획에 함께해 주시지 않겠습니까? 인간 세상에 명확한 힘을 가진 콜 님과, 숲의 패자인 늑대의 힘이 있으면 계획은 크게 전진할 것입니다."

전부 일레니아의 망상일 수도 있다. 신앙을 공부하다 보면, 때로 사람은 자기가 보고 싶은 것을 자기가 보고 싶은 대로만 본다는 것을 알게 된다.

또한, 일레니아의 말을 고스란히 믿고 싶지 않은 이유가 있다.

만일 일레니아의 말대로 신대륙을 둘러싼 계획이 사실이라면, 왕국은 신앙의 바른 모습 같은 것엔 아랑곳하지 않는다는 게 된다. 단순히 신대륙을 독점하기 위한 준비로 교회를 떼어 버리려 하는 것에 지나지 않는다는 게 된다.

그렇게 되면 교회가 부정을 바로잡고 올바른 신앙이 세상에

널리 퍼질 것이라 믿으며 싸우는 이들은 엄청난 멍청이들이란 이야기다.

결국 권력자들의 정쟁에 이용되는 말에 지나지 않고, 근본부터는 아무것도 해결되지 않는다.

일레니아가 한 이야기에는 나 자신이 믿고 싶지 않은 독이 들어 있다.

"오라, 버니?"

그때 뮤리가 속삭이듯 불렀다. 불안한 표정이다. 뮤리의 입장에서는 일레니아에게 협조하지 않을 이유가 없으니까.

하지만 어찌 바로 결단을 내리겠는가.

일레니아의 이야기는 내가 보아 온 세상의 인식을 크게 바꾸려 하고 있다. 바다 저 끝에 전혀 새로운 대륙이 있고, 거기에 달을 사냥하는 곰이 살고 있으며, 왕국이 그곳을 새로운 나라로서 빼앗으려 한다니, 그걸 단숨에 믿으라고 하는 게 무리다. 하물며 왕국이 사리사욕에서 교회와 대립하고 있었다니.

하이랜드는 이 일을 알고 있었을까, 하는 생각이 퍼뜩 들었다.

그런 한편, 일레니아의 꿈이 실현된다면 지금 세상에서는 남의 눈을 피해 가며 살아야만 하는 이들에게는 희소식이다. 그리고 삶의 고달픔을 느끼는 것은 뮤리도 마찬가지다. 북방 도서지역에서도 고래의 화신인 오팀은 단 하나뿐인 동료를 잃어 마음의 상처가 깊었다. 누군가가 그에게 다가가 가족이 되었다면 오텀은 북방 도서지역에서도 훨씬 다른 역할을 하지 않았을까 싶다.

사람들이 교회에 모이듯 인간이 아닌 이들에게도 마음을 쉴 곳은 필요하다.

그런 희망에 빛이 보인다면, 그곳으로 가려는 이들을 격려해야 하지 않을까. 적어도, 동요하며 우뚝 서 있어서는 안 된다.

뮤리와 같은 이름을 가진 용병단장도 말했었다. 전쟁 중에 가장 위험한 상황은 강적을 만났을 때가 아니라 전황을 알 수 없는 곳에 멈춰 서 있을 때라고.

그렇다면 이내 할 말은 정리된다.

"일레니아 씨의 말씀에는, 대뜸 믿기에는 어려운 부분이 많습니다. 설령 사실이라 해도 안이하게 관여하기엔 주저되는 까닭이 있습니다. 저는 이 뮤리의 오빠로서, 현 상황에서는 동의하기 어렵습니다."

"오, 오라버니."

하며 소매를 잡아당기는 뮤리를 시선으로 침묵시켰다.

"잠시 시간을 주실 수 있으십니까?"

일레니아는 낙담하지도, 실망하지도, 초조해하지도 않았다. 내 눈을 빤히 응시하고 이내 내리더니, 앞으로 내밀었던 손을 거둔다. 우수한 중개인인 것이 틀림없겠다.

"잘 부탁드리겠습니다."

뮤리는 고개를 숙인 일레니아를 곤혹스러운 얼굴로 응시하고 있었다.

"답변은, 이 배로 오면?"

"아닙니다. 우리가 가겠습니다."

"알겠습니다. 저는 '은의 뱃머리'라는 여관에 묵고 있습니다. 이곳에서의 양모 거래 거점으로 삼고 있으니 어느 상회에서든 제 이름을 대면 바로 확인할 수 있을 겁니다."

자신이 의심을 사고 있는 점을 잘 파악하고 있다.

뮤리와는 또 달리 야무지다.

자리에서 일어난 일레니아가 신하의 예를 취하듯 머리를 깊이 조아리고, 양뿔을 거둔다.

"구해 주셔서 고맙습니다."

선실 문을 열자 밝은 햇살과 소음에 돌연 시간이 움직이기 시작한 것만 같았다. 선실 안에서 나눈 이야기가 그야말로 꿈만 같아서 그렇게 느꼈는지도 모른다.

일레니아는 널판을 안정감 있게 건너 잔교로 내려섰다. 그런 후 지친 듯 걱정스러운 듯한 미소를 짓더니 꾸벅 인사하고 걸음을 뗐다.

혼잡한 거리 속으로 사라져 가는 뒷모습이 인파에 훌쩍 섞이는 것과 동시에 긴 한숨을 내쉬었다.

일레니아가 한 이야기는 하나에서 열까지 난감했다. 윈필 왕국이 교회와 대립한 목적, 서쪽 끝에 아무도 본 적 없는 땅이 있고, 거기에 달을 사냥하는 곰이 있는 듯하다는 것. 그 모두가 동일선상에 늘어서 있으니, 막막한 산기슭에 서 있는 것 같은 기분이다.

"저기, 오라버니."

뮤리가 얼이 나간 어조로 말했다.

"나는 어느 부분부터 수선을 떨어야 해?"

양모 가공 현장을 목격했을 때와 같은 반응에, 나만 동요하고 있는 게 아니었다는 걸 깨닫는다. 둘 다 갈팡질팡하고 있었다.

아직 앳된 기가 남아 있는 작은 손을 잡으며 말했다.

"탁자 위에 진수성찬이 아무리 많아도 한 번에 먹을 수 있는 양은 정해져 있어요."

하나씩 조사해 봐야 한다. 슬라이 말마따나 내가 이 도시에 흘러 들어온 것도 모두 신의 계획이었는지 모른다.

번화한 항구의 소음이 묘하게 귀에 꽂혔다.

항구 구석에는 바위를 잘라 만든 계단이 있어 해수면까지 내려갈 수 있게끔 되어 있다.

잔물결이 밀려드는 바닷물에 손을 담그고 은화를 맞부딪친다.

"나도 귀가 좋은 편이지만 정말로 들릴까?"

곁에 있는 뮤리는 의심스러운 표정이다.

"수중에서는 소리가 아주 잘 울린다니까… 뭐, 이 방법으로 안 되면 얌전히 편지를 보내면 되죠."

바닷물 속에 손을 담그고 춤출 때 박자를 맞추듯 딱딱한 물건을 두드려라, 그러면 웬만한 곳에는 하루 안에 가겠다.

북방 섬에서 만난 고래의 화신 오텀이 해 준 말이다.

그로부터 한 달도 지나지 않아 호출하기는 미안하지만, 바다 일은 바다의 주민에게 묻는 게 낫다.

"그다음엔 검은 성모의 조각을 바다에 던지라고 했어요."

주머니에서 꺼낸 작고 검은 덩어리를 바다에 던진다. 새끼손가락 머리만한 크기로, 토끼 똥처럼도 보인다.

흑옥이라 불리는 귀한 돌의 일종으로, 호박과 비슷한 성질을 띤다.

뮤리는 다른 조각을 손에 들고 냄새를 맡아 보다가 어깨를 으쓱이고는 도로 주머니에 넣었다.

"내일 아침에 다시 옵시다."

일어나 계단을 오른다. 원격지 무역에 종사하는 상인들 사이에 퍼진 소문이라고 했으니 요제프에게도 물어보고 싶었지만 몹시 바쁠 것 같아 뒤로 돌렸다. 저녁 식사 때 물어보면 되겠지.

손을 닦다가 문득 깨닫고 보니, 뮤리가 계단 밑에 우뚝 선 채 항구 저편의 바다를 멍하니 바라보고 있었다.

"왜 그래요?"

하고 묻자 고개를 가로젓고 올라온다.

"뇨히라 산에 있었을 때는 가도 가도 산만 줄줄이 이어지는 줄 알았어."

하지만 산은 끝나고, 들판이 펼쳐지고, 바다에 맞닥뜨린다.

그러면 바다 저 끝은 어떻게 되어 있을까.

바다를 본 적이 있는 사람이라면 반드시 한 번쯤은 궁금해하는 일이다.

"나는… 바다 끝에는 폭포가 있다고 배웠습니다."

그게 진실인지 아닌지는 상관없다. 그냥 그런가 보다 한다. 잠들기 전에 문득 떠올리는 답이 나오지 않는 질문에 임시 결론을 내려 두는 방편으로.

"하지만 교회의 그런 가르침에 의문부호가 붙은 지 오래인 것 또한 사실이에요."

그렇게 말을 잇자 뮤리가 나를 올려다본다. 호기심 가득한 아이의 눈이다.

"폭포가 있다면 그럼 그 폭포 밑은? 하게 되잖아요."

"그럼 뭐가 있는데? 바다와 대륙이 쭉, 다음으로 그다음으로 계속 이어져?"

뮤리의 물음을 대충 얼버무려 넘길 수도 있었다.

하지만 그렇게 하는 것은 뮤리를 너무 어린애 취급하는 셈이니, 그건 실례다.

"세상의 비밀을 밝히고자 하는 연금술사들은 세계가 둥글다고 주장하죠."

손에 든 수건을 둥글려 뮤리에게 보여 주었다.

"세상은 이런 식으로 생겨서, 서쪽으로 계속 나아가면 언젠가는 동쪽에서 돌아온다고 해요."

그리고 그런 둥근 세상이 무수히 많고, 그런 것들이 태양이라 불리고, 달이라 불리고, 별이라 불린다. 우리가 서 있는 대지도 그런 별 중 하나에 지나지 않는다고.

교회는 그런 주장을 기를 쓰고 부정한다.

성전에서 말하는 세계관과는 너무도 다르니까.

"그럼, 세상에는 끝이 없는 거구나."

교회의 가르침 따위는 아랑곳도 하지 않는 뮤리는 그 이론을 선뜻 받아들여 버린다. 아무리 부정하려 해도, 뇨히라에 오는 위대한 수도사 중에도 축적된 천문학 지식을 바탕으로 그 가설을 주장하는 이가 있었다. 뮤리에게는 올바른 지식을 전수하고 싶지만, 과연 무엇이 올바르냐 하는 문제가 있다.

그런 생각을 하고 있자, 뮤리가 불쑥, 처음 듣는 싸늘한 음성으로 이런다.

"잘됐어. 그럼 달을 사냥하는 곰은 언젠가 반드시 찾아낼 수 있겠네."

"……."

말문이 막혀, 나란히 걷고 있는 뮤리를 보았다.

천진난만하고, 왈가닥에, 웃느라 화내느라 하루하루가 분주한 소녀의 모습은 그곳에 없었다.

거기에 있는 것은, 붉은 눈에 증오의 빛을 띤 늑대.

"내 이름은, 원래는 어머니 친구의 것이잖아? 그 친구를 죽인 건…."

거기까지 말한 뮤리를 정면에서 끌어안았다.

주변에 사람들이 있고, 이상한 눈으로 쳐다봤지만, 그런 건 개의치도 않았다.

바삐 오가는 사람들이 어깨를 부딪쳐 와도 움직이지 않았다.

뮤리의 가냘픈 몸을 힘껏 끌어안은 것은 짚단에 붙은 불을 끄기 위해서였다.

이 어린 몸과 마음에 복수의 불꽃이 깃들게 해서는 안 된다.

"…내가 일레니아 씨의 이야기를 곧이곧대로 받아들이고 싶지 않은 이유 중 하나가, 그거예요."

평소의 뮤리는 껴안으면 깊은 잠이 들어 있어도 마주 안거나 가슴에 얼굴을 비빈다.

하지만 지금의 뮤리는 두 팔을 축 늘어뜨리고만 있다.

"달을 사냥하는 곰의 존재는 뮤리의 어머니나 동료들에게만

이 아니라 정령시대의 모든 분에게 막대한 의미를 띠는 것이에요. 전설이 사실이라면, 달을 사냥하는 곰과 대치한 순간 일레니아 씨가 어떻게 하려는 건지 상상이 가지 않아요."

인간이 아닌 이들의 나라를 세우고자 한다면 달을 사냥하는 곰을 왕으로 받들거나, 추방하거나 둘 중 하나다. 그리고 달을 사냥하는 곰의 전설에서 추측하건대, 우호적인 결과가 나올 것 같지 않다.

일레니아가 그 점을 고려하지 않았을 리 없으니, 어떤 안이 있기는 하겠지.

어쩌면 달을 사냥하는 곰을 없애 버릴 수 있는 무언가가.

"나는 최소한, 뮤리에게 바라는 것이 있어요."

뮤리의 몸에서 팔을 풀고 가녀린 두 어깨를 잡은 뒤 얼굴을 들여다본다. 이 소녀는 뇨히라에 있었던 때는 일언반구조차 없었으나, 자신의 몸에 흐르는 피의 존재를 강하게 의식하고 있다. 북방 도서지역에서도 전설 속 검은 성모가 늑대의 화신이 아닌가 했었다.

뮤리의 어머니인 현랑 호로는 동료를 모두 잃었다. 대부분이 달을 사냥하는 곰과의 싸움이 원인이었다고 한다. 몹시 괴로울 텐데도 호로는 오랜 세월을 살아왔기에, 해결 불가능한 문제는 옆으로 미뤄 두는 원숙함이 있다.

그에 비해 뮤리는 젊고, 눈에 비치는 모든 것이 생생한 빛을 띤다. 바야흐로 문헌 너머에만 존재하는 혈족을 현실에서 찾고, 해를 끼친 상대에게 생생한 분노를 느끼기도 할 테지.

어쩌면 이런 뮤리에게 무슨 말을 할 자격이 인간인 내게는 없을 수도 있다. 하지만 나는 인간이기 이전에 뮤리의 오빠다.

"복수하겠다는 생각은 절대 하지 말아요. 그건 이미 아득히 먼 옛날의, 잊힌 시대의 일이에요."

뮤리는 대답하지 않고, 나를 보지도 않는다.

그 대신, 수긍하듯 턱을 안으로 당기더니 어깨를 잡은 내 팔에 얼굴을 댔다.

"마을에서 나온 뒤로, 나는 내가 생각하는 것보다 더 늑대라는 걸 느낄 때가 있어."

그 말에 불안해지는데, 고개를 든 뮤리는 나를 똑바로 바라보며 난감한 웃음을 지었다.

"그런 얼굴 하지 마. 오라버니가 꼭 안아 주는 한, 나는 아무 데도 못 가."

퇴폐적인 사랑의 고백으로 받아들일 수도 있겠으나, 뮤리가 내 품 안에서 안정을 찾는 것은 어린아이가 품을 만한 단순한 이유에서만은 아니다. 내가 신앙을 위해 금욕과 절제를 이행하듯, 뮤리 역시 남모르게 인내하는 부분들이 많다.

그 전부를 편하게 해 줄 수는 없겠지만, 가능한 할 수 있는 일은 하고 싶다.

"무슨 일이 있으면 얘기해요. 미덥지 않은 오빠이기는 해도 내 모든 것을 걸고 뮤리의 힘이 될 테니까."

뮤리는 눈을 감고, 여름철의 상쾌한 바람을 뺨에 쐰 것처럼 개운한 웃음을 지었다.

"그럼 나랑 결혼해."

그리고 뜬 눈은 평소의 짓궂음이 가득한 눈이었다.

"…그건, 안 돼요."

"쩨쩨하긴."

"그런 얘기가 아니잖아요."

그러자 키득거리며 엉겨 붙듯 몸에 매달린다.

달을 사냥하는 곰을 둘러싼 심각한 무언가를 얼버무리려 하는 건 알겠으나, 그것을 굳이 지적하는 건 뮤리의 마음 씀씀이를 허사로 만드는 짓이라 생각했다.

오라버니 외의 호칭에 차마 입이 떨어지지 않는 것처럼 금세 달라지지는 못하는 것들이 많다. 뮤리도 그것을 잘 안다.

"그래도 바다 끝으로 가는 여행은 굉장히 재미있을 것 같아."

이것 또한 하나의 본심이고, 나 자신도 고심해야 할 점이 있다.

"한고비 넘기니 또 한고비네요."

넋두리하듯 중얼거리자, 뮤리가 이런다.

"지루하지 않아 좋은데?"

젊음은 겉모습만의 이야기가 아니다.

"그러게요. 낙관적으로 생각합시다."

뮤리는 웃으며 고개를 끄덕였다.

그 후로 시내를 돌면서 일레니아의 평판을 넌지시 확인하기로 했다. 뮤리도 옷을 보고 싶다고 했기에 상회 앞에서 옷을 뒤적이며 일레니아에 관해 물어보았다.

"양모 중개인? 하하, 형씨, 이 도시에 중개인이 몇 명일 것 같소? 남쪽, 동쪽 대륙에서 양모를 사러 우르르 몰려오는데 일일이 어떻게 기억하나."

첫 가게는 아주 쌀쌀맞아 난처했으나, 다음 가게에서는 시원시원하게 말이 통했다.

"흑발인 아가씨인데 양모 중개인인 사람을 아느냐고? 아아, 알지. 아, 아가씨, 그건 고급 양가죽이라오. 가죽 무두질에 비결이 있거든. 봐요, 부드럽고 가볍지? 뭘 만들어도 최고급품이 될 거야. 참고로 이쪽에 완성된 외투, 깔개… 어? 아아, 중개인 얘기였지? 아직 젊은데도 멀리 있는 몇몇 상회가 그 아가씨를 통해 양모를 매입할 정도로 눈썰미가 좋지. 뭐야, 혹시 그 아가씨한테 일을 맡기려고 사전조사라도 하고 있는 거요? 하기야, 다른 멍청이에게 부탁할 바에야 그 아가씨가 낫지, 일도 잘 하고. 대금을 들고 튀거나 한쪽 편을 들어서 문제를 일으킨 적도 없고. 그러니까 그쪽 양가죽은 지금이라면 태양 은화로 열네 냥, 어떻소?"

다른 가게도 대개 엇비슷했다. 무역을 하러 오갈 수 없는 먼 지방에서는 동향 출신이거나 믿을 만한 사람에게 주문을 맡기는 일이 적지 않다고 들었다. 일레니아는 양모 무역업에서 꽤 알려진 얼굴인 모양이다.

양모 중개인은 당연히 유능함 이상으로 신용할 수 있는 인물이어야 하는데, 일레니아를 아는 상인들은 자기네 상회에서 일을 해 주었으면 좋겠다며 입을 모았다.

"그런 상인들 있잖아, 고용주를 지극히 흠모하는."

이라고 하는 상인까지 있을 정도다. 뮤리는 그 정보에 흥미가 당겨 반가운 기색이었으나, 이유는 묻지 않기로 했다.

"믿을 만한 상인인가 보네요."

마지막으로 들른 상회에서 산, 향초가 든 비누 냄새를 맡으며 걸어가는 뮤리에게 그렇게 말하자 내 쪽으로 시선만 돌린다.

"여우라면 좀 의심쩍지만, 양이니까 거짓말은 안 하지 않을까?"

"그런 건가요?"

"그냥 그럴 것 같아."

그런 선입견이 옳다면 늑대야말로 방심 못 할 존재 아닌가.

그러다가, 맞는 말이긴 하지, 하며 혼자 탄식했다.

뮤리가 어깨에 걸친 자루에는 이런저런 전리품이 들어 있다. 지금 조르면 돈주머니의 끈이 풀리지 않을까, 하고 냉철하게 계산한 결과로밖엔 여겨지지 않는다. 사실 달을 사냥하는 곰 이야기로 위태로운 뮤리의 속내를 본 후라, 조금 온순하게 조르면 강하게 나갈 수가 없었다. 그 빈틈 없음에 여러모로 생각할 점은 있었으나, 뮤리 나름대로 평소처럼 행동해 나를 안심시켜 주는 느낌도 있었기에 거절하기가 더 어렵다.

아무튼 뮤리는 귀엽기만 한 강아지가 아니라 늑대라는 것을 새삼 확인했다.

"그럼 이제 슬슬 날도 저물어 가니 상관으로 돌아갈까요?"

"응. 배도 고프다."

달달한 향이 나는 비누를 먹을 수 없는 게 아쉽다는 듯 자루에 도로 넣는다.

"그리고, 오늘은 양고기가 아닌 게 나으려나…."

그런 식으로 따지자면 한이 없지만 뮤리 나름대로 생각하는 바가 있는 거겠지.

일레니아가 한 이야기가 어떻게 흘러가든 뮤리만큼은 상처 입지 않게끔 해야 한다.

이 이야기는 사람이 아닌 존재로서의 가장 깊숙한 곳과 연관된 이야기일 테니까.

북방 섬에서는 한없이 미덥지 못했으나, 이번에야말로 뮤리를 지키는 방패가 되고 싶다.

"아, 오라버니. 저기 봐, 일등 별."

고개를 들자 주홍에서 남청으로 변해 가는 탁 트인 하늘에 얼음 같은 별 하나가 반짝이고 있었다.

"교회에 대한 과세, 말씀입니까?"

삶고 굽고 훈제까지 한 것을 얇게 베어 내어, 겨자씨가 듬뿍 든 소스를 뿌린 소 어깨살을 먹으며 슬라이가 고개를 외로 꼬았다.

상관으로 돌아가자 슬라이가 이미 진수성찬을 차려 놓고 기다리고 있었고, 잠시 후 요제프도 와서 만찬이 벌어졌다. 뮤리는 어젯밤에는 잠에 졌지만, 오늘이야말로 다 먹어 치우겠다며 의욕을 불태우고 있다.

"예. 온 왕국의 교회와 수도원에 세금이 부과되고 있다고."

일레니아가 한 말은 어느 것이나 다 심사숙고해야 하지만, 내 입장에서 간과할 수 없는 것은 교회에 대한 왕국의 진의다.

그렇다고 해서 슬라이에게 대뜸 왕국이 신대륙으로 가기 위해 교회를 잘라 내려 하고 있느냐고 물을 수는 없는 노릇이다. 물은들 대답해 줄 리도 없고. 그래서 고심 끝에 그렇게 말을 꺼냈다.

일레니아의 추측이 맞다면 과세에서도 왕국의 의도를 엿볼 수 있을 테니까.

만일 정당한 근거 없이 단지 재산을 압수하려는 것이라면, 일레니아가 한 말이 신빙성을 더한다.

반대로, 정당한 이유가 있다면 일레니아의 말은 억측일 수 있다.

"그렇습니다. 그들의 횡포가 이만저만이 아니었으니까요. 과세하는 게 당연하지요."

슬라이의 대답은 예상했던 것보다 더 날이 서 있다.

"그렇다는 말씀은, 뭔가 징벌적인 과세인 건가요?"

"그렇지요. 지금껏 부정하게 모은 재산을 토해 내고 금후 같은 악행을 저지르지 않게끔 하려는 겁니다. 세금 포고는 무엇이든 평판이 좋지 않게 마련인데, 이번 경우는 사람들의 갈채를 받은 몇 안 되는 일이지요."

슬라이가 농담하는 것 같지는 않다.

다만, 교회의 악행이라는 말에 이내 떠오르는 것이 있다.

대성당 문에 붙어 있던 무수한 벽보.

"대성당의 문을 보았습니다. 그것도, 그쪽 관계인지요?"

그러자 슬라이는 고개를 끄덕였다.

"그 이야기를 하자면 날이 밝을 때까지 이어질 텐데."

어투는 농담조인데, 얼굴은 웃고 있지 않다.

"그들은, 고리대금업을 하고 있었거든요."

대성당에도 그런 말이 있었다.

하지만 교회는 오히려 이자를 금지하는 측이다. 대놓고 고리대금업을 했다면 교황청에서 조사를 나오지 않았을까?

"물론 교묘하게 은폐하고 있었지요. 표면적으로는 선행을 베푸는 모양새로요."

그렇게 말하는 슬라이의 곁에서 요제프가 내 그릇에 술을 따라 주었다. 연기 맛이 나는 증류주로, 상당히 독하다. 어서 어른이 되고 싶은 나이인 뮤리가 맛을 보겠다며 입에 댄 순간 그릇을 도로 내밀었을 정도다.

이런 술을 마시지 않고는 하지 못할 이야기인가, 싶어 조금 자세를 갖췄다.

슬라이는 요제프가 따른 술을 쭉 들이켜고는 이야기를 풀기 시작했다.

"다른 나라에서는 어떤지 모르겠으나, 이 왕국에 있는 교회 조직은 양모산업에서 남몰래 단물을 빨아 왔습니다."

슬라이가 제공한 방 안에도 모직물이 많다. 모포, 깔개는 말할 것도 없고, 방한 대책으로 벽과 가구에 걸쳐 놓은 천도 대부분 양모로 만든 것이다. 생활에 양모는 필수 불가결이다.

그리고 이 왕국은 그런 양모로 세계에서 제일 유명한 곳이다.

"그런 것도 양모와 관련한 장사에는 구조적인 문제가 있어서 인데, 그중에서도 가장 큰 문제는 돈이 될 때까지 무척 시간이 걸린다는 겁니다. 양털을 깎고 그것을 옷으로 짓고 돈이 될 때까지 시간이 얼마나 걸리는지 아십니까?"

그 물음에 대충 어림하여 대답했다.

"일 년쯤 걸리나요?"

"평균 잡아 삼 년입니다."

그렇게 오래? 하고 놀라자, 슬라이가 양고기를 잘라 뮤리의 접시에 놓는다. 그러고는 싱긋 미소 짓는 것은 뮤리가 사양하는 마음에서 양고기를 먹고 있지 않다고 여겼나 보다. 뮤리는 조금 곤혹스러워하며 예를 표했다.

뮤리가 몹시 심오한 문제에 고민하고 있는 가운데, 슬라이는 탁자 위 요리를 양모에 비유하며 이렇게 설명했다.

"키우고, 깎고, 모으고, 운반하고, 세척하고, 품질에 따라 선별하고, 가지런히 골라내고, 실로 잣고, 염색하고, 직조하고, 옷으로 짓고, 팔려야 비로소 돈으로 바뀝니다. 물론 이야기가 착착 진행되는 건 아니니, 창고에 잠들어 있거나, 상점 선반에서 팔리지 않은 채 남아 있기도 합니다. 특히 옷으로 지어 놓았는데 유행에 동떨어지면 눈길도 못 받지요. 어떻게든 간신히 옷이 팔려서 돈이 되면, 이번에는 가공한 차례를 역으로 거슬러 양치기에게까지 돈이 도달합니다."

복잡한 세상 구조의 일면인데, 그게 무슨 문제라는 것인지.

그렇게 생각하고 있자, 슬라이가 빵 한 조각을 집어 들었다.

"문제는 이 돈이 도달할 때까지 어떻게든 생활을 해야 한다는 겁니다."

그러고는 빵을 입에 던져 넣었다.

"이론적으로는 양모가 최종적으로 옷이나 실이 되어 팔리지 않는 한은 양치기에서 마지막 상인에 이르기까지 아무도 대금을 받지 못하게 됩니다. 맨 앞에 있는 양치기는 삼 년간 지불을 기다려야 하는 것이지요. 하지만 모든 이들이 기다리는 동안에도 생활은 해야 하고 일도 해야 합니다. 생활을 하려면 생활비가, 일을 하려면 재료 구입비가 있어야 하지요."

모자라면 채워야 한다.

양모산업에는 고리대금업이 끼어들 여지가 얼마든지 있는 셈이다.

"하지만 교회가 말 그대로 돈을 빌려주면 문제가 되니, 데자레프 대성당이나 다른 교회 조직은 관리하는 토지에서 기른 양모를 빌려준다거나, 반가공품을 구입해 그것을 빌려주거나 했지요. 그 대신 다음 단계의 물품을 받는 겁니다. 예를 들어, 양모 뭉치를 빌려주고 실로 받는다든가, 실을 빌려주었으면 염색이 끝난 실로 받는다든가. 빌려준 물품을 돌려받으니 고리대금은 아니라는 논리이지요. 게다가 교회는 빌려준 것을 돌려받으면서 직인들에게 돈까지 줍니다. 어찌나 자비로우신지!"

하지만 그 돈은 본래 임금이라 불려야 할 것이니 크게 쳐 주었다고 보기도 그렇다.

"그리고 직인에게 건네지는 그 돈이, 지극히 적고요?"

슬라이는 고개를 끄덕이고는 그 점을 설명하듯 나이프로 소 어깨살을 얇게 떠냈다.

"우리 상인이 돈을 빌려줄 때, 교회에 노여움을 사지 않을 정도의 이자가 일 년에 일 할에서 이 할입니다. 직인의 임금을 고려해 교회의 숨은 이자를 계산하면 일 년에 오 할 이상, 때로는 십 할에 달하는 적도 있지요."

"그, 그렇게나…?"

폭리라 할 수밖에 없다.

"교회는 기부금 대부분을 토지로 받고, 대개는 그 토지에서 양을 기르니 이 왕국 내에서 가장 큰 양치기이지요. 요컨대 원료 대부분을 장악하고 있어요. 거기에다 직인들까지 금전으로 지배하니 우리 상인들이 당해 낼 길이 있나요. 상회는 마지막 단계의 시간이 가장 오래 걸리는 완성품 판매로 내몰리고, 직인들은 양모 가공으로 얼마 되지 않는 수고비에 만족하는 수밖에요. 그러니 직인의 의욕이 솟을 리가 없고, 이 왕국에서는 오랜 세월에 걸쳐 직인의 질이 저하되어, 그냥 양모를 바로 수출하는 게 더 돈을 버는 상황이 이어져 왔습니다."

내가 어린 시절에 본 윈필 왕국의 상황이 바로 그거였겠지.

"그렇게 되면 토지를 소유해서 양을 기르는 교회만 점점 더 돈을 벌고, 중간에 있는 직인들을 점점 더 가난해지는 구도가 되지요."

북방 도서지역도 고통스러운 상황이었는데, 슬라이가 설명하는 왕국의 모습도 엇비슷하다.

하지만 이곳에 비장감이 없는 것은 슬라이가 과거형으로 말을 하고 있어서다.

"왕국도 어려운 상황으로 생각해 여러모로 대책을 세웠습니다만, 근본적인 타개책이 되지는 못했습니다. 그러기는커녕."

하며 슬라이는 어이가 없다는 투로 눈을 감고 한숨을 쉰다.

"생각나는 대로 양모 수출을 정책적으로 이렇게 저렇게 만져 대니 양모 거래는 일종의 돈벌이 수단이 되었습니다. 수많은 상인, 귀족들이 농락당하고, 무수한 이들이 파산했지요."

슬라이의 말에는 사적인 심정도 담겼다. 몰락귀족은 대개 그렇지만, 유복한 상인에게 딸을 시집보냄으로써 사실상 가문의 이름을 돈에 팔아 존속을 도모하기도 한다. 가문의 이름을 돈에 팔았는데 남편인 상인이 사업에 실패하니 끝내 만신창이가 되어 추락한다.

어린 시절에 만난, 늑대 같던 여상인도 그런 변천을 거친 귀족 출신으로, 파산 원인은 양모 거래였을 것이다. 그 여상인이

특별히 운이 나빴던 게 아니라, 윈필 왕국의 그런 정책에 휘말린 수많은 사람 중 하나였으리라.

이름이 에이브 볼란이었는데, 남편이 파산한 후에 작심하여 상인으로 변신했고, 지금은 여자의 몸으로 남방에서 굴지의 대상인이 되었다고 들었다.

그야말로 늑대 같은 사람이었기에 역경도 물리칠 수 있었겠지만, 대부분은 그러지 못한다.

교회 때문에 운명을 농락당한 원한이 온 왕국 내에 남아 있다면?

그 점 하나만으로도 세금을 부과할 만하지 않겠는가.

"아무튼, 왕국이든 상회든 교회에게는 강하게 나갈 수가 없었던 겁니다. 이교도와의 전쟁 탓에 교황과는 보조를 맞춰야 했고요. 그러던 것이, 전쟁이 끝날 무렵부터 상황이 달라지기 시작하더니 왕국이 마침내 교회와 대립함으로써 역학관계가 확 바뀌었습니다."

소 어깨살에 나이프를 꽂은 때의 얼굴은 활짝 피어 있었다.

"교회는 성무가 금지되자 현금 수입을 잃었고, 직인에게 돈을 빌려주는 지배 관계가 느슨해졌습니다. 그러자 직인들도 일을 열심히 하게 되어 질과 양이 향상했고, 대륙에서는 솜씨 좋은 직인들이 이주해 왔습니다. 그뿐 아니라, 교회는 왕국 내 항구도시의 도움 없이는 양모 수출을 할 수 없으니, 갈 곳 없어진 양모를 아주 싸게 쳐서 돈으로 바꾸는 수밖에 없었고, 이내 온 왕국 안에 양모가 넘치기 시작했지요. 양이 하도 많아 원래는 양모산업과 관계없던 도시의 사람들까지 모여들어 일할 정도가 되니 다들 수입이 크게 늘고, 왕국 전체가 부유해졌습니다."

그렇다면 시내에서 사람들이 일을 하며 기뻐하는 모습은 지금까지 가해지던 끔찍한 족쇄에서 해방되어 기뻐하는 모습인 셈이다.

"교회에 과세하는 목적은 이참에 재산을 몰수해 만에 하나 형세가 역전되더라도 한동안은 일어날 수 없게끔 하려는 거겠지요. 거기에 더해, 단순히 왕국의 재원을 윤택하게 만들기 위한 것과 민중의 인기를 얻으려는 측면도 있겠지만요."

슬라이의 설명에 따르면 윈필 왕국의 대응은 지극히 이치에 닿는다. 교회는 이유가 있어 과세 대상이 되었다. 이 과세는 대의명분을 갖췄다.

신대륙으로 가기 위해 교회를 잘라 내려 한다는 황당무계한 가설과는 무관한 느낌이었다.

그렇게 되면 일레니아가 한 이야기의 많은 부분이 설득력을 잃지만, 징세 자체에 협조하는 것은 나의 목적과 그리 어긋나지 않는다.

횡포한 교회는 벌을 받고 바로잡혀야 마땅하니.

"참고로, 징세는 순조롭습니까?"

슬라이는 고개를 가로저었다.

"아니요. 교회의 권위는 탄탄하고, 시내 상인들은 후환이 두려워 징세권에 입찰하지 않아요. 잘 안 되고 있는 상황입니다."

"그렇군요…."

"대충 이런 분위기인데… 저도 한 가지 여쭤도 되겠습니까?"

묵묵히 생각에 잠겨 있다가 그 말에 끌려 나와 슬라이를 쳐다보았다.

"아, 죄송합니다. 예, 물론이지요."

그러자 슬라이는 싱글거리면서 빈틈없는 눈빛을 보내왔다.

"과세 이야기는, 어디에서 들으셨는지요?"

그냥 시내를 어슬렁거리다가 얻어들을 만한 이야기는 아니다.

슬라이가 신경 쓸 만도 하다.

"대성당에 갔다가 만난 분께 들었습니다. 그분이 성당에서 쫓겨나는 장면을 목격했거든요. 그래서 이야기를."

그렇게 설명하자 조용히 대화를 듣고 있던 요제프가 끼어들었다.

"그 사람은 콜 님의 소문을 듣고 우리 배에까지 찾아왔었지요."

그제야 슬라이는 대충 파악했나 보다.

하지만 돌연 천장을 우러르며 손으로 눈을 덮는 자세는 왜 취하는 건지 알 수가 없었다.

멍하니 있자, 자세를 바로 한 슬라이가 죄를 고백하듯 말했다.

"그렇다면, 그 아무개가 콜 님에게 세금 수금을 의뢰했겠군요."

"아, 예."

"그리고, 교회를 개혁하시려는 콜 님은 거기에서 정의감을 느끼고, 일단 조사한 뒤 도울지 말지 결정하려 하셨고요."

"예, 아, 저, 뭐, 그…."

부족한 요소가 무수하지만, 대략 맞는다.

"오오, 신이시여!"

슬라이는 신음하더니, 괴롭힘을 당한 개 같은 눈으로 쳐다보았다.

"이럴 줄 알았으면 망설이지 말고 어제 콜 님께 부탁드릴 걸 그랬습니다."

"예?"

놀라서 되묻자, "저는 상인입니다."라며 서글프게 고백했다.

"콜 님이 계시면 세금 수금은 갓난아기의 손목을 비트는 것 같겠지요. 누군들 그리 생각지 않겠습니까. 오오… 지금부터 제가 같은 일을 부탁드려도 거기에서 정의를 느끼시려나요?"

슬라이는 정확한 상황을 꿰뚫어 보는 눈을 가졌다. 똑같은 사안이 아주 약간의 차이로 다른 의미를 가진다는 것을 잘 안다.

"…죄송합니다만, 돈벌이라고만…."

"그러셨겠지요."

거드름을 피우려던 마음이 싹 가셨는지 의자 등받이에 아무렇게나 몸을 기대고는 뿌루퉁하게 그런다. 요제프가 피식 웃을 정도였으니 본심이 아니라 일부러 저런 연기를 하는 거겠지.

"하기야, 어제 말을 꺼냈다면 콜 님을 이용하려는 속셈이 훤히 보여 제 평가가 곤두박질쳤겠지요. 기회를 엿본 저의 신중함을 높이 평가해 주시겠습니까?"

자세를 바로 하고 앉은 슬라이의 말에 얼결에 웃고 만다.

슬라이가 좋은 사람인지 아닌지는 모르겠으나, 퍽 쾌활한 상인이라는 생각은 든다.

"물론입니다. 어제는 저도 몹시 피곤했었습니다. 기분이 언짢았겠지요. 배려해 주신 점 깊이 감사드립니다."

요제프는 키득키득 웃으며 슬라이의 잔에 술을 채운다. 불이 붙을 듯이 진한 증류주다. 슬라이는 술잔을 들더니 불현듯 진지한 표정을 지었다.

"이것도 다 인연입니다. 콜 님에게 세금 수금을 의뢰한 상인에게도 까닭이 있었겠지요. 대성당에서 우연히 만나다니, 신의 계획이라고밖엔 생각되지 않습니다. 하물며 양모상에게 높은 평가를 받는 중개인이라면요."

"엇."

나도 모르게 놀라자 뮤리가 눈치를 주었다. 슬라이는 즐겁게 웃고 있다.

"저는 데바우 상회 데자레프 상관의 지배인입니다. 두 분은 지극히 눈에 띄니 시내에서 이것저것 묻고 다니시면 정보가 낱낱이 들어오지요."

듣고 보니, 하긴 그렇겠다.

"중개인이면 교회의 횡포를 더욱 생생히 목격해 왔겠지요. 아마 그 아가씨가 징세권에 손을 댄 것은 단순한 돈벌이만이 동기는 아닐 겁니다. 평소엔 신중한 장사를 한다고 들었으니 그 아가씨에게는 확고한 신념이 있겠지요."

다른 사람의 생각을 탐지하는 데에 있어 상인만큼 예리한 이들도 없다. 실제로 일레니아에게는 위험을 알면서도 돌진하는 이유가 있다.

"역시 콜 님이 이곳에 오신 것은 신의 인도하심입니다."

슬라이는 그렇게 말하고 술을 입으로 가져갔으나, 잔을 기울이기 전에 내게 시선을 주었다.

"그런데, 정말로 저희를 위해 징세를 맡아 줄 수는 없으실까요?"

농담하듯 하나 약간 진심이 느껴진다. 그리고, 저러는 것 자체가 농담이다.

"술김에 하신 말이라 여기겠습니다."

슬라이는 어깨를 으쓱이고 단숨에 술을 마신다. 맛만 보고도 질겁했던 뮤리의 눈이 휘둥그레졌다.

식사는 그 후로도 별 탈 없이 이어졌다.

생각을 정리하는 데에 필요한 열쇠는 갖춰지고 있었다.

눈을 뜨자 희미하게 두통이 인다. 감기라도 걸렸나 했다가, 갈증과 타는 가슴에 익숙지 않은 증류주를 마신 탓임을 이해했다. 또한, 슬라이와 헤어진 뒤 요제프에게 신대륙 소문을 물어보려 했는데 취기가 돌아 침대에 쓰러지다시피 잠든 일도 떠올랐다.

뮤리가 어이없어한 것 같기도 한데, 기억이 모호했다.

몸을 일으키자 곁에는 양모가 듬뿍 든 베개를 끌어안고 얼굴을 파묻다시피 한 채 뮤리가 잠들어 있다. 꿈속에서는 양을 끌어안고 있을 게 뻔한데, 어쩌면 나한테서 술 냄새가 난 탓일 수도 있겠다.

그런 생각을 하며 머리를 긁고 침대에서 내려와 주전자의 물을 마셨다.

나무창 틈새로 들어오는 빛은 아직 약했으나, 그 너머로는 이미 짐마차 끄는 소리가 난다. 살짝 열어 보자 중심가에는 드문드문 행인이 있다. 양모를 운반하는 이들도 보이는데, 오늘도 마찬가지로 그 연극 무대 같은 곳에서 양모 가공을 할 것이다.

어젯밤 슬라이에게 들은 바로는 윈필 왕국의 중요한 산업을 장악하고 있던 교회가 그로 인해 세금 징수를 요구받고 있다고 한다.

시민들이 그렇게 활기차게 일을 하는 것을 보면, 교회에 진 빚으로 얼마나 많은 사람이 생활에 압박을 받아 왔는지 잘 알겠다. 만일 이곳에 와서 그 이야기만 들었으면 두말없이 징세에 찬성했을 것이다.

하지만 신중해야 한다. 윈필 왕국이 신앙과는 상관없이 전혀 다른 목적에서 교회와 연을 끊으려 하는 것일 수도 있다는 이야기를 들었으니까.

이 왕국이 결코 올바른 신앙의 편이 아니고 방해가 되기에 교회를 배제하려는 것뿐이라면, 그들에게 협력하는 것이 올바른 행동인지 알 수 없게 된다. 오히려 의도적으로 교회를 떼어 내고 떠나려 하고 있다면 신앙에 관해 교회 이상으로 냉혹한 짓을 할 수도 있다.

하이랜드에게 일단 확인해 봐야 하는 게 아닐까 싶다. 만약 하이랜드가 아무것도 모른 채 뛰어다니고 있는 거라면 이보다 더 얼빠진 일도 없으니. 신앙 따위야 어찌 되든 알 바 아니라고 생각하는 왕국을 위해 애쓰는 것은 제 무덤을 파는 셈이다.

하지만 그렇더라도 아직은, 싶은 면도 있다.

왕국이 손익을 따져 교회와 연을 끊더라도 민중은 계속해서 신앙을 원할 게 분명하니까.

또한, 왕국이 진행하고 있던 성전의 세속어 번역. 가벼운 기분에서 할 일이 아니니, 확고한 이유가 있을 거라 느껴졌다.

성직자만 읽을 수 있는 성전을 보통 사람도 읽을 수 있게 하여 스스로 신께 다가가게끔 하려는 그 깊은 뜻은 역사의 전환점이 될 수 있을 만큼 엄청난 일이다.

어떤 상황에서건 성전만 있으면 교회, 성당, 성직자 없이도 신을 가까이 느낄 수 있다. 때마침 나 같은 인간이 왔다고 이때다 하며 고민을 싸안은 사람들이 밀어닥치는 일도 사라질 테지. 집안의 사랑하는 이가 병상에 누우면 그의 아내, 또는 남편, 딸이나 아들이 성전을 펼쳐 들면 되니.

그렇게 생각하면 윈필 왕국은 신대륙 탐험 어쩌고 때문이 아니라, 진지하게 신앙을 위해 움직이고 있다고 여겨진다. 왜냐하면, 성전의 세속어 번역이 완성되고 나면 그야말로 **이 세상 끝에서 혼자가 되었다 해도, 신의 위안을 얻을 수 있으니까.**

"…어?"

순간, 머릿속에서 번개가 쳤다.

번갯불 너머로 보인 것은 시커먼 구름과 태산 같은 파도 사이를 나아가는 한 척의 배.

그 갑판에서 신께 기도하는, 탐험가.

"설마."

나도 모르게 중얼거리다 입을 막았다. 성전의 세속어 번역은 그것이 목적이었나?

길고도 긴 여행의 말로. 거기에 쓸데없는 인원은 있을 수 없고, 전원 살아 돌아올 수 있을지도 알 수 없다. 신께 매달릴 수밖에 없는 일이 벌어진 순간, 거기에 신께 중재해 줄 자가 있으리란 법도 없다.

그때, 누구나 읽을 수 있는 성전이 있으면 그들은 다시금 용기와 활력을 되찾을 수 있으리니….

"아니, 아니."

머리를 흔들어 생각을 떨쳐 냈다. 성전을 세속어로 번역하는 일은 언제 끝날지 알 수 없는 교회와의 대립 중에 왕국민이 스스로 성무를 집행할 수 있도록 하려는 것이라 생각하는 게 이치에 맞다. 방금 든 생각은 어디까지나 **그런 쪽에도** 응용할 수 있다는 발상일 뿐이다.

어젯밤 술을 마신 탓에 사고가 비약하고 있다.

하지만 한번 떠오른 생각은 머리에 딱 붙어 떠나지 않는다.

"…억측이 심한 것이 나의 나쁜 버릇."

일부러 소리 내어 자신을 나무란다.

그런 후 중정으로 세수를 하러 나가, 오늘도 상관 사람들의 고민거리에 귀를 기울였다.

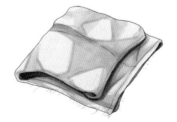

상관 사람들을 상대한 후 아침밥을 먹고 거리로 나섰다. 뮤리가 밖에 나가고 싶어 하기도 했고, 나도 어젯밤 마신 술기운을 깨끗이 빼낸 뒤 냉정하게 다시 생각해 보고 싶었고.

그리고 뮤리에게 물어볼 것도 있었다.

"우리의 나라를 그렇게 만들고 싶냐고?"

일레니아에 대한 태도를 정하지 못하고 있는 것은 요컨대, 뮤리와 관련한 문제를 포함하고 있기 때문이다.

나는 올바른 신앙이 세상에 퍼지기를 바라지만, 뮤리의 행복과 저울질을 해야 한다면 궁극적으로는 뮤리를 택할 것이라 생각한다. 이런 이야기를 본인에게 했다가는 귀와 꼬리를 쫑긋 세운 뮤리의 쓸데없는 망상에 불을 붙일 테니까 말하지는 않겠지만, 내 속마음은 그렇다.

뮤리의 행복을 바라는 마음은 뮤리의 아버지인 로렌스 씨에게도 뒤지지 않을 자신이 있다.

"우웅…."

그리고 새삼스러운 질문에 뮤리는 노점에서 산 생선뼈에 곡물가루를 묻혀 기름에 튀긴 과자를 와삭와삭 먹으며 먼 산을 바라보았다.

"그럴 수 있다면 멋질 것 같긴 해."

한동안 망설이다가 나온 말이 그거였는데, 뮤리는 발밑의 돌을 툭 차고는 나를 보았다.

"하지만 엄청, 엄청, 먼 곳이잖아? 그럼 좀 망설여지네."

모험을 좋아하는 소녀치고는 패기 없는 감상이다.

"오라버니는 같이 가겠지만, 내가 아는 사람들이 전부 가지는
않을 거 아냐?"

앞부분은 농담이다 치고, 뒷부분은 뮤리의 본심인가 보다.

"그건 좀 쓸쓸할 것 같아. 뇨히라 집에도 가고 싶어질 테고."

뮤리는 마을 밖으로 나오고 싶어 안달 내던 시기가 있긴 했어
도 절대 떠돌이는 아니다.

온 세상을 실컷 둘러보고 난 뒤에는, 아아~ 재미있었다, 하
며 집으로 돌아갈 모습이 눈에 선하다.

하지만 일레니아의 계획은 이야기가 전혀 다르다.

"꿈에는 물론 공감해. 그런 곳이 있으면 좋겠다 싶기도 해."

뼈과자를 먹던 손도 멈춘 채 발밑에 시선을 준다. 어떤 고난
에도 기죽지 않고 맞설 것 같던 뮤리가 연약하게 보였다.

뮤리는 공상이 많지만 현실이 안중에 없는 건 아니다. 오히려
나보다 훨씬 주위를 잘 살피는 능력이 있다. 일레니아의 계획이
얼마나 터무니없는지 잘 안다.

뮤리가 일레니아의 계획을 지지하는 것은 단순한 이유에서는
아닌 듯하다.

우선은 모험에 이끌렸을 거고, 그런 뒤엔 솔직하게 꿈으로서

공감했겠지. 어쩌면 이게 가장 큰 이유일 수도 있겠는데, 일종의 동료의식도 있을 테고.

"그러니까… 그, 사실을 말하자면, 오라버니에게 억지로 강요할 수는 없는 일이고, 혹시 나에 관한 무언가를 신경 쓰고 있다면, 너무 심각하게 생각지 않았으면 해."

고개를 든 뮤리의 표정이 멋쩍어 보인다.

달을 사냥하는 곰 이야기를 듣고 머리에 피가 솟구쳤던 일이 부끄러운가 보다.

"대륙에 있다는 그건, 어머니도 당해 내지 못할지도 모를 놈이잖아? 속상하지만, 오라버니의 말을 들어야 하지 않을까 해."

늘 장난질에 고집만 부려서 얼른 빨리 어른이 되었으면 좋겠다며 한숨을 쉬곤 했는데, 막상 이렇게 어른스러운 분별력을 보이니 왠지 섭섭하게 느껴진다.

나도 참 제멋대로다 싶어 어이가 없는데, 뼈과자를 다시 아작대는 뮤리의 얼굴에는 얼마간 앳된 기색이 돌아와 보였다.

"하도 똑똑해서 놀랐어?"

짓궂게 고개를 갸웃하며 그런 소리를 한다.

이 나이 대의 소녀는 안 그래도 외면과 내면의 차가 극심하다.

입가에 생선 뼛조각을 붙이고 저러니 지친 웃음밖에 안 나온다.

"뮤리는 현명한 소녀이니까요."

"반해도 되는데?"

눈을 가늘게 뜨고는 대범한 웃음을 도전적으로 지어 보인다.

웃으며 뮤리의 머리를 쓰다듬자 뿌우 입술을 울렸다.

"뭐, 나는 대충 그렇지만, 일레니아 씨가 어떻게 생각하는지는 또 다른 얘기겠지."

기름에 튀긴 뼈과자의 마지막 조각을 입에 던져 넣고 손을 턴 뮤리가 경박한 여자처럼 턱짓을 하며 거리 한구석을 가리켰다.

"본인에게도 물어보지그래?"

돌아보자 시선 끝에 일레니아가 양모로 빵빵한 자루를 끼고 다른 상인과 거래 상담을 하고 있었다. 데자레프가 큰 도시이기는 해도 장사가 행해지는 곳은 한정돼 있다.

일레니아와 상인은 온화하게 말을 주고받은 뒤 악수로 마무리한다. 상인은 커다란 자루에 바늘로 천 조각을 꿰어 단 뒤, 숯 같은 것으로 글을 적었다. 일레니아가 양모 매입에 성공한 것이리라.

이렇게 보니 어엿한 데자레프 상인 중 하나다. 양의 화신으로는 도저히 보이지 않고, 얼토당토않은 꿈을 숨기고 있는 것처럼 보이지도 않는다.

하지만 돌아선 일레니아는 주저 없이 이쪽으로 다가왔다.

내가 알아보기 훨씬 전부터 나를 알아본 듯했다.

"일은 순조로우셨나 봅니다."

그런 인사에 일레니아는 걸어온 뒤편을 돌아보며 쓴웃음을 지었다.

"웬걸요. 저 상인께는 늘 애를 먹습니다. 방금도 얼마나 가격을 높여 부르던지."

노련한 상인은 다들 저렇게 말한다. 재미있다 생각하면서 이렇게 말을 꺼냈다.

"그런데, 잠시 시간을 낼 수 있으신지요?"

일레니아의 눈에 즉시 빛이 깃든다.

"부탁드린 건에 관해서이지요?"

"예."

그러자 일레니아는 바로 난감한 웃음을 지어 보였다.

"오히려 제가 드리고 싶은 말씀입니다. 물론 시간은 있고말고요."

역시나.

"서서 이야기하기도 뭐하니, 시장 노점으로 가는 건 어떠신지요?"

그것은 나에 대한 배려라기보다 뮤리를 위해서겠지.

장수를 잡으려면 말부터 잡으라고 하니.

말이 아닌 늑대는, 물론 보란 듯이 걸려들었다.

그리고 셋이 나란히 시장으로 향했다.

시장은 여전히 엄청난 인파로 붐벼, 간이의자와 탁자를 내놓아 먹고 마시는 곳은 어디든 꽉 차 있었다. 하지만 일레니아가 점주를 부르자 뒤에서 한 벌을 꺼내 내놓는다. 역시 뛰어난 상인임을 실감했다.

대낮부터 술을 마실 수는 없으니 데운 산양젖에 꿀과 생강을 넣은, 추운 지방의 단골 음료를 주문한 사이, 일레니아가 시장에서 소소한 먹거리를 조달해 왔다.

"밤?"

흥미진진한 뮤리의 코앞에 있는 것은 나뭇잎 그릇에 담긴 끈적끈적 검은 윤이 나는 큼지막한 밤이다.

"술 냄새가 나."

"이 지방의 유명한 술과 꿀로 찐 것입니다. 드셔 본 적이 없으면 꼭 한번 드셔 보세요."

뮤리가 희희낙락 재빨리 손을 뻗어 입으로 가져간다.

"응~!"

목구멍을 울리며 행복해하는 표정이다.

"마음에 드시니 다행입니다."

뮤리를 잘 구슬린 즈음에서 일리네아는 화제를 바꿨다.

"하시고 싶은 말씀은."

"이유를 듣고 싶습니다."

"이유?"

고개를 갸웃하니 얼핏 뮤리 또래 정도로 보인다.

"일레니아 씨가 바다 저 끝에 있다는 대륙에 끌리는 이유요."

배 안에서 이야기를 할 때, 일레니아가 이유 비슷한 것을 대기는 했었다.

하지만 그것은 표면적인, 지극히 논리적인 구실처럼 들리기도 한다. 일레니아의 설명에 선을 긋게 되는 까닭은, 이야기의 황당무계함에서도 그렇지만, 진의 같은 것이 보이지 않아서일 수도 있다.

뮤리마저 좋다, 하자, 꼭 하자, 당장 하자고 말하지 못하는 대담한 이야기다. 일레니아가 그만한 각오를 하는 데에는 뭔가 더 큰 이유가 있어서일 터.

"그런 고생을 하지 않더라도 지금 세상에서 훌륭히 살아가실 수 있을 듯한데요."

시내에도 아는 사람이 많아 보이고, 뮤리의 말처럼 아득히 먼 대륙으로 가면 모든 인간관계까지 두고 떠나게 된다.

일레니아의 이야기를 순순히 믿기 어려운 것은 그런 쪽의 해명이 보이지 않아서일 수도 있다.

"이곳 사람들과 아주 잘 지내고 있지 않느냐고요?"

"친한 사람들도 많으실 듯한데?"

사람이 아닌 존재의 대의를 위해서 그렇다고 한다면 그러려니 하는 수밖에.

하지만 일레니아에게 그렇게까지 영웅적 기질이 있어 보이지는 않는다.

"그럴, 수도 있겠지만⋯."

일레니아는 그 물음에 고개를 다소 수그리듯 했다.

그러면서 윗눈질로 쳐다보는 쪽은 내가 아니라 뮤리.

"뮤리 씨는 올해 나이가?"

그 물음에 뮤리도 일레니아가 하고 싶은 말이 무엇인지 안 모양이다.

"⋯우리 어머니는 몇 백 살인지 모르겠지만, 나는 그렇지는 않아."

보이는 그대로의 나이라고 말하고 싶은 걸 테고, 일레니아에게는 전해졌나 보다.

사람이 아닌 자는 오랜 시간을 산다.

그리고 사람은 그렇지 않다.

"이유라면 그게 전부입니다. 친했던 이도, 사랑했던 이도, 사랑해 주었던 이도, 시간의 흐름에 삼켜집니다. 물론 저는 아직 그런 영역에 도달하지는 않았지만요."

저런 말을 수줍게 하는 것은, 보기보다 나이가 많은 게 아가씨로서 창피해서인지, 아니면 사람이 아닌 존재치고는 너무 젊은 게 부끄러워서인지.

어찌 됐건 뮤리는 밤 먹던 손을 멈춘 채 일레니아를 진지한 눈빛으로 보고 있었다.

"그리고 저는 이따금, 너무너무 싫어집니다."

"…싫어져요?"

하고 되묻자 일레니아는 손끝을 들여다보는 채로 고개를 끄덕였다.

"저는 중개인으로서 좋은 평판을 쌓아 왔다고 자부합니다. 여러 상회가 제게 일을 맡기고 있고요."

그 이야기도 들었다.

"그건 제가 양이라서 눈썰미가 좋아서이기도 하겠지만, 성실하게 열심히 일을 해 왔기 때문이라고도 생각합니다."

그렇다면 더더욱 그런 것들을 버리다시피 해야 하는 일레니아의 꿈이 이상하게 느껴진다.

그렇게 일이 잘 풀리는데 무엇이 싫다는 것인지.

말을 고르고 있는 것 같아 가만히 지켜보고 있자, 양 아가씨가 고개를 들었다.

다부진 모습은 간 곳 없이 당장에라도 울 것처럼 연약했다.

"저는 큰돈을 벌고 싶은 게 아닙니다. 먹고사는 것뿐이라면 그렇게 일을 할 필요도 없습니다. 하지만 일을 하게 됩니다. 그게 싫습니다."

일레니아는 자신의 무언가를 떨쳐 내려는 듯이 고개를 옆으로 흔들었다.

그리고 나를 다시 본 순간에 지은 웃음은, 너무도 슬퍼 보였다.

"제가 일을 하는 것은, 상인이라는 무리 속에 속해 있고 싶어서일 뿐입니다. 결국엔, 외롭습니다. 그리고 이 외로움은 인간 무리에 섞여 있는 이상, 해소되지 못합니다. 저는 나이를 먹지 않으니 정기적으로 거점을 옮겨야 합니다. 그러니 심정적으로는 바다 저 끝으로 몇 번이나 간 셈이지요. 저에 대해 아무도 모르는 곳에서, 처음부터 다시 시작하는 거니까요. 하지만."

말을 쏟아 내듯 하다가 한숨 돌리듯 뜸을 들인 뒤, 말했다.

"우리만의 나라를 만들면, 다릅니다."

죄를 고백하듯 말을 마친 뒤, 힘없이 시선을 떨구고 손을 들여다보는 채로 침묵한다.

곁에서 뮤리가 울 것 같은 얼굴로 나와 일레니아를 번갈아 쳐다보았다.

일레니아는 양으로, 본래 무리에서 사는 이다. 인간 세상에서 잘 헤쳐 나갈 수 있는 것과 그것이 행복한가는 별개의 문제다.

안이한 위로는 역효과일 테고, 나는 세상의 다수를 점하는 인간 측에 서 있다.

망설인 끝에 이렇게 말했다.

"하스킨즈라는 양의 이야기를 아십니까?"

윈필 왕국에서 살고, 일찍이 왕국의 창건신화에 나왔다는 황금 털을 가진 양의 화신이다. 하스킨즈라는 이름의 그 양은 대수도원의 영지로 숨어들어 스스로 양치기가 됨으로써 동료 양들을 불러모아 고향으로 만들고 있다고 한다.

일레니아는 눈초리를 훔친 뒤 고개를 들고 미소 지었다.

"당연히 알지요. 하지만 그분과 저는 견해가 다릅니다. 하스킨즈 씨가 하고 계시는 일은 참으로 훌륭한 일이라고 생각하지만, 저는, 지금 이 순간에도 가슴에 새기고 있는 말이 있습니다."

일레니아는 신앙을 고백하듯 말했다.

"도망칠 곳보다는 희망을 품고 향할 수 있는 곳을 찾아내라. 그러면 상인으로 살든 뭘 하든 힘차게 살아갈 수 있을 테니까."

"……."

"제 정체를 알면서도 제게 양모 중개인의 일을 가르쳐 준 이의 말입니다. 제가 가장 존경하는, 상인이지요."

묵묵히 쳐다보기만 한 것은, 말을 하는 일레니아의 표정이 참 아름다워서였을까

어쩌면 저것은 사랑을 하는 자의 얼굴인지도 모른다.

일레니아에 관해 알아보러 다닐 때도 고용주를 흠모하는 게 아니냐고 한 상인도 있었다.

일레니아는 좋은 사람과 만난 모양이다.

"지금 세상에서 우리 같은 이들은 아무래도 도망칠 길만 찾게 됩니다. 숨을 죽이고, 모습을 위장하고, 수많은 일을 포기하지요. 저는, 저 자신이 구제받고 싶은 마음이 으뜸이기는 하지만, 하스킨즈 씨와는 전혀 다른 가능성을 우리 같은 이들에게 보여 줄 수 있지 않을까 합니다."

나는 일레니아의 말에 압도된다. 뮤리도 눈을 휘둥그렇게 뜬 채 떨고 있었다.

우리 탁자의 맞은편에 있는 것은 네 발굽으로 대지를 단단히 밟고 선, 강인한 양이었다.

"물론, 불안하기도 하고, 곤란한 점도 있습니다. 콜 님이나 뮤리 씨처럼 이런 이야기를 제대로 들어 주는 경우도 드뭅니다. 하스킨즈 씨와는 거의 싸우다시피 하며 헤어졌습니다. 대륙이라는 꿈이 사실이라 쳐도 달을 사냥하는 곰이 있으면 너는 어쩔 작정이냐고 하시면서."

쓴웃음으로 말을 맺었으나, 같은 양이고, 더욱이 전설적인 존재인 하스킨즈에게 그런 소리를 듣고도 굽히지 않는 게 놀라웠다.

그리고 달을 사냥하는 곰에 관해서는 나도 걱정이 된다.

"어쩔, 작정이십니까?"

그 물음에 일레니아는 이렇게 단언했다.

"만난 뒤 결정할 겁니다."

무모하다 말할 수도 있다. 하지만 달을 사냥하는 곰의 전설은 이제는 아득한 옛날이야기이고, 당시에 왜 싸움이 일어났었는지조차 불분명하다. 일레니아의 무대책은 어떤 의미에서는 자연스러운 결론이라 할 수 있을 것 같다.

하지만 저런 생각을 주저 없이 단언했다는 게 대단했다. 저 무대책은 생각이 없는 무대책이 아니다. 생각한 끝에 저런 결론에 도달한 것이다.

날카로운 이빨과 발톱을 가진, 육식을 하는 자들과는 또 다른 강인함이 거기에 있었다.

나는 그 순간, 어째서 신앙의 사도가 어린양이라 불리는지 알 것 같았다.

그 어떤 폭풍과 역경에도 굴하지 않고 한 걸음 한 걸음 앞으로 나아가는 저 자세.

"이런 읍소 작전으로, 안 될까요?"

일레니아가 불쑥 스스럼없이 말했다.

퍼뜩 꿈에서 깨어난 기분이 들었지만, 일레니아가 한 설명이 되는 대로 지어낸 말이란 생각은 영 들지 않는다. 일레니아 본인도 자신의 꿈이 황당무계에 가깝다는 것을 잘 안다. 하지만 그렇더라도, 하는 갈등이 언뜻언뜻 비쳤다.

"모든 일에 힘을 빌려 달라고 하는 건 너무 지나치다 생각합니다. 그러니, 딱 한 걸음만, 제가 앞으로 나아갈 수 있도록 손을 빌려주시지 않겠습니까?"

설령 이 자리에서 거절하더라도 일레니아는 앞으로 나아가겠지.

그러니까 도와주고 싶은 마음도 든다.

"물론 재촉하지는 않겠습니다. 콜 님께는 콜 님의 목적이 있어 여행을 하고 계신 듯하고, 징세에 관여하시면 골치 아픈 정치 투쟁에 휘말리실 수도 있으니까요."

일레니아는 의자에서 일어난 뒤 탁자 위에 동화를 내려놓았다.

"일하러 가겠습니다. 이 이상 이야기를 했다가는 정말로 지어낸 이야기를 하고 말 것 같아서."

너스레를 떨며 웃는 얼굴도 근사했다. 일레니아는 강한 아가씨이니, 변명을 한 듯한 자신의 나약함을 용서할 수 없었는지도 모른다.

강인한 양 아가씨가 떠나가는 쪽을 내내 바라보는 채로 한동안 꼼짝할 수가 없었다.

비로소 정신이 든 것은 곁에 있던 이에게 뺨을 꼬집히고 나서.

"오라버니 바보."

뮤리가 뿌루퉁하고 있었다.

"좋아하면 안 돼."

평소, 오라버니는 여자를 보는 눈이 어쩌고저쩌고하는 이야

164

기가 아니었다.

내 뺨을 꼬집은 손에 힘이 담겨 있지 않은 것도, 정말 불안해서였을 수도 있다.

"나는 그렇게 금세 홀리는 사람이 아니에요."

그러자 그 말에는, 그러셔? 하며 이내 평소의 표정을 보인다.

그리고 몸을 기울여 내게 매달리더니 조용히 말했다.

"나는 조금, 응원하고 싶은데."

도망칠 곳이 아닌, 희망을 품고 향할 수 있는 곳을 찾아내라.

내가 뇨히라를 나선 것은 세상을 바꿀 수 있다고 생각해서였고, 교회 조직이라는 강대한 상대와도 싸울 수 있노라 믿어서다. 필승할 대책이 있었나? 물론, 없다.

뮤리의 말에는 대답하지 않고 마지막 남은 밤을 집었다.

입에 넣자 연기 맛이 나고, 뒤이어 진한 단맛이 입안에 퍼졌다.

일레니아와 대화를 나눈 뒤 상관으로 돌아가자 입구에서 사람이 기다리고 있었다.

기도를 부탁하려는 건가 했더니 요제프가 보낸 선원이란다.

얼굴이 거의 창백하게 질려 있고 말도 횡설수설이다. 좌우간 배로 같이 가 달라고 하기에 따라갔다.

막상 가서 보니, 잔교에는 사람들이 넘치는데 요제프네 배 갑판에는 사람 하나 없다.

대체 무슨 일인가 싶은데, 요제프가 나를 알아보고는 구원받은 표정을 지었다.

"오오, 콜 님!"

"요제프 씨, 이게 대체?"

하고 묻자 요제프는 흥분을 억누르듯 가슴에 손을 대고 배를 가리켰다.

"오팀 님께서."

숨을 삼킨 것은 오팀이 정말로 와 주어서이기도 하고, 요제프 일행이 왜 이렇게 당황하고 있는지 알았기 때문이다.

오팀이 왜? 어떻게 여기에? 그런 의문이 수두룩할 테고, 오팀은 요제프 일행에게는 교황이나 다름없는 존재다.

자세한 설명을 할 수 없어 미안했으나, 아무튼 재촉에 이끌려 선실로 바삐 향한다.

갑판에서 잔교를 내려다보자 다들 불안한 낯빛으로 이쪽을 쳐다보고 있다.

우리가 마치 맹수 우리로 들어가기라도 하는 듯한데, 하기야 영 틀린 것도 아니려나.

선장실 문을 열자, 넝마를 걸친 오팀이 있었으니.

"용건이 뭔가."

인사도 없이 대뜸 그렇게 묻는다. 마뜩잖아 보이는 것은 그렇게 생각해서인가.

"…저어, 괜찮으셨는지요?"

얼결에 묻고 만다. 오팀은 이 항구로 오기는 했으나 자기가 어디에 있는지는 모른 채 낯익은 배가 있어 연락을 부탁했으리라.

선원은 다들 섬사람인 듯하니 식겁했을 게 뻔하다.

"뭐가? 부른 건 그대 아닌가."

"그렇습니다만…."

북방 섬에 있어야 할 오팀이 느닷없이 배에 출몰했으니 아무리 생각해도 기이한 이야기이건만, 오팀 자신은 전혀 신경 쓰는 기색이 없다.

"검은 성모의 기적이다."

귀찮은 투로 대꾸한다. 섬사람들의 신앙심을 한 몸에 받고 있으니 대개는 그렇게 말하면 넘어간다고 생각하는 모양인데, 아닌 게 아니라 오팀의 모습을 보고 있으면 믿게 된다. 사람의 겉모습은 중요하다.

"그렇다면 다행입니다만… 죄송합니다. 되도록 직접 만나 여쭙고 싶은 일이 있어서."

"흠."

있는 대로 자란 머리털과 수염 너머의 표정은 읽기 어렵다.

오팀이 긴 수염을 손으로 훑는데 선장실에 걸맞지 않은 소리가 울렸다.

뮤리의 배에서 나는 소리에 오텀이 눈을 껌뻑였다.

"나를 먹을 작정인가."

"아, 아니야."

좀 전에 밤을 먹긴 했으나 슬슬 점심때에 가깝고 군것질도 거의 하지 않았다. 게다가 오텀의 옆에는 요제프 측이 신경 썼는지 각종 먹거리가 나열돼 있다.

"마음대로 먹어도 좋다. 날 물면 안 되니까."

접시 위에는 갓 구운 빵과 약간의 고기, 치즈가 쌓여 있다.

오텀 본인도 빵을 집어 들자, 뮤리는 내 눈치를 살피며 손을 쑥 뻗었다.

"그래서? 이 항구에 있는 건 며칠 전 폭풍 탓이겠지만, 나를 부른 이유는 뭔가. 라우즈번으로 가야 하니 등에 태워 달라는 건가?"

빵을 작게 찢는 오텀에게 뮤리가 빵을 덥석 물어뜯으며 대답했다.

"양을 만났어."

우물우물 뮤리가 빵을 씹는 사이, 오텀이 긴 앞머리 너머 바다 속 같은 눈으로 뮤리를 본다.

"양?"

"먼 남쪽 상회의 일을 보면서 이 왕국에서 양모 중개를 하는

168

분입니다. 그런 양의 화신을 만나서, 조금 전까지도 그분과 이야기를 나눴습니다."

"흠."

"그 양이 그랬어. 바다 저 끝에는, 곰이 있다고."

뮤리의 붉은 눈에 또다시 묘한 불길이 일렁였다가 이내 가셨다.

"바다 저 끝에… 곰. 그렇군."

오팀은 먹다 만 빵을 내려놓고 수염이 흔들릴 만큼 한숨을 푹 쉬었다.

"무슨 이야기를 들었는지 짐작이 가는군. 나를 부를 만도 하다."

"아십니까? 저기 그…."

"바다 저 끝에 있는 신대륙과 그곳을 지키는 달을 사냥하는 곰. 그런데 양이 왜 그 이야기를?"

"그 신대륙에 사람이 아닌 이들만의 나라를 세울 거라고."

일레니아와 대화를 할 때는 왠지 실현될 듯도 한 이야기였는데, 내 입으로 타인에게 전하자 황당무계함이 새삼 와 닿는다.

오팀의 눈도 북방 도서지역에서 현실을 직시하지 않은 채 물러 터진 생각에 빠져 있던 나를 볼 때와 같다. 너는 또 그런 공상에 빠졌느냐며.

하지만 오팀은 눈을 감더니 어깨를 으쓱였다.

"그 이야기는 북방 섬에 오는 철새에게 들은 적이 있다. 바다 너머를 열심히 탐색하려 드는 놈이 있다느니 어쩌느니. 그렇군. 양이 꾸민 일이었군."

바다에 떠 있는 거대한 고래의 등에서 날개를 쉬는 철새가 발밑의 고래와 이야기를 나눈다.

무슨 옛날이야기 속의 한 장면 같은데, 철새에게 바다 저 너머의 이야기를 물어보는 일레니아의 모습을 상상하자 가슴이 꽉 조여드는 것만 같았다.

양은 하늘을 날지 못하고, 바다를 헤엄치지도 못하고, 늑대처럼 오래 빨리 달리지도 못한다.

그런데도 터무니없는 꿈을 향해 하나씩 자신이 할 수 있는 일을 하고 있으니.

"하지만 전설이 진실이라면 곰이 신참자를 환영할 리가 없다. 그 점은 어쩔 셈이지?"

"만난 뒤에 정하겠답니다."

이것도 일레니아의 입으로 들었을 때는 퍽 설득력이 있었는데, 내가 하니 별안간 이루 말할 수 없이 멍청하게 느껴진다.

오텀은 물론 생각하는 바가 있는지 뮤리를 보았고, 두 사람 사이에 무언의 대화가 오갔다. 결국엔 어깨를 으쓱이고 만다.

"대륙의 존재에 관해서는 나도 뭐라 말 못 한다. 철새들도 마찬가지이고. 아무도 일부러 그렇게 먼 곳까지 갈 이유가 없으니까. 다만, 내가 아는 바로는, 서쪽으로 가도 아주 긴 거리에 걸쳐 거대한 바다가 이어지고, 바닥은 깊다, 한도 끝도 없이 깊어서 빛 하나 닿지 않는 불모의 세계가 펼쳐져 있다는 것만은 확실하다. 그런 한편."

하고 오팀은 말했다.

"달을 사냥하는 곰이 서쪽으로 간 것은 사실일 테지."

뮤리는 숨을 삼켰고 나도 놀랐다.

설마, 일레니아의 가설이 옳다는 말인가.

"해저에 발자국이 뚜렷이 남아 있거든. 하도 커서 그게 발자국이라는 것을 깨닫기까지 백 년은 걸렸다. 한동안은 원래 그렇게 생긴 지형인 줄 알았을 정도니까."

오팀은 먼 산을 보며 말을 하는데, 나는 제대로 상상도 가지 않는다.

뮤리에게는 그 광경이 보이는지 빵을 세게 쥐어 으스러뜨리며 눈을 부릅뜨고 있었다.

다만, 철천지원수의 행적을 드디어 찾았다기보다는 해저에 남은 거대한 발자국이라는 모험의 냄새에 흥분하고 있는 듯하여 마음이 좀 놓인다.

"나는 나보다 더 큰 생물은 본 적이 없는데, 발자국이 그만하다면 과연 한 시대를 끝낸 것은 그놈이었겠구나 싶다."

"그, 그 발자국을 쫓아가 보지 않았어?"

뮤리가 버럭 따지듯 묻자 오팀이 눈을 껌뻑였다.

그리고 천천히 말했다.

"그럴 이유가 없다."

지극히 당연한 대답이었다.

"그러면 지금부터 쫓아가, 라고 해도 거절한다."

뮤리가 말을 꾹 삼켰다. 바로 저 말을 하려고 했었나 보다.

"이유가 몇 가지 있는데, 가장 큰 이유는 나도 돌아올 수 있을
지 알 수 없기 때문이다."

우리가 배를 타고 사흘 걸린 항로를 오팀은 하룻밤에 헤엄쳐
왔다.

그것도 아마 서둘러 온 것은 아닐 텐데.

그런 오팀이 갔다가 돌아오지 못한다는 게 잘 이해되지 않았
다.

오팀이 한숨을 쉰다. 해명하지 않고는 끝나지 않겠다 싶었는
지.

"바다 속에는 흐름이 있다. 서쪽으로 가려면 우선 남쪽으로
내려갔다가 서쪽으로 세차게 흐르는 해류를 타야 한다. 흐름을
타면 거의 헤엄을 치지 않아도 되겠지."

"그럼 뭐가 문제인데?"

"해류는 언덕길과 마찬가지다. 내려갔으면 올라가야 한다. 게
다가 어디에서 쉬려고 해도 발밑은 빛을 빨아들이고는 돌려보

172

내지 않는 심연이다. 붙들 곳 없이 떠 있기만 했다가는 해류의 영향을 계속 받게 되고. 두 걸음 전진했다가 세 걸음 후퇴하면 영원히 돌아올 수가 없지."

오팀이 하는 말이니 정말이겠지.

하지만 이상한 점이 있었다.

"그렇다면 신대륙에 갔다가 돌아온 배가 있다는 이야기는 거짓일까요?"

그 물음에 오팀은 얼굴을 찌푸렸다.

"그렇다고 단정할 수는 없다. 왜냐하면, 이보다 북으로 올라가면 이번에는 서쪽에서 해류가 흘러드니까."

뮤리는 고개를 갸우뚱했으나, 점심밥을 펼쳐 놓은 접시 대용의 둥근 빵을 보며 생각한다.

바다에 끝이 있다면 해류는 언젠가는 거기에 부딪칠 텐데, 그 흐름이 계속 이어진다면….

"원을 그리고 있을 가능성이 있군요?"

어마어마하게 거대한 호수 같은 바다를 어처구니없이 웅대한 흐름이 빙글빙글 돌고 있다.

그렇다면 갔다가 못 돌아오지는 않겠다.

"그렇다 해도 정말로 원을 그리고 있는지는 알 수 없다. 바다의 극히 일부분만 해류가 동쪽으로 향하고 있을 수도 있고. 해저의 지형에 따라서는 그런 곳이 얼마쯤도 있으니까. 이 늙은이

더러 그런 위험한 모험을 하라고?"

뮤리가 하려는 말을 먼저 해 버린다.

오팀은 말을 너무 많이 했다는 듯이 입을 다물고 눈을 감았으나, 침묵한 게 아니라 고심하고 있었는지 느릿느릿 이렇게 말했다.

"하지만, 인간은 나와는 다르다. 바람을 이용했을 수도 있지."

"바람… 역풍에도 앞으로 나아가는 뱃사람의 기술?"

오팀은 고래의 화신으로, 북방 섬을 지탱하는 신앙의 요체이자 해상 무역을 지배하는 해적들의 두목이다.

"그래. 바람은 해류와 관계없이 불 때가 있고, 계절에 따라 반드시 같은 방향으로 부는 게 있다. 그런 바람을 잘 타면 돌아올 수 있을지도 몰라. 인간에게는 지혜와 기술이란 게 있으니까. 우리는 못 하는 일을 이뤄 내서 지금 세상을 다스리고 있지. 이런 배도 나는 절대 못 만든다."

오팀이 방을 둘러보며 그런 소리를 한다.

거기에서는 순수한 경의가 느껴졌다.

"우리의 힘 따윈, 이런 기술 앞에서는 보잘것없다. 병자든, 갓난아이든, 여기에서 자고 있으면 바다를 건널 수가 있으니까. 이거야말로 기적이다. 기도 따윈 댈 것도 아니지."

수도사 차림을 하고 섬사람들을 이끄는 오팀이 수염 너머로 웃었다.

무슨 그런 말을 하나 싶은데, 엉뚱한 방향을 바라보는 오팀의 눈빛이 아련하다.

"기술… 그래, 기술인가. 그렇다면, 그런 건가."

잠꼬대하듯 중얼거리는 옆얼굴이 예전에 본 적 있는 어느 그림과 닮았다. 한창 집필 중에 창밖에서 드는 신의 빛을 느낀 수도사의 그림. 의자에서 엉거주춤 일어나 창밖을 보고 있는 수도사를 꼭 닮은 모습으로 오팀은 눈을 부릅떴다.

북방 섬들을 절망적인 방법으로 통솔해 온 오팀이 이렇게 말했다.

"양은 곰을 처치할 생각이다. 곰이 있는 땅에서 살려면 그러는 수밖에 없지."

설마, 라는 말을 삼키자 오팀이 이쪽을 쳐다본다.

"기적은 언제나 설마를 동반하지."

그리고 인간의 기술이야말로 기적을 일으킨다고 오팀은 말한다.

일레니아에게는 인간 세상에 섞여 살아갈 힘이 있다. 인간 세상의 구도를 자신의 힘으로 바꿀 능력이 있다. 그것을 바탕으로 그 꿈을 이야기한 거라면?

일레니아의 말에 담긴 묘한 설득력의 원천이 그것이라면?

만나고 난 뒤 결정하겠다고 잘라 말했을 때의 그 단호함.

화의를 맺을 수 있으면 좋고, 그렇지 않더라도 각오는 섰다는 의미일 수도 있다.

일레니아는 양으로서 자신의 나약함을 부끄러워했다. 무리에 의존하고 마는 자신의 성정이 괴로운 듯했다.

하지만 굴하지 않았다. 일레니아는 거대한 것에 맞서는 용기를 가졌다.

"하지만 양이 곰을 사냥하려 하다니, 역시 보통 일은 아니지. 나를 불러 이야기를 들으려 한 건, 반신반의이나 무시할 수도 없어서이지?"

바로 그렇다.

오팀은 나직이 한숨을 쉬고는 책상다리를 하고 앉은 자신의 발가락을 내려다본다.

"바다 서쪽 끝으로 간다는 건, 바다에서 사는 나도 겁나는 대모험이 되겠지. 곰과 마주할 가능성이 있다면 더더욱. 그러니, 가서 도와주라고는 쉽게 말 못 하겠으나."

그 말이 뜻밖이어서 얼굴을 물끄러미 바라본 직후.

"뭍 위에서는 뒤를 봐주면 되는 것 아니겠나."

설마하니 오팀이 저렇게 말할 줄은 몰랐다. 얼이 빠져 있자, 수염 너머로 오팀의 표정이 굳는다.

"나처럼 막다른 길에 몰려 있을지도 모르잖나."

굳은 표정은 쑥스러움에서였나.

북방 도서지역에서 오팀은 자신의 몸을 내놓는 방법으로 사람들을 통솔하고 있었다.

언제까지나 계속 그럴 수 있으리란 생각이 영 들지 않았는데, 오팀 본인도 자각은 있었나 보다.

또한, 오팀도 사람이 아닌 존재이니 종은 달라도 동료의식이 발동했을 테고.

어쩌면 과거의 전설에 맞서는 용기 자체를 높이 평가했을 수도 있고.

"이제 됐나? 밤새 헤엄쳐 와서 지쳤다."

지쳤다는 말과는 거리가 멀 것 같은 오팀이지만, 본인이 그렇다니 어쩔 수 없다.

그리고 듣고 싶던 말은 듣고도 남았다.

"고맙습니다."

인사한 뒤 뮤리를 재촉해 일어섰다. 요제프네 이 배도 출항을 위해 해야 할 일이 산더미 같을 텐데, 미안하게 한없이 빌리고 있을 수는 없다.

"나도 한동안은 이 도시에 있겠다. 무슨 일이 있으면 말해라."

든든한 아군이다. 재차 인사하고 선장실을 나섰다.

요제프가 궁금해 못 견디겠다는 표정이지만, 무슨 말을 했는지는 물론 말할 수 없다.

인사한 뒤 잔교를 건너 항구로 나섰다.

"오라버니, 어쩔 거야?"

어떻게 할 것이냐보다 어떻게 하고 싶은지를 생각했다. 일레니아가 말한 이야기의 내용은 결국 궁극적으로는 확인할 길이 없다.

확실한 것은 일레니아가 얼마나 강인하든 혼자서는 한계가 있다는 사실이다. 그리고 누군가가 힘을 빌려주는 근사함은 새삼 생각할 것까지도 없다.

숨을 크게 들이마시고 뮤리를 마주 보았다.

"현재로서는 바다 건너로 가는 것까지는 찬성할 수 없어요."

그 말에 뮤리의 얼굴이 이내 환해진다.

"그래도 일레니아 씨를 도울 거지?"

양에서 일레니아 씨로 호칭이 바뀌어 있다.

"징세는 적어도 제 이념에 맞으니까요."

물론 그래서만은 아니라는 것은 뮤리도 아는 듯하다.

기뻐하며 다가와 손깍지를 낀다.

"그런 오라버니도 좋아."

해맑게 웃는 뮤리에게 어깨를 으쓱여 답하자 더 웃는다.

일레니아가 말하는 세상은 내가 상상한 것과는 전혀 다르다. 앞으로 나아가면 보고 싶지 않은 세상이 또 보이게 될지도 모른다.

"신의 가호가 함께하기를."

그렇게 중얼거리자 뮤리는 나를 올려다보고 싱긋 웃었다.

"내가 곁에 있으니까 안심해도 돼."

"……."

나무라기보다 웃음이 난다.

신도 두려워하지 않는다는 의미에서는 뮤리도 참 대단하다.

오팀과 이야기를 일단락 지은 김에 내처 일레니아를 찾아갔다.

윈필 왕국의 의도를 비롯해, 일레니아가 한 말을 전부 믿는 바는 아니다.

하지만 일레니아의 계획은 단순한 발상이 아니라 상당히 주도면밀하다는 것을 알게 됐고, 거대한 것에 맞서는 일레니아의 모습에는 나 역시 전율을 느꼈다. 그리고 오팀의 한마디.

─나처럼 막다른 길에 몰려 있을지도 모른다.

고민하는 이에게 힘이 되지 못하는 신앙이 무슨 의미인가.

"배의 간판이랬지?"

어느 도시건 비슷한 업종은 모여 있다. 노점에서 물어본 일레니아의 숙소도 전형적인 여관거리에 있었다. 혼잡하고 번화하며 활기에 넘친다. 오가는 사람끼리 눈도 맞추지 않는 것은 성질이 나빠서가 아니라 말이 통하지 않는 탓일 수도 있고, 여행길 생각에 머리가 꽉 차서일 수도 있다.

어쨌든 그곳에는 독특한 분위기가 있다.

비유하자면, 길고양이들이 모이는 곳이라고나 할까.

"있다!"

뮤리가 가리킨 것은 처마에 매달린 청록색을 띤 배의 간판이다. 둥근 간판에 뱃머리가 쭉 튀어나온 설정이 잘 어울렸다.

문을 열자 쇠뿔에 다는 종이 느긋이 울린다. 주점은 아침부터 성황이어서 자리가 거의 다 찼다. 시내 술집 같으면 손님들이 일제히 이쪽을 보며 값을 매겼을 텐데, 아무도 주의를 기울이지 않는다.

탁자 사이를 지나 안으로 들어가 장부를 넘기고 있는 주인에게 말을 걸었다.

"일레니아 지젤? 아아, 검은 양 지젤? 때마침 조금 전에 들어왔던데. 삼층 안쪽 방이오."

주인은 장부에서 고개도 들지 않는다. 검은 양이라는 단어에 순간 움찔했는데, 아닌 게 아니라 머리털이 검은 양털을 연상케 한다. 말을 전해 달라고 부탁할 참이었는데, 직접 만날 수 있다면 이야기가 빠르다. 예를 표하고 계단을 오르자, 복도를 따라 문 몇 개가 활짝 열려 있고 활달한 대화 소리와 악기 음색이 들려온다.

일레니아의 방은 그런 복도의 가장 안쪽으로 바로 찾을 수 있었다.

문 옆에 쌓인 나무상자며 자루에 산더미처럼 많은 헝겊 조각, 양모 덩어리가 있는 데다 문 위에는 양 머리뼈까지 장식되어 있었으니까.

"……."

일레니아와 만나자마자 양고기 먹기를 주저하는 섬세한 면도 있는 뮤리는 어이가 없다는 듯 머리뼈를 올려다보았다.

"무슨 부적 같은 것일 수도 있어요."

그렇게 말한 후 문을 두드리려는데 손잡이가 덜컥 움직였다.

"…누차 실례합니다."

일레니아가 문 너머에서 이쪽을 가만히 쳐다본다.

"기대해도 되는 것이지요?"

그러고는 농담 어린 웃음을 지으며 문을 열어 주었다.

방 안 풍경에 숨을 삼킨 것은 뮤리만이 아니다. 방은 발 디딜 틈도 없을 만큼 물건으로 넘치고 있었는데, 대부분이 양모, 그리고 양모를 꾸려 놓은 것으로 보이는 궤짝이다.

"지저분해 죄송한데, 뭣하시면 밖으로 나갈까요?"

"아니요, 괜찮습니다."

그런 후 발을 내디디자 양털로 만든 집 안으로 들어온 느낌이었다.

"종류가 엄청나."

입을 벌린 채 방 안을 보던 뮤리가 중얼거린 말에 일레니아가 반갑게 미소 짓는다.

"이 왕국에서 자라는 온갖 종류의 양털이 다 갖춰져 있으니까요."

색깔과 길이가 다양해서 동일한 양털이라 여겨지지 않는 것도 있다.

무심히 둘러보다가 한쪽 구석에 새카맣고 포근포근해 보이는 양모 덩어리가 놓여 있는 게 눈에 들어왔다.

일반인의 눈에도 윤기가 좋고 따스해 보인다.

"이쪽에 있는 건 참으로 훌륭하네요."

드러난 부분을 손으로 쓰다듬으며 말하자 돌연 뮤리가 손등을 탁 쳤다.

놀라서 쳐다보자 눈짓을 한다.

방구석에서 일레니아가 어쩔 줄 몰라 하듯 몸을 움츠린 채 얼굴을 붉히고 있었다.

"앗, 이건."

일레니아의 양모였나 보다.

"아, 아니, 칭찬해 주셔서…."

일레니아는 다부지게 웃고 헛기침을 하더니 정색하듯 말했다.

"아무래도 공짜로 생긴 거니까, 허투루 할 순 없어서."

"아, 그거 참."

스스로도 잘 모를 대답을 하자 뮤리가 노골적으로 한숨을 쉰다.

이래서는 안 된다 싶어 마음을 다잡았다.

"어, 그래서 저희 나름대로 여러모로 확인해 보았습니다."

일레니아도 자세를 바로 한다. 문득 보니 머리 옆에 훌륭한 뿔이 드러나 있다. 뮤리도 그것을 보고 귀와 꼬리를 꺼냈다. 혹시 상인들이 서로 모자를 벗고, 귀족들이 서로 장갑을 벗는 그런 건가.

"일레니아 씨가 철새에게까지 이야기를 물어보셨다는 것도."

그 한마디에 내가 어떤 식으로 일레니아의 이야기를 뒷조사했는지 안 모양이다.

"그러시면?"

일레니아의 머리털이 기대로 부푼다.

"예. 돕기로 하겠습니다."

그 말을 하자마자, 일레니아의 눈에서 눈물이 떨어진다.

그것을 보고 당황해 덧붙였다. 지나친 기대를 샀다가는 곤란하니.

"하지만 아직 모르겠는 점도 많습니다. 일단은, 징세만."

"예… 아니요, 그것만이라도."

일레니아는 눈가를 훔치고 얼굴을 들더니 다부지게 웃었다.

"잘 부탁드리겠습니다. 두 분을 만나게 된 것은… 신의 인도하심이라 생각합니다."

일레니아는 사람이 아닌 존재이고, 사람이 말하는 신을 믿지는 않는다. 감사의 뜻을 전하려는 방편이겠으나, 그것밖에는 할 말이 없었는지도 모른다. 뮤리의 손을 양손으로 잡고 감사를 표하는 몸짓에서도 꾸며낸 티가 없었다.

아마도 우리는 이제야 비로소 일레니아의 이야기를 제대로 마주한 것이리라.

"자, 오라버니, 이번에야말로 쓸모를 보일 때야."

가슴속 응어리가 풀린 듯한 뮤리가 그런 말을 한다.

북방 도서지역에서처럼 한심한 꼴은 이제 되풀이할 수 없다.

하겠다고 정했으니 온 힘을 다해야지.

"그럼 징세는 언제쯤 가면?"

황급히 눈물을 훔친 일레니아는 상인답게 이렇게 대답했다.

"언제든지."

이르면 이를수록 좋다.

그래서 이렇게 답했다.

"그럼 양모 중개인인 일레니아 씨에게 한 가지 부탁할 게 있습니다만."

"무엇이든."

일레니아가 야무지게 턱을 당기자 복슬복슬한 검은 머리가 부드럽게 살랑였다.

어떤 말을 쓰고 어떤 몸짓을 하느냐가 그 사람의 성격을 잘 드러내듯, 입고 있는 옷도 일종의 언어다.

나는 상인이나 직인의 말은 구사하지 못해도 신앙 세계의 것이라면 자신이 있다.

일레니아의 방에서 뮤리와 일레니아가 모호한 웃음을 지었다.

"대단해…. 오라버니가 아주 까다롭고 편협한 사람으로 보여."

"신기하네요. 조금 전까지는 성실하지만 다소 미덥지 않은 젊은 상회 도련님처럼 보이더니."

노린 대로의 인상을 준 모양이다.

지금 몸에 걸친 것은 일레니아가 구해다 준 털이 거친 외투다. 실로 제대로 꿰어 있지도 않아 조악한 데다, 양털이 뻣뻣하고 뾰족뾰족 솟아 살갗이 아프다. 그저 무겁기만 할 뿐 전혀 따뜻하지도 않다. 고통을 자처하며 엄격한 정신 수양을 하고자 하는 황야의 수도사가 기꺼이 입는 게 이런 옷이다.

원래 같으면 맨살 위에 입어서 미칠 것 같은 불쾌감을 견뎌야 하나, 오히려 너무 그랬다가는 탄로가 난다.

외투로 걸치는 정도가 딱이다.

"전체적으로 초라해 보이지 않는 게 핵심이네. 융통성이라고는 하나 없는, 저돌적으로 돌진하는 애송이 같은 느낌이 굉장해."

나의 반만큼도 살지 않은 뮤리가 아는 척 평가를 내린다. 그런 뮤리의 차림은 나와는 반대로 부드럽고 따스해 보이는, 갓 짜낸 우유 빛깔의 모직물 로브로 몸을 감싸고 있다. 거기에 후드를 쓰고 생글생글하고 있으면 참으로 고귀한 신분의 순종적이고 얌전한 수도녀처럼 보인다.

"음유시인이 저를 가리켜 여명의 추기경이라 노래한다던데, 그런 인물이 정말 있다면 이런 느낌이겠지요."

익숙한 분야라면 나름대로 상상력이 미친다.

슬라이에게 들었을 때는 농담이겠거니 했지만, 상관 사람들의 반응을 보면 나에 관한 소문이 저절로 굴러가고 있는 건 사실인 모양이다. 그렇다면 그런 인상을 최대한 활용하기로 했다.

"이러면 맞고 쫓겨날 일은 없으실 듯합니다."

"어떤 이유에서건 주교님이 폭력을 휘두른다는 게 애당초 말이 안 되는 일이지요."

어이없어하는 말에 일레니아는 미소를 지을 뿐이다. 이런 면이 상인으로서 잘해 나가는 저력이겠지.

"그럼 가 볼까요?"

이 차림으로 거리를 걷다가 소문이 나면 곤란하기에 일단 옷을 갈아입은 후 밖으로 나갔다.

도중에 대화한 바에 따르면 일레니아가 입수한 징수권은 뤼미오네 금화라는 세계에서 가장 유명한 금화로 오십 냥에 달하는 금액이라고 했다. 뤼미오네 금화 한 냥이면 검소하게 지내면 한 가족이 한 달은 살 수 있다. 양모 중개인인 일레니아에게는 거금일 터.

그런 한편, 대성당의 입장에서는 평소 같으면 대수롭지 않은 금액이었을 수도 있다. 하지만 지금은 수입이 끊긴 지 삼 년째 인 데다 이런 상황이 언제까지 이어질지 불확실하니 쉽게 치를 수 있는 금액은 아닐 것이다.

"막대한 금액의 거래에 몰두하는 대상회라면 정치력도 활용 해 받아 낼 수 있겠지요. 하지만 도시 내의 상회는 다릅니다. 대성당의 원한을 살 게 뻔하니까요. 만에 하나 교회가 왕국과 의 전쟁에서 우위에 서게 되면 어쩌나 하는 생각에 위험을 감 수할 수 없는 거죠. 징세가 제대로 진행되지 않는 가장 큰 원인 입니다."

"일레니아 씨에게는 지장이…."

하고 말하려다가 깨달았다.

"예에, 저는 타지인이니, 다음 거점으로 옮기면 그만이지요."

뮤리에게 발을 밟혔다.

실언했다 싶으면서도 마음에 걸리는 점도 있었다.

"그럼 일레니아 씨는 각지로 이동할 때마다 새로운 상회와?"

일레니아는 여러 상회의 일을 맡고 있는 양모 중개인이라고 들었다. 그렇다면 사는 곳을 바꾸면 또다시 처음부터 신용을 쌓아 올려야 한다. 너무 큰일이 아닌가 싶었다.

"표면적으로는 그렇지만 저에게 이 일을 가르쳐 주신 분은 제 정체를 아십니다. 그래서 그분을 통해 일이 들어옵니다."

사람이 아닌 자가 인간 세상에서 살려면 탁월한 재주가 있거나 이해해 주는 협조자를 만나는 운이 있어야 한다. 일레니아는 물론 재능도 있겠지만 일단은 후자인가 보다.

"좋은 분을 만나셨군요."

그렇게 말하자 일레니아는 소녀처럼 웃었다. 하이랜드 앞에서는 대번에 으르렁대던 뮤리가 일레니아에게는 그러지 않는 이유가 아마 저 웃음 때문이겠지.

"하지만 좋은 분인지는 모르겠네요."

"예?"

"금화를 위해서라면 자기 목숨도 아끼지 않는 것 같은 분이라서, 제가 양이든 무엇이든, 양모 중개인을 시키면 돈을 벌 것 같으니까 시킨 걸 거예요."

상인 중에는 실제로 그런 사람들이 있다.

현랑 호로라 불리는 거대한 늑대의 화신을 아내로 맞은 무모한 사내도 행상인 출신이다.

"물론 제가 불완전하게나마 인간 세상에서 살아갈 수 있는 건 그분 덕분이지요. 징세권을 낙찰한 것도 도움이 있었기에 가능했고요. 아무리 감사해도 모자라죠. 다만…."

일레니아는 말을 흐리고는 곤혹스러운 듯이 웃는다.

"요즘에는 만날 때마다 제가 여전히 젊은 것을 원망하는 말을 하는 게 좀."

젊음만큼은 돈으로 살 수 없다.

저러면서도 일레니아의 말투에는 연인 자랑 같은 게 담겼다.

"제 꿈 중 하나는 그분이 젊음을 되찾을 수 있을 만큼 거금을 버는 겁니다."

옆얼굴에서 은밀한 진지함이 느껴졌다. 일레니아가 인간 세상에서 도망치고 싶은 이유 중 하나는 그런 인물과의 이별을 생각해야 하기 때문이겠지.

그러나 일레니아는 슬픔에 잠기는 게 아니라 희망을 품는 쪽을 택했다.

곶 어귀에 도착해 올려다본 대성당이 첫 시금석이다.

"갑시다."

일레니아의 힘찬 한마디에 걸음을 성큼 내디뎠다.

긴 돌계단을 다 오른 후, 여전히 인적 없는 광장의 건물 뒤에서 옷을 갈아입었다.

곶 위에서 항구를 내려다보자 작은 배 몇 척이 항구 저 멀리 떠 있다. 바닷새가 꾀어드는 것을 보니 고깃배이겠다.

"주교님들은 대성당 내에서 지내십니까?"

문득 궁금해서 물었는데, 일레니아는 품에서 양피지 두루마리를 꺼내려는 참이다.

"원래는 시내에 훌륭한 저택이 있는데, 이 왕국과 교회의 대립이 심각해진 뒤로 대성당에 틀어박혀 있나 봅니다."

"그건… 설마 이동 중에 신변의 위협을 느끼고?"

"그런 점도 있겠지만, 이곳을 비운 사이에 시 참사회가 점거할까 봐 겁이 난 거겠지요."

그 말에서 일레니아를 쫓아내면서 분노하던 주교의 표정이 떠올랐다.

그게 궁지에 몰린 짐승처럼 일종의 두려움에서 나온 것이라면, 납득이 간다.

"등대의 봉화도 주교님이?"

"예전에는 등대지기가 있었는데, 지금은 그러나 봅니다. 성무는 금지되었지만 등댓불을 밝히는 것은 금지되어 있지 않으니까요. 입이 거친 사람들은 등대에 불을 지펴서 대륙 측 교황의 군대에게 구하러 와 달라고 기도하고 있는 것이라고들 하죠."

지금까지 직접 고통을 받아 온 사람들 입장에서는 그런 소문에 속이 시원하겠지.

"실제로는, 등대에 불이 꺼져 있으면 그것을 빌미로 사람들이 안으로 들어가려 할 테니 그것을 막으려는 것이겠지만요."

어느 도시에서든 대성당의 문은 늘 열려 있어, 역경에 처한 이들이 도움을 청하는 곳이다.

그런데 지금은 그 문이 불신으로 굳게 닫혔다.

"정면 입구는 자물쇠가 채워져 있을 테니 뒷문으로 가지요."

대성당을 돌아 들어가자 건물이 바람막이가 되는지 바닷새 몇 마리가 모여 있다.

우리가 다가가도 제대로 도망치려고 하지 않는 것은 짐승끼리 마음이 통해서, 인 것 같지는 않다.

"항구라서 사람들에게 익숙해요. 여기에서 밥을 먹다 보면 이따금 습격도 당한답니다."

일레니아의 설명을 알아듣기라도 한 것처럼 바닷새가 날카롭게 운다.

그리고 녹슨 쇠창살에 유리를 끼운 창문 밑을 지나 곳이 돌출한 곳으로 가자 마침내 뒷문이 나왔다. 투박한 철제문에 밖을 살피는 창이 있다.

일레니아는 문 앞에 서자 숨을 한껏 들이마시고 철문을 손바닥으로 두드렸다.

"주교님! 주교님! 데자레프 참사회에서 왔습니다!"

거침없는 고함과 문 두드리는 소리에 바닷새들이 일제히 날아오른다.

일레니아는 문을 더 두드리고 반복했다.

"주교님! 참사회에 왕명으로 명령이 내려왔습니다! 문을 열지 않으시면, 시에 대한 반란으로 간주합니다!"

불온한 단어였으나 그게 논리일 수도 있겠다.

그러자 잠시 후 철제 창이 옆으로 열렸다.

"주교님, 아시다시피, 참사회로부터 징세 명령이 나와 있습니다."

창 너머로 보이는 회색 눈이 증오의 빛으로 차 있다.

"뉘우침도 없이 나타나서는 뭔 놈의 징세. 이 왕국이 언제부터 신의 재산 관리인이 되었지?"

"주교님이 천국에 쌓은 재산을 가져가겠다는 게 아닙니다. 왕의 얼굴이 새겨진 화폐를, 왕의 슬하로 돌려달라는 것뿐입니다."

빚이나 세금을 거둘 때 상투적으로 하는 말로, 물론 주교는 꿈쩍하지 않는다.

"제대로 된 근거도 제시하지 않는 과세에 정의는 없고, 바야흐로 강탈이나 다름없지. 왕의 꿍꿍이에 신께서는 반드시 천벌을 내리실 게야."

"그렇게 여기신다면, 일단 세금을 내 보시지요? 혹시 그게 잘못된 행위라면 신께서 진실을 드러내 주실 테니까요."

주교는 눈을 부라리며 일레니아를 노려본다. 말싸움으로는 일레니아가 유리하지만, 두 사람 사이에는 철문이 있고, 강제로 열어 금화를 거둬 갈 수도 없는 노릇이다.

"얘기가 안 되는군!"

하며 주교가 창을 잡은 순간.

"잠시 기다려 주십시오."

하고 끼어들자, 창을 닫으려다 멈춘다. 그제야 비로소 주교는 일레니아 외에도 사람이 있다는 것을 깨달은 모양이다.

"무, 무슨 일이오?"

한순간 버럭 하려다가 내 차림을 보고는 신음하듯 말했다.

슬라이의 말에 따르면 이 왕국 내 성직자 대부분이 대륙으로 망명했다고 한다.

주교의 얼굴에 묘한 긴장감이 보인 것은 적지에서 동료를 발견한 안도감을 필사적으로 억누르려 애쓴 탓일 수도 있다.

일부러 이런 차림을 갖춘 것은 위엄을 내보이기 위한 것도 있지만, 주교에게 동료의식을 불러일으키기 위해서이기도 하다.

"저는 이 일레니아 지젤로부터 이 도시의 이야기를 들었습니다. 토트 콜이라고 합니다. 제가 무슨 도움이 될 수는 없을까 하여 왔습니다."

주교는 겁먹은 듯이 나를 보았다가 일레니아를 보았다.

"항구도시 아티프에서 오신 분입니다. 주교님도 소문은 들으셨겠지요."

그 순간, 주교가 숨을 헉 삼키는 소리가 났다. 아티프를 기점으로 한 교회 개혁의 이야기는 이곳에도 전해졌을 것이다. 재산을 축적하던 무수한 교회와 수도원 사람들이 하이랜드 밑으로 중재를 요청하며 모여들고 있다고 들었다.

들은 적이 있다면 기꺼이 맞이하고 싶은 상대는 아닐 터.

"마, 말도 안 돼. 이자가 '여명의 추기경'이라고?"

그 별명은 참으로 널리 퍼져 있나 보다.

그 점에 묘한 피로감을 느끼며 답했다.

"제가 누구인지는 신께서 아십니다. 하지만 이것도 봐 주셨으면 합니다."

품에서 꺼낸 것은 하이랜드에게서 받은 서한이다. 나를 라우즈번으로 불러들이기 위한 것으로, 거기에는 하이랜드의 서명과 인장이 뚜렷이 찍혀 있다.

하이랜드가 늘 공식 서한을 건네주는 것은 여차하는 때에 이런 식으로 쓸 수 있도록 하려는 뜻에서다.

서한을 주교 쪽으로 펼치고 이렇게 말했다.

"북방 도서지역의 은둔 수사이신 오텀 님과 만난 후 라우즈번으로 가는 길이었습니다만, 풍랑을 만나 이 항구에 들렀습니다. 이렇게 된 것에도 무슨 의미가 있는 게 아닌지, 저는 생각합니다."

말을 듣고 있는지 아닌지, 주교는 내가 펼친 서한을 빤히 쳐다보고 있다.

윈필 왕국 내에서 대성당을 이끌고 있는 자라면 하이랜드의

194

이름은 상당한 의미를 가질 게 틀림없다.

"또한, 저는 하루라도 빨리 이 도시에 안식이 찾아들기를 소망합니다. 벌써 삼 년이나 영혼의 위안을 얻지 못했다고 하니."

그것은 시벽 내 사람들도 그렇지만 저 주교 또한 마찬가지일 것이다.

참사회가 이끄는 병사, 분노한 민중이 언제 들이닥칠지 모른다는 불안에 떨면서 대성당 안에 틀어박혀 살고 있으니 풀도 죽었을 테고.

"어떠십니까? 저는 시벽 밖에서 온 사람으로서 쌍방에 도움이 될 수 있지 않을까 합니다만."

대성당에 불을 놓으러 온 것이 아니다. 주교에게 그 뜻이 전해진 건지, 또는 귀족의 후원을 받는 성직자로 보이는 인물의 방문을 거절했다가는 정당성을 잃을 수도 있다고 생각한 건지.

주교는 천천히 눈을 감으며 창문에서 얼굴을 뗐다.

이어서 쇠로 된 자물쇠가 열리는 소리가 났다.

"들어오시오. 신의 종복을 내쫓을 수는 없으니."

철문이 열린다.

목례한 뒤 안으로 들어섰다. 뮤리에 이어 뒤따라 들어오려던 일레니아는 막아 세웠다.

주교의 뒤편에서 일레니아가 이쪽을 보고 있지만, 어제 상황을 보건대 일레니아에 대한 주교의 불신이 상당한 모양이다.

"일레니아 씨, 제가 이야기를 여쭙겠습니다."

일레니아는 무슨 말을 하려다가 얌전히 고개를 끄덕인다.

"그럼 부탁드리겠습니다."

주교는 철문을 닫고 자물쇠를 채웠다.

이내 통로가 어두워지고 곰팡내가 코를 찌른다. 철문 틈으로 들어오는 빛에 비쳐 먼지가 떠다니는 게 보인다.

늑대의 코를 가진 뮤리가 엣취 재채기를 했다.

"안으로 드시죠."

돌로 된 벽은 같은 간격으로 움푹 파여, 두 천사가 좌대를 받치는 촛대가 놓여 있었으나 초는 없는 지 오래되어 보인다.

성당 안은 너무도 고요하여 밖에서 우는 바닷새의 울음이 바깥보다도 오히려 더 또렷이 들리는 착각이 일었다.

"이쪽 방으로 드시죠. 이 시간대에는 제일 따뜻한 방입니다."

안내된 곳은 긴 탁자가 놓인 방이었다. 식당치고는 측면 벽에 유리가 많이 쓰였고, 벽에는 천사들이 모이는 그림을 수놓은 큼지막한 걸개가 있다.

필시 주교를 포함한 성당의 주인이었던 이들이 평소 성당 운영 및 상담을 하던 곳이었으리라.

엄격한 눈으로 보자면 화려한 만듦새라 할 수도 있겠지만, 솔직한 감상은 폐허를 연상케 했다.

"마실 것 좀 드릴까요? 대단한 것은 없습니다만….."

"신경 쓰지 마십시오."

유리창으로 들어오는 불빛 아래에서 본 주교는 상당히 여위어 보였다. 오팀도 어지간히 여위었지만, 이쪽에는 내측에 붙은 무언가가 없다.

주교복을 벗으면 안이 텅 비어 있다고 해도 놀라지 않을 것 같다.

"그런데."

하며 장년의 주교는 무릎을 감싸듯 하며 의자에 앉았다.

"저는, 아니, 이 성당은 어떻게 되는 걸까요."

일레니아 앞에서 보이던 험악한 분위기는 간곳없다.

그러기는커녕, 주교는 돌연 얼굴을 가리며 울음을 터뜨렸다.

늑대와 양피지

제 4 막

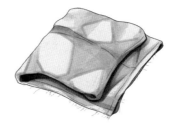

엉겁결에 뮤리와 얼굴을 마주한 뒤, 양손으로 얼굴을 가리고 우는 주교를 달랬다. 마침내 진정되자 더듬더듬 상황을 설명하는데, 선뜻 믿기는 힘든 내용이었다.

"저는 하보트라고 합니다. 저는 주교도 아무것도 아닙니다. 그저 이 대성당이 관리하는 토지에서 양을 맡아 기르던 양치기일 뿐입니다."

그 고백에 나도 모르게 숨을 삼켰다.

"주교님과 닮아서 가끔 대역을 하기는 했습니다. 과음한 이튿날의 예배, 의례적인 행사 등, 주교님의 옷을 입고 그 자리에 서 있기만 하면 대충 넘어갈 수 있는 일에는 거의 대리로 참석했었습니다."

눈과 머리의 색, 그리고 덩치가 비슷하면 수염만 길러도 겉모습은 거의 분간이 가지 않는다. 말을 해야 할 때도 주교쯤 되는 사람이 하는 말은 정형적인 문구가 대부분이다. 겉모습만 그럴싸하면 아무도 의심하지 않기는 하겠다.

"그러던 게, 결국엔 이런 엄청난 일을 떠맡게 되어… 저는 더는 버틸 수가 없습니다…."

주교가 시내에 있는 집으로 돌아가지 않고 이곳에 틀어박혀 있는 까닭을 알겠다.

겉모습은 같아도 주교 본인이 아니니 집에는 못 들어가겠지.

그리고 어제 일레니아에게 보인 태도도.

"그러면, 주교님은 어디에?"

그 질문에 하보트는 얼굴을 감싸며 고개를 저었다.

"교황님께 궁핍한 현 상황을 호소하고 오겠다며 나가신 뒤로 그만입니다. 가끔 편지만 옵니다."

교황에게 갔다는 말을 믿을 만큼 나도 사람이 좋지는 않다. 대역만 세워 두고 본인은 어디론가 도망친 거다.

"저도 이런 일이 옳다고는 생각지 않습니다. 하지만 제가 떠나면 이곳엔 아무도 없게 됩니다. 게다가 주교님이 도망치신 지 오래인 게 알려지면 이 성당은 평판이 땅에 떨어질 겁니다. 저 혼자 거짓말한 것으로 해결이 된다면야…."

겉모습이 비슷하기도 하지만, 진짜 주교가 하보트를 대역으로 세운 데에는 이런 성실함을 예측해서였을 수도 있겠다.

더욱이 전직 양치기라 하니 더없는 약자인 처지다.

"다행인지 불행인지, 요 일 년은 나름대로 잘 돌아갔습니다. 성당을 찾는 사람들도 없고, 먹을 것은 계약이 되어 있어서 시내에 있는 상회가 정기적으로 가져다줍니다. 그랬는데 갑자기 일이 악화되어서…."

아티프의 일이 원인이었겠지. 여태 교착 상태였던 윈필 왕국과 교회의 싸움이 다음 국면으로 접어들었다. 그 물결은 상상도 못 했던 사람들을, 생각지도 못한 이유로 휘말아 퍼져 나가고 있다.

"최근 한 달쯤 됐습니다. 먹을 것을 가져다주는 상인이 올 때마다 무시무시한 소리를 하는 겁니다. 드디어 교회의 특권이 뿌리째 뽑혀 나갈 거라고, 축재한 돼지는 이단 죄목으로 화형에 처해질 거라고. 여명의 추기경이라는 신의 대리인이 마침내 나타났으니 현실이 될 거라고."

하보트는 등을 웅크린 채 말을 하고 있었다. 상인의 짓궂은 놀림일 텐데, 그런 처사는 왕좌에서 끌어내려진 왕에게 하는 거다. 상인이 진심에서 한 말 같지는 않건만, 하보트는 불쑥 이렇게 덧붙였다.

"저는… 화형인가요?"

그 얼굴을 본 순간, 하보트가 왜 나를 이곳에 들였는지 이해할 수 있었다. 결과가 어찌 되든 앞이 보이지 않는 상태로 있는 것은 이제 한계인 것이다.

고개를 툭 떨군 하보트에게서 시선을 떼어 벽에 걸린 태피스트리를 본다. 거기에는 천사들이 진지한 얼굴로 진수성찬을 에워싸고 있다. 누군가를 속이는 거짓말을 할 수는 있어도, 계속해서 그런 거짓말을 할 수 있는지는 별개의 재능이다.

하보트를 비난할 수는 있지만 그것이 옳다고도 여겨지지 않았다.

그뿐 아니라, 하고 냉정히 생각한다. 하보트가 거짓말을 하고 있을 가능성으로, 실은 진짜 주교가 박진감 넘치는 연기를 하는 중일 가능성도 없지는 않다. 뮤리의 어머니인 현랑 호로는 사람이 하는 거짓말쯤은 쉽게 간파하는 특기가 있지만, 뮤리는 아직 인생 경험이 부족한지 그다지 미덥지 않다.

무엇보다 당사자인 뮤리가, 저 사람 불쌍해, 하는 눈으로 나를 쳐다보고 있으니.

그렇다면 최선의 선택지는 무엇일까.

이유를 갖다 붙이는 일에는, 신학을 공부해서 단련되어 있다. 바늘구멍에 천사 몇이 통과할 수 있느냐와 같은 질문에 대답하기가 특기다.

"저는 이렇게 생각합니다."

하보트가 고개를 들고, 뮤리는 걱정스레 쳐다본다.

"당신이 누구인지는 신께서 아십니다. 양치기 하보트일 수도 있고, 그렇지 않을 수도 있지요."

"저는….."

대꾸하려는 하보트를 손으로 저지한 후, 말했다.

"그 점에서, 세금 이야기입니다."

하보트는 느닷없는 말에 눈이 둥그레졌다.

"저는 교회의 악폐를 참을 수 없어 신앙의 올바른 형태를 세상에 되돌리기 위해 길을 나섰습니다만, 교회가 사라지면 된다는 생각은 눈곱만큼도 하지 않습니다. 교회는 꼭 있어야 합니다. 그러나 양모와 관련된 이야기는 명백히 지나쳤고, 잘못을 했으면 속죄해야 합니다."

이쯤에서 이렇게 말을 꺼냈다.

"빼어난 연기를 하고 있는 주교님이시라면, 지금 이 자리에서 세금을 지불하고 지금까지의 악폐를 반성하시면 시민들에게 좋은 인상을 줄 수 있음을 아실 겁니다. 또는, 만일 양치기 하보트 씨가 주교님이 시켜서 이곳에 억지로 있는 것이라면, 주교님 대신 세금을 지불함으로써 하보트 씨는 주교님이 아닌 시민들의 편으로 인정될 겁니다. 그리고 이 점이 중요한데…."

하고 헛기침을 한다.

"저는 그 어느 경우이든 세금을 지불함으로써 교회가 과거의 잘못에 대해 속죄한 것으로 이해하고, 시민들에게 그 사실을 조언할 겁니다."

나의 중개와 하이랜드의 이름이면 시와 교회의 관계가 악화될 리는 없을 것이다.

주교 차림을 한, 몹시 여윈 장년의 남자는 나를 멍하니 쳐다보다가 반신반의하며 천천히 고개를 끄덕였다.

그러다 불현듯 설명을 이해한 것처럼 눈에 빛이 돌아온다.

"그, 그런데, 문제가 있습니다."

"문제?"

"예. 세금 낼 돈이 없습니다. 주교님이 성당을 떠나실 때 금고를 텅 비우고 가셨습니다."

지극히 있을 수 있는 이야기다.

　설령 눈앞에 있는 이가 주교라 해도 어디엔가 숨겨 놓았을 테지.

　하지만 돈이 없다고 해서 지불을 못 하는 건 아니다.

　"대성당 연고의 성성(聖性)을 띤 물품이라면 사람들은 헌납을 아끼지 않을 거라 생각합니다만."

　"성, 성? 저기… 그건…."

　"돈이 아니더라도, 돈으로 바뀔 수 있는 물건이 있지 않은지?"

　예컨대 벽에 걸린 태피스트리나 각종 가구. 주교가 도망칠 때 다양하게 가져갔다 해도 모조리 쓸어안고 옮기는 건 도저히 불가능했을 테니.

　"하지만 저는 물건의 가치 같은 건 모릅니다."

　하보트의 말에 이렇게 답한다.

　"밖에서 기다리고 있는 사람은 상인입니다. 감정에 불안이 있으시면 제가 책임지고 믿을 만한 상인을 소개해 드리지요."

　하보트가 이내 대답하지 않는 것은 속에 있는 인물이 주교라서인지, 아니면 자기에게 이런 판단을 내릴 권한이 있는지 당황하는 양치기여서인지.

　하지만 어쨌든 이제는 모르쇠로 일관할 수 없다 싶었겠지. 그렇지 않고서는 나를 이 안에 들이지 않았을 테니.

하보트는 막혔던 숨을 토해 내듯 이렇게 말했다.

"잘, 부탁드리겠습니다."

"신께서 뜻하시는 대로."

그렇게 대답한 뒤 의자에서 일어섰다.

완벽하게 신앙에 근거한 판단이라 할 수는 없겠지만, 내가 할 수 있는 한계는 이쯤일 거라 생각했다. 무엇보다, 정말로 하보트가 억지로 난제를 떠맡은 것이라면 구태여 상황의 시시비비를 가리는 것은 그를 궁지로 모는 일일 수 있다.

정의를 수행하는 일이 반드시 정의로 이어지지는 않는다는 것을 북방 도서지역에서 보았다.

그런 생각을 하고 있는데, 어슴푸레한 복도를 걷던 하보트가 우뚝 멈춰 섰다.

"하지만, 한 가지만 말씀드려도 될까요?"

하는 말에 쳐다본 하보트의 옆모습에서 양치기일 수도 있겠다 싶을 만한 예리함을 보았다.

"저 젊은 여상인을 믿어도 될까요?"

마지막 발버둥 같은 느낌이 아니라, 거기에는 뚜렷한 감정이 있었다.

"정직한 장사를 하는 분이라 들었습니다. 양모 중개인이라 하

208

는데, 면식이 있으신지요?"

만일 양치기라고 거짓말을 하고 있는 거라면 동요를 보일 것이다 싶었는데, 하보트는 차분히 고개를 가로저었다.

"아니요, 없습니다. 저는 평소 시내에는 좀처럼 내려가지 않고, 제 손으로 양털을 깎을 일도 없으니까요. 양은 기르기만 합니다."

그런 건가.

"하지만 양모 중개인이 징세권을 낙찰해 냈으니, 상당히 뛰어난 것이겠지요."

하보트는 한숨을 쉬고는 체념과도 비슷한 표정을 지었다.

"저 상인에게 들으셨는지 모르겠는데, 어제 저 상인이 찾아왔을 때 제가 거칠게 대했습니다."

분노를 터뜨리며 쫓아냈었지.

"하지만 이유 없이 그런 건 아니라고 말씀드려 두고 싶습니다."

"그러시면?"

"어제는 마치 여행 중인 신도가 방문한 것처럼 찾아왔었습니다. 그래서 얼결에 성당 내에 들였지요. 건강과 장사를 위한 여행길의 가호를 기도해 주기까지 했다니까요."

그래서 뒷문에서 쫓겨난 게 아니라 앞문에서 나왔나 보다.

"교묘한 말재주란 게 바로 그런 걸 겁니다."

하보트는 그렇게 말하고는 눈앞의 일레니아가 두려웠노라고 했다.

"징세 이야기도 언제 꺼냈는지 모르겠습니다. 처음부터 그 이야기를 꺼냈더라면, 그건 제 분수를 넘어서는 부분이니까요. 다 노리고 한 일일 겁니다. 하지만 어느 결엔가 대화의 주도권을 완전히 빼앗아 저를 몰아세웠습니다. 저는 순수하게 겁이 났습니다. 이 사람은 대체 누구지? 하고."

우수한 상인은 타인의 의중을 꿰뚫어 보는 데에 뛰어나고, 가슴을 파고드는 데에 능란하다. 익숙지 않은 사람이 느닷없이 그런 수법을 접하면 무슨 마술이 아닌가 싶을 만큼.

"이것을 앙갚음이라 생각지 말아 주십시오. 저는 대성당 땅에서 양을 기르는 처지입니다. 살아갈 양식을 받으면서도 불합리함을 매일 느끼기도 했습니다. 교회에는 좀 더 올바른 모양새가 있는 게 아닌가 했습니다. 그래서 드리는 말씀입니다. 저 여자는, 믿어선 안 된다고 봅니다."

일레니아에 관한 비판이 마음에 들지 않았는지, 뮤리는 부루퉁한 기색이다.

그것은 둘째 치고라도 일이 기묘해졌다. 마치 아이들용 옛날이야기처럼.

어두운 복도 저편에 빛이 살짝 흘러드는 철문이 있다. 저것을 두드리는 것은 양 아가씨, 이곳은 신의 어린양이 모이는 곳. 안으로 들어오게 해 달라고 하는 저 양은 과연 진짜 양일까, 하고 의심하는 양치기.

설상가상, 진짜 늑대가 곁에서 양모 로브를 걸치고 양의 편을 들려 하고 있으니.

"저도 제 눈이 흐려진 적이 누차 있었습니다. 하보트 님의 충고는 명심하겠습니다."

하보트는 자신의 염려가 충분히 전달되었는지 의심하는 표정이었으나, 결국엔 고개를 숙이고 다시 걷기 시작했다. 신을 향한 신앙조차 빈번히 흔들리는 세상이다. 타인을 믿는 위험성은 반드시 존재한다.

그렇게 생각하면 곁에 있는 뮤리는 특별했다. 그 어떤 일이 있어도 이 소녀만은 믿을 수 있다.

"?"

재에 은가루를 섞은 듯 독특한 머리를 한 뮤리가 우웃빛 양모 안에서 의아한 표정을 짓는다. 순진무구하다는 말에 형태가 있다면 바로 이런 모습이겠지.

미소로 답한 뒤 자세를 바로 한다.

하보트가 철문의 자물쇠를 열자, 햇빛이 파도치는 소리와 더불어 복도로 꽂혀 들었다.

하보트와 일레니아가 얼굴을 마주하자 잠시 분위기가 어색했다. 피차 하고 싶은 말이 있겠으나 서로 날을 세운들 아무 이득이 없다는 것을 안다.

하보트는 마지못해 일레니아를 안으로 들였고, 일레니아는 어제의 폭력을 입에 담지 않았다.

대신 일레니아는 곧바로 물었다.

"그래서 어찌하기로 했는지요?"

"금화, 은화는 없다고 합니다. 물납으로 대신하고 싶으시다고."

일레니아는 소망을 이룬 셈이다.

"단."

하고 덧붙였다.

"정당한 가치 평가를 부탁드립니다."

성 넥스의 천은 얼마만한 가치일지 상상도 못 하겠지만, 때에 따라서는 금화 오십 냥을 크게 웃돌 수도 있으리라. 성유물에는 엄청난 가격이 매겨질 때도 있다. 말 그대로 교회의 보물이니.

"물론입니다."

상회에서 듣기로 일레니아는 성실한 양모 중개인이라고 했다. 뭣하면 데바우 상회 상관에 있는 슬라이에게 재차 평가받을 수도 있다.

그때 하보트가 끼어들었다.

"하지만 어떻게요? 걸개나 의자를 금화 오십 냥어치나 가져갈 수 있습니까? 그렇게 되면 예배도 다시 볼 수 없게 될 텐데 요."

일레니아는 주저 없이 대답했다.

"일단, 성당 보물창고부터 보여 주시겠습니까?"

하보트가 나를 쳐다보기에 고개를 끄덕였다. 하보트는 체념한 듯이 어깨를 늘어뜨렸다.

우선 제단이 있고, 거기에서 길 하나가 쭉 뻗는다. 길 양옆에는 매일 기도하러 오는 신도들의 자리가 있고, 대개 긴 의자가 마련된다. 그 바깥쪽을 다시 회랑이 에워싼다. 제단을 끼고 안쪽에는 예배실이 있다. 기본 구조는 이러하고, 그 주위로 이런 저런 부속 건물이 붙어 제각각 특색을 띤다.

개중에서도 보물창고는 제단 뒤편, 예배실과의 사이에 만드는 경우가 많다. 건물 내에서 가장 신성한 곳이라는 이유로. 제단을 다른 바닥보다 한 단 높이고 지하 부분에 조성할 때도 있다.

데자레프 대성당은 후자의 구조로, 보물창고 문은 제단 옆 회랑에서 지하로 내려간 끝에 있었다. 회랑은 벽에 낸 창도 없기에 캄캄했다. 하보트가 든 밀랍 촛불에 비쳐 석벽에 그려진 성전의 일부 이야기가 어슴푸레 보인다. 짐승 기름으로 만든 초가 아닌 것은 그을음으로 석벽의 그림과 비품이 손상되는 것을 막기 위해서다.

하보트는 손에 든 촛대를 벽에 만들어진 자리에 내려놓은 뒤, 크고 투박한 열쇠를 꺼냈다. 어른 손에도 벅차 보이는 크기에 뮤리가 흥미진진한 표정이다.

꽂히는 소리도 각별했다. 문을 여니 둔하게 빛나는 황금의 산이더라는 장면을 기대하게끔 하는 데에도 확실히 한몫했다.

"여기가 보물창고입니다."

하지만 하보트가 안내한 곳은 수수했다.

"예배용 도구가 가장 고가이겠지만⋯."

대성당에 걸맞게 널찍하기는 하나, 선반 위에 줄줄이 늘어선 것은 죄다 평범하고 딱히 눈길을 끄는 것은 없었다. 게다가 보물창고라기보다는 창고에 가까워 식료품 같은 것도 놓여 있었다.

"이곳은 성당 내에서 유일하게 쥐도 들어오지 못하거든요."

사방이 석벽으로 단단히 둘러싸여 있다.

"황금 세례 접시 같은 건 없습니다."

선반을 보러 가는 일레니아에게 하보트가 그렇게 이른다.

하보트가 주교라면 진작 감췄을 테고, 정말로 양치기라면 훗날 절도 의심을 사지 않게 보물창고를 확인했을 테지.

선반에는 예배용 은잔과 촛대, 제단에 거는 진홍색 천, 장식용 금사, 은사, 그리고 성전과 기도서 몇 권이 있다.

일레니아에 뒤이어 나도 선반을 둘러보고 있자 뮤리가 옷자락을 자꾸만 잡아당겼다.

쳐다보니 쇠인지 뭔지로 만들어진 물고기 머리다. 손바닥에 얹힐 만한 크기가 아니라 한 아름은 된다.

"그건 축제 때 쓰는 겁니다."

하보트의 설명에 뮤리의 눈이 이내 휘둥그레졌다.

"아주 화려한 축제이지요. 곶 어귀에서 성당 입구까지 장작을 쌓아 불을 붙입니다. 그리고 불의 흐름 속을 이 물고기 모형이 헤엄쳐 가는 겁니다."

모든 부품을 조립하면 뮤리만한 체구는 들어갈 수 있을 크기다. 그런 것을 철봉으로 받치나 본데, 축제는 밤에 열려서 눈이 좋으면 북방 섬에서도 불타는 모습이 보인다고 한다.

검은 밤하늘을 배경으로 노랗게 빛나는 불의 강을 헤엄치는 물고기를 상상한다.

대단한 광경이겠다.

"그런 전설이 있습니까?"

최소한 성전에는 뿌리가 될 만한 이야기가 없기에 그렇게 묻자, 하보트는 나직이 웃었다.

"이곳은 어부의 도시이기도 하니까요. 진력날 만큼 물고기를 구워 대지요. 그들도 천국에 갈 수 있기를 바라는 배려입니다."

오호라 수긍이 가는 반면, 죽어서도 불의 바다를 헤엄치는 게 조금 불쌍하기도 했다.

"매년 수많은 사람이 보러 옵니다. 작년에도 재작년에도 열리지 못했습니다만."

하보트는 순수하게 섭섭한 눈치다.

그때 보물창고를 한바탕 둘러본 일레니아가 돌아왔다.

표정이 석연치 않다.

"이곳에는 세금을 낼 여유 따윈 없다는 걸 이제 아셨소?"

하보트의 피로에 지친 말에 일레니아가 대답했다.

"주교님, 보물창고는 정말 이곳뿐입니까?"

그리고 하보트는 그 물음에 화를 내지 않았다.

이만한 규모의 대성당에 금화 오십 냥도 없다는 것은 아무리 둘러대더라도 이상하다. 하지만 기부금 등의 현금이 성당에 없는 것은 주교가 가지고 도망쳤기 때문이고, 그것을 설명하자면 자신이 가짜라는 것을 말해야 한다.

그러니 처음부터 일레니아를 성당 안에 들일 수가 없었다.

하보트가 내게 시선을 주는 것은 내가 교회 편이라 믿고 있어서일 것이다. 당신을 믿고 성당 안에 들였다며 눈으로 호소하고 있다.

이참에 하보트를 설득해 가짜라는 것을 고백하고 편해지게 하는 선택지도 있다.

하지만 보물창고를 살펴봤습니다, 아무것도 없었습니다, 라는 말에 납득할 만큼 나도 순진하지는 않다.

"주교님. 일단 성당의 재산목록을 살펴보면 어떨까요."

큰 교회 조직의 역사는 길고, 관련한 인물도 많다. 재산목록은 반드시 존재한다.

하지만 그 말에 하보트는 선뜻 수긍했다. 다소 신기한 표정을 지었을 정도다.

"알겠습니다. 그래야 직성이 풀린다면 그렇게 하지요. 잠시 기다리십시오."

그러고는 문도 닫지 않고 나갔다. 이곳에는 훔쳐 가서 곤란해질 물건이 없다기보다 훔치면 누가 범인인지 즉시 알 만한 것들뿐이라는 걸 아니까.

이곳에 있는 것은 대성당의 물건임을 누구든 대번에 알아볼, 의식 중에 남의 눈을 탄 물건들뿐이다.

"오라버니?"

뮤리가 곤혹스러운 듯이 묻는다. 뮤리 나름대로, 이야기의 진척이 더디다는 걸 알고 있나 보다.

"이 대성당의 재산이 이만큼밖에 되지 않는다니, 믿을 수 없습니다."

일레니아도 분개한 듯이 말한다.

그리고 내 생각도 같았다. 금화, 은화는 싸안고 갈 수 있어도, 대성당에 길이길이 전해지는 무수한 보물까지 동시에 반출했을 것 같지 않다. 대역까지 남겨 두었을 정도이니 본인은 언젠가 이곳으로 돌아올 속셈이다. 그렇다면 들고 갔다가 만에 하나 무슨 일이 생기면 곤란할 진짜 보물은 성당에 남겨 두었을 것이다.

그러니 하보트를 추궁하지 않고도 일레니아의 목적을 달성할 수는 있다.

그것이 다소 신앙에 반하는 방법일지라도.

"뮤리, 귀를 꺼내 봐요."

그렇게 말한 뒤, 나는 조금 전 물고기 축제에서 쓰인다는 물고기 모형을 받치는 철봉을 집어 들었다. 모험담을 좋아하고, 어머니인 현랑 호로에게서도 이런저런 가르침을 받아 온 뮤리는 무엇을 하려는 것인지 즉시 이해했다.

"준비됐어."

"그럼."

하며 철봉으로 바닥을 내리친다. 쿵 소리가 나고, 뮤리가 머리를 가로젓는다. 이내 몇 걸음 걸어가 다시 바닥을 내리친다. 이런 대규모 석조건물에는 여지없이 비밀 지하실이 있다. 뮤리의 귀라면 소리의 반향으로 찾아낼 수 있다.

쿵, 쿵, 재빨리 이동하며 보물창고 바닥을 내리친다.

이 방의 문 열쇠가 거창한 까닭이 있을 듯하고, 심정적으로도 비밀의 방은 중요한 곳에 만들 것 같다.

하지만 보물창고에는 식료품이 놓여 있고 벽까지 일일이 조사하다 보면 하보트가 돌아오고 만다. 쿵, 쿵, 바삐 움직이자 일레니아가 말했다.

"그렇다면."

그 말에 돌아본 순간에는 이미 그것이 나타나 있었다.

쿠웅!

하고 마루가 흔들리더니 천장에서 투두두둑 먼지가 떨어지는 가운데 손바닥을 바닥에 댄 자세로 일레니아가 나를 올려다본다.

"어떤가요?"

한순간 거대한 발굽을 본 것 같다.

일레니아는 양의 화신이다.

"이쪽."

꼼짝도 하지 않던 뮤리가 별 특징 없어 보이는 선반으로 다가간다. 벽에 딱 붙여 설치한 것으로 선반 위에는 성모상과 색유리로 만든 성인의 그림을 끼운 판이 놓여 있다. 발밑 부분은 잡아당기는 식이라, 바닥에 무릎을 꿇고 열자 회식 때 쓰는 것인지 식기류가 보관돼 있다.

"어때, 오라버니?"

뮤리를 쳐다보며 손을 선반 뒤로 넣는다.

잔 사이로 보이는 돌출물에 손이 닿는다. 모양새로 보아 무슨 조작봉 같다.

"있어요."

밀어 봤으나 꿈쩍하지 않고, 당겨도 마찬가지다. 오른쪽으로 돌리자 툭, 무언가가 떨어지는 소리가 났다.

"방금 그 큰 소리는 뭡니까? 대체 무엇을?"

방 입구에서 당황한 하보트의 음성이 들려왔다.

"등대는 발밑만큼은 못 비추지요."

그렇게 답하고 몸을 일으킨 뒤, 선반을 밀었다 당겼다 해 본다.

내 키보다 더 큰 선반이 문처럼 앞으로 움직인다. 숨 들이마시는 소리가 나면서 공기가 빨려든다.

선반 뒤에 비밀 계단이 있었다.

"계, 계단…?"

하보트의 놀란 기색이 연기일 것 같지 않다. 정말로 몰랐던가 보다.

일레니아는 주교인 자가 모를 리 없지 않느냐는 표정이었으나 눈짓을 주며 고개를 가로저어 두었다. 하보트가 거짓말을 하고 있는지 아닌지, 지금은 묻지 않는 게 피차 낫다.

"주교님, 이곳은 신성한 장소인지도 모르니 먼저 내려가심이?"

다만, 하보트가 진짜 주교일 가능성에도 보험을 걸어 둔다. 우리가 의기양양하게 들어갔는데 문을 닫아 버리면 곤란하니.

"아, 알겠습니다…."

얼굴이 경직된 것은 비밀을 들켜서인지, 아니면 이런 비밀이 있었다면 어떻게든 대역을 거절했어야 했다 싶어서인지.

여하튼 하보트는 목에 건 교회 문장을 쥐고 입맞춤한 뒤 촛대를 들고 계단을 내려갔다.

통로는 어른이 양 팔꿈치를 좌우로 펼 수 있을 만한 넓이로, 곧장 밑으로 이어졌다.

공기에서는 곰팡내도 없이 돌을 잘라 내면 나는 특유의 냉한 냄새가 났다.

계단이 그리 길지는 않아서, 보통 건물로 치면 이층쯤 내려간 곳에서 끝났다.

"여기는…?"

하보트가 의아해하며 초를 치켜들고 비춘다. 천장이 낮은 탓인지 압박감이 들고, 선반이 몇 열이나 안으로 쭉 늘어서 있다. 하지만 대부분은 비어 보였다.

보물창고 안의 비밀 문이니 진짜 보물이 숨겨져 있지 않을까 했는데 오해였나.

"으아악!"

돌연 하보트가 비명을 올리며 초를 떨어뜨렸다. 순간 긴장하여 땀이 솟았지만 바닥을 뒹구는 촛불의 빛에 하보트가 비명을 지른 이유를 알았다. 계단을 내려가자마자 옆쪽 벽에 갑주가 장식돼 있었던 것이다.

하보트는 어지간히 놀랐는지 벽에 등과 손을 댄 채 당장에라도 쓰러질 지경이다.

초를 주워 촛대에 도로 놓았다.

"검도 있네요. 방패… 안장까지. 훌륭한 안장이군요."

갑주 너머로는 검을 세워 두는 전용 자리가 있고, 방패를 거는 선반도 있었다.

긴 궤짝 위에 놓인 안장에 촛불을 가져가자 박혀 있는 금이 괴이하게 빛난다.

"행군용은 아니겠어요. 어느 기사단의 의식용 갑주이겠지요."

일레니아가 상인답게 평가한다. 값이 꽤 나가 보인다.

"그럼 역시 이곳은 보물창고인가요?"

다른 선반은 위에 있는 보물창고보다 휑했으나, 큼지막한 접시가 놓여 있기도 했다. 가만 보니 엄청난 물건이다.

"금 접시네요. 세공도 대단하고…."

이것 하나만도 금화 몇 냥이 될지 상상도 가지 않는다.

"혹시 도금 아닙니까?"

일레니아가 냉정하게 말하고는 품을 뒤적이더니 동화를 꺼내 접시를 가볍게 친다. 들어 본 적 없는 맑은 금속음이 나더니 오래도록 이어졌다.

"금… 맞네요."

그렇다면 이곳은 대성당이 모은 부를 보관하는 곳이 맞다.

하지만 선반은 모두 비었고, 남아 있는 것이라고는 뮤리라면 이불로나 쓸 만큼 커다란 사본(寫本), 악마의 창처럼 일곱 갈래로 나뉜 거대한 은제 촛대 같은 것이었다.

"역시 이곳은 보물창고로군요."

조금 안으로 들어간 일레니아가 문 달린 선반 안에서 양피지 다발을 끄집어내고 있었다.

"특권증서 다발입니다."

그렇다면 선반이 이렇게 많은데도 텅 비었고, 남아 있는 것은 값비싸지만 거대한 물건뿐이라는 상황에서 도출되는 답은 무엇이겠는가?

일레니아뿐 아니라 나와 뮤리의 시선도 하보트에게 향한다.

"주교님, 여기 있던 무수한 보물은 어디 있습니까?"

일레니아의 물음에 하보트는 지하감옥으로 쫓겨난 죄인처럼 전율했다.

"모, 몰라! 이런 데가 있다는 것도 지금 알았다니까!"

저러는 걸 보니, 들고 나갈 수 있는 것은 사전에 빼낸 뒤에 대역을 맡겼다 보는 게 타당하겠다. 양피지 다발이 남아 있는 것은 데자레프 대성당 이름이 쓰여 있어서고.

일레니아는 하보트를 한층 의심스럽게 쳐다보다가 체념한 듯 양피지 다발을 선반에 도로 두었다.

"일단 조사해 보지요."

낙담한 것처럼 보이지는 않는 것은 징세권이 말짱 허사가 되지는 않을 것 같아서겠지. 큰 접시 하나만 갖고 돌아가도 본전은 뽑을 수 있을 게 틀림없다.

하지만 목적한 성 넥스의 천은 보이지 않았다. 일단 선반 위에 물건이 없으니 못 보고 놓쳤을 리도 없다. 촛불 빛으로도 알아볼 수 있는 진홍색 장막만 있다. 왕이 사는 성의 큰 홀에 거는 종류의 거대한 천인데, 저 또한 들고 가기 쉽지 않아 그대로 두었으리라.

혹시 그게 성 넥스의 천이 아닌가 했지만 일레니아가 고개를 가로저었다.

"그나저나 원래는 얼마만큼의 보물이 있었을까요."

한바탕 둘러본 후 무심결에 중얼거렸다. 하보트가 자기에게 터무니없는 절도 혐의가 씌워진 게 아닌지 흠칫대기에 책망할 뜻은 없다는 말을 덧붙여 둔다.

그에 비해 일레니아는 솔직했다.

"작금 데자레프 시의 번영을 이 성당이 모조리 빨아들이던 시기가 몇 년이나 이어졌으니, 상당했을 겁니다."

선반도 부족해 차례차례 더 설치한 것 같다.

탐욕과 인색은 성전에 쓰인 일곱 대죄 중 둘을 점한다.

어처구니가 없을 따름이다.

어이가 없어 한숨을 짓고 있자, 일레니아가 하보트의 앞에 서서 말했다.

"주교님. 저는 클리벤드 왕자의 이름으로 발행해 데자레프 참사회에 위탁한 징세권을 낙찰해, 세금을 징수하러 왔습니다. 참사회와 왕자의 권위로 세금을 받아 가겠습니다."

하보트는 일레니아 앞에서 저항은 하지 않았다. 고개를 떨구듯 끄덕인다.

일레니아가 재빨리 상응하는 물건을 찾기 시작하는 것을 보다가 문득 깨달았다.

뮤리는 어디로 갔지?

방 안에는 선반이 줄지어 서 있기에 시야를 가리는 게 많다.

한참 찾은 끝에, 촛불도 거의 닿지 않는 곳에 웅크리고 앉아 뭔가 부스럭대고 있는 뮤리를 보았다. 희고 복슬복슬한 로브를 입고 있으니 거대한 곰팡이 괴물 같기도 하다.

"뮤리."

무슨 장난을 치고 있는 게 아닌가 하여 이름을 부르자, 뮤리가 힐끗 돌아보고 일어선다. 천천히 다가와 내 허리에 두 팔을 감고 끌어안았다.

"뭐, 뭐 하는 거예요?"

느닷없는 행동에 놀라다가 뮤리가 입은 로브 밑으로 꼬리가 보여 알아챘다. 뮤리는 금세 떨어졌고 손에는 단검이 들려 있다. 끌어안은 게 아니라 평소 휴대하고 있는 단검을 빌리고 싶었나 보다.

말없이 행동을 눈으로 좇자, 쭈그리고 앉아 주저 없이 단검을 바닥에 꽂는다.

"잠깐 뮤리, 무슨…."

하는 말이 채 끝나기도 전에 단검 자루를 지레처럼 양손으로 눌렀다.

직후, 끼릭 소리와 함께 바닥돌이 어긋난다.

"역시. 여기만 돌 깔린 게 엉성해서 덜컥덜컥 소리가 났거든."

뮤리는 그런 후 어긋난 바닥돌 틈에 다시 한번 단검을 꽂고, 같은 요령으로 돌을 들어 올렸다. 바닥에 깔려 있는 돌은 뮤리의 작은 발만한 크기로, 벽돌과 마찬가지다.

그것을 한 개, 또 한 개 벗겨 내자 나무문이 드러났다.

"어머니가 아버지와 여행을 하다 배운 거래."

뮤리가 싱긋 웃는다.

"이제 다 찾아냈다고 안심한 그 너머에 진짜를 숨겨 둔다고."

의지로 똘똘 뭉친 두 사람이니 오죽할까. 왠지 상상이 간다.

그나저나, 설마 비밀의 방 안에 또 비밀의 장소가 있을 줄이야.

"일레니아 씨! 주교님!"

두 사람을 부르자 둘 다 얼이 빠져 있었다.

"열겠습니다."

그리고 문을 잡아당겨 열자 곰팡이와 먼지로 칙칙해진 덮개천이 나왔다. 벗겨 내니 안에 있는 것은 초라한 나무상자 몇 개.

크기도 들쭉날쭉하고, 커 봐야 양손으로 들 수 있을 만한 것들뿐이다. 작은 것은 손바닥 위에 올라간다. 뮤리는 휘황한 보석 더미라도 상상했는지 실망한 표정이다. 하보트는 재물보화가 나오지 않은 것에 다소 안도하는 기색이었다.

하지만 일레니아와 나는 달랐다.

긴장하여 등줄기에 땀이 흐른다.

성배는 언제든 초라한 겉모습을 하고 있기 마련이니까.

"일레니아 씨, 이건."

그렇게 말을 걸자, 정신이 든 일레니아가 머리를 넣다시피 하며 나무상자에 얼굴을 갖다 댄다.

나무상자에는 희미하게 무슨 글귀가 쓰여 있다. 여기에 손대려는 괘씸한 놈들에게 퍼붓는 저주의 말이거나, 또는.

일레니아는 그중에서 가늘고 긴 나무상자를 꺼냈다.

곰팡이와 먼지 냄새에 뮤리가 이내 재채기를 한다.

일레니아는 재채기는커녕 숨 쉬는 것도 잊은 듯, 나무상자의 뚜껑을 쭈뼛쭈뼛 열었다.

나온 것은, 양피지에 싸인 흰 천.

"찾았다."

그렇게 중얼거린 소리만이 보물창고 안을 울렸다.

늑대와 양피지

제  5 막

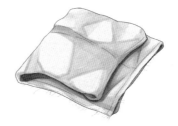

성 넥스의 천은 보기에는 평범한 천이었다.

다소 두껍고, 조금 딱딱해서인지 상당히 무겁다. 질이 좋지 않아 딱딱해진 털가죽 같다.

그 외에는 지극히 평범한 천으로밖에 보이지 않아 허무한 느낌은 든다. 일레니아가 이것을 세금 대신으로 삼고 싶다고 하자 하보트가 흔쾌히 승낙한 것은 그런 겉모습 덕도 있었으리라.

"세간의 일반적인 가치로 보면 그리 고가는 아닐 겁니다."

하지만 자기에게는 소중한 물품이라고 일레니아는 하보트에게 고백했다.

하보트도 성 넥스의 이름은 알고 있었으나, 아니까 오히려 가치를 짐작하지 못했다고도 할 수 있다. 도리어 같은 곳에 있던 고귀한 성인의 머리카락, 전설 속 방주의 파편 등이 더 엄청난 가치가 있다고 여기는 듯했다.

바닥돌은 원래대로 곱게 돌려놓고, 비밀 입구도 잠가 두었다. 하보트가 앞으로 어찌할지 모르겠으나 적어도 하룻밤은 생각한 후 결정할 테지.

우리를 배웅할 때도 건성이었다.

"아무리 그래도 보통 천으로밖에 안 보이는데, 진짜인가요?"

곳에서 계단 길을 걸어 내려가려니 바람이 다소 강하다. 비틀대는 우리를 흘깃대며 머리 위 손 닿을 위치에서 바닷새가 날개도 펄럭이지 않은 채 날고 있다. 날지 못하는 우리를 비웃기라도 하는 듯한데, 뮤리가 고개를 들 때마다 끙 소리를 내는 것으로 보아 정말 그럴 수도 있겠다.

"성유물의 가치는 상자와 증명서에 있다고들 하지요. 그리고 내용물은 진짜 맞을 겁니다."

여차하면 입꼬리가 치켜 올라갈 기색인 일레니아의 설명에, 그 점만큼은 나도 수긍한다.

"저도 아는 대수도원의 서명이었습니다. 내력도 쓰여 있더군요."

"예. 하지만 이 천이 진짜인지 아닌지는… 반신반의합니다."

이때만은 일레니아의 표정도 흐렸다.

"저도 처음 보는 천인데, 그다지 존중받고 있지 않다고 할까."

"존중?"

상자에 곱게 잘 담아 놓지 않았던가.

그렇게 생각했으나, 일레니아는 의아하다는 듯이 고개를 외로 꼬고 있었다.

"바닥의 나무문을 열었을 때 덮개가 있었지요? 그것도, 이것과 같은 천이었어요."

남은 성유물을 도로 넣고 덮개 천은 원래대로 씌웠는데, 설마 같은 천이었을 줄이야.

"아닌 게 아니라… 그렇다면 평소 쓰는 천 같기도 하네요. 그럼, 반은 진짜라고 믿으시는 이유는?"

"그건 뮤리 씨도 눈치챘을 거라 생각하는데."

바닷새와 쓸데없는 눈싸움을 하고 있던 뮤리는 자기 이름이 불리자 어리둥절해한다.

"왜애?"

"뮤리도 이 천이 성유물이라고 생각해요?"

뮤리에게 묻자, 일레니아가 껴안은 나무상자를 보고는 어깨를 으쓱였다.

"글쎄? 이상한 천인 건 확실한데."

미간을 찡그린 것은 뭐가 이상하다는 건지 알 수 없었기 때문이다.

"이상, 해요?"

"이상해. 뭘로 만들어진 건지 도무지 모르겠거든."

말뜻이 이해되지 않아 일레니아를 보았다.

"어떤 동물의 냄새도 나지 않아요. 물론 식물 냄새도."

천에는 몇 가지 종류가 있다. 동물의 털, 식물, 그리고 곤충이 자아내는 실.

"성인의 설교를 듣고 회개한 거미의 실로 만든 옷이 있다는 전설은 들은 적 있습니다만…."

"글쎄요. 아무튼, 이 천에는 지하실의 돌 냄새 외에는 남아 있는 것이 없어요. 아득한 옛날에는 흔한 천이었는데 지금은 귀한 것이 되었을 가능성도 충분히 있지요."

양과 늑대가 그렇다니 그런 거겠지.

그렇다면 정말로 성 넥스의 천인가, 하면서도 기분이 묘하다.

신의 기적으로 물이 포도주로 변하는 이야기가 있다. 하지만 포도주는 포도주다. 듣도 보도 못한, 포도의 맛도 냄새도 나지 않는 포도주가 되는 건 아닐 것이다.

성 넥스의 기적이 일어났다고 해서 무슨 소재인지 알 수 없는 천이 된다는 말인가?

"무엇이 되었든 이 상자와 증서가 있으면 왕자에게 파는 것엔 문제가 없을 겁니다."

일레니아는 처음 보이는 것 같은 웃음을 지으며 벌써 몇 번째인지 모를 말을 했다.

"고맙습니다."

철새에게까지 바다 건너의 상황을 물어보려 했던 양 아가씨다.

앞으로 나아가기 위한 일을 거들었으니 그것만으로도 족하지 않은가 하는 마음이 든다.

"이 보답은 반드시."

"그럼, 한 가지 부탁드려도 되겠습니까?"

이런 말을 할 수 있는 것도 뇨히라를 떠나와 세간 일에 조금은 익숙해진 덕인지.

"왕족이신 분을 뵙게 되면 신앙 문제를 진지하게 검토해 주십사 전해 주십시오."

전설 속의 곰은 서쪽 바다 저 끝에 있고, 늑대의 화신이며 양의 화신이 눈앞에 있다. 성전에 쓰여 있는 신만 없다.

그 점을 생각하면 참으로 모순이 아닐 수 없는데, 일레니아는 다른 의미에서 얼이 빠진 듯했다.

"그것만으로 되겠습니까?"

그러고는 양팔로 꼭 끌어안은 나무상자를 본다.

"이 천도 쓰임에 따라서는 대단한 가치를 띱니다. 직접 팔지 않아도 어렵지 않게 거금으로 바꿀 수 있습니다."

"왕위계승서열 제2위인 왕자의 두터운 신임을 얻는 것도 그 쓰임에 들어가지 않습니까?"

이런 기회가 이 세상에 태어난 인간들 대다수에게 오는 건 아니다.

일레니아는 진지한 웃음을 보이고는 미소 지었다.

"알겠습니다."

장사를 성실하게 대행하는 중개인이라고 했다.

왕국이 신앙과는 다른 이유에서 교회와 대립하고 있다 하더라도 신앙을 완전히 없애려는 것은 아니리라. 포기하지 않으면 우리가 이상적으로 여기는 교회를 되찾을 수 있을지도 모른다.

적어도 바다 저 끝, 아무도 본 적 없는 대륙에 새로운 나라를 세우려는 것보다야 현실적일 터.

"하지만 그런 거라면 더 좋은 안이 있습니다."

그런저런 생각에 잠겨 있는데 일레니아가 말했다.

"저와 함께 가시지 않겠습니까? 설득력이 커질 테고, 콜 님의 목적에도 맞을 듯한데요?"

별로 놀라지는 않았다. 자연스러운 발상이어서인지.

"게다가, 인간과 우리의 가교가 되어 주는 분이 계신다는 게 참으로 마음 든든합니다."

일레니아의 제안과 함께 뺨에 강렬한 시선을 느꼈다. 물론 뮤리가 보낸 것이다.

그딴 금발이 시키는 대로 하지 말고 일레니아 말대로 하라고, 붉은 눈이 웅변적으로 말하고 있다.

그러나 하이랜드의 말을 상기해야 한다.

왕족들은 권력을 위해 싸우고 서로 죽인다고 한다. 나머지 사람들이 하이랜드처럼 신앙심 두터운 이들이기를 기대할 만큼 나도 순진하지는 않다.

"감사한 말씀입니다만, 저는 이미 모시는 상대를 결정했기에."

그 말에 일레니아는 아쉬운 듯했는데, 그 모습을 보고 오히려 이런 생각이 들었다.

"일레니아 씨야말로 저희와 함께 가시지 않겠습니까?"

"예?"

"제가 모시는 분은 신심이 두텁고, 그리고… 아마도 사람이 아닌 이들도 이해할 겁니다."

그 말에 뮤리는 인상을 썼으나, 하이랜드는 명백히 뮤리의 정체를 눈치채고 있다. 게다가 하이랜드라면 왕국이 바다 저 끝으로 가는 모험에 나설 때 동행하는 일쯤은 가능하지 않을까. 하이랜드를 통해 왕국의 계획에 관여하는 길도 있다.

그렇게 생각했으나 일레니아는 서글프게 미소 지었다.

"성당에서 편지를 보여 주셨지요."

"예."

"하이랜드 님의 성함은 물론 알고 있습니다. 큰 영지를 가진 왕족이시지만, 적자(嫡子)는 아닙니다. 왕위계승권은 이름뿐이지요."

그에 비해 클리벤드 왕자는 서열 제2위다.

"게다가 신대륙 원정을 성공시킴으로써 클리벤드 왕자는 왕위를 찬탈할 생각이거나… 적어도 신대륙에 왕국의 이름을 주장하리라 추측합니다."

이왕이면 힘 있는 편이 낫다는 뜻이다.

그러나 그 이야기에는 마음에 걸리는 부분이 있었다. 일레니아의 계획에는 고려해야 할 큰 문제가 있다는 것을 간과했다.

"신대륙에 왕국? 클리벤드 왕자는 사람이 아닌 이들을 이해하십니까?"

왕자가 지휘하는 선단에 섞여 대륙으로 간다면, 당연히 땅은 왕자와 왕국의 것이 된다.

그게 아니면, 상륙과 동시에 그들보다 재빨리 멀리 달려가 거기에 거점을 마련할 생각인가. 이런저런 생각을 하다가 일레니아의 표정이 눈에 들어왔다.

그 순간, 나는 역시 오팀이 되지는 못한다는 걸 깨달았다.

"잘, 되리라고 생각합니다."

일레니아는 힘없이 웃고 머리를 갸웃했다. 거기에서 느낀 것은 공포는 아니다. 일종의 질투라 하면 그게 가까우려나.

일레니아는 양이다. 그러나, 양의 거죽을 뒤집어쓴 누군가였다.

필시 선단에 사람이 아닌 이들을 다수 침투시켜 대륙에 도착한 직후, 또는 곰을 쓰러뜨린 후인지 모르겠으나 반란을 일으킬 작정이다. 그런 선택지가 가장 빠르고 확실하니까. 성실 어쩌고 하는 생각은 눈곱만큼도 하고 있지 않다.

나는 저것을 잘못이라 지적해야 하는 것 아닌가.

그런 생각에 입을 열려는 순간, 뮤리가 옷소매를 잡아끌며 막았다.

"나는, 오라버니를 지키는 역할이니까."

붉은 눈이 농담을 하고 있는 것 같지 않다.

대성당의 보물창고에서 일레니아가 바닥을 두드리던 오른손을 떠올린다. 뮤리 혼자라면 지지 않겠지만, 나까지 지키면서 그러는 건 위험할 수 있다.

"…저는, 저의 무력함이 안타깝습니다."

그 말에 일레니아는 곤란한 듯 웃고는, 기분을 전환하듯 이렇게 말했다.

"혹시 괜찮으시면 오늘 밤 함께 식사라도 어떠십니까? 왕자께 말씀은 전해드리겠습니다만, 그것만으로는 제가 죄송해서요. 따로 제대로 된 인사도 하겠습니다."

"아니요. 인사는…."

"특제 양고기를 엄선해서 준비해 놓을게요."

그런 말을 태연히 한다.

자신은 그런 선을 넘을 각오가 되어 있다는 뜻이겠지.

저런 모습을 강인하다고 볼지, 위태롭다고 볼지는 사람에 따라 다르다.

하지만 조금 외로워 보이기는 했다.

"뮤리?"

어쩔 수 없이 뮤리를 부르자, 윤리와 식욕 사이에서 굳어 있던 뮤리가 화들짝 정신을 차렸다.

"…일레니아 씨는, 괜찮아?"

검은 양인 지젤은 노련한 상인답게 어깨를 으쓱였다.

"몹시 따스해 보이는 늑대 털가죽을 파는 걸 보면 기절하겠어요?"

내가 시장에서 늘 마음 졸이고 있던 문제를 일레니아는 아무렇지도 않게 풀어놓는다. 늑대와 양은 인간과 늑대보다 가까운 모양이다.

뮤리는 이내 목을 움츠렸다.

"따뜻하겠다고 생각할 것 같아."

"그것과 같은 거예요. 동료처럼 보이지만 결국엔 크게 다르지요. 물론 먹으라고 하면 조금 결심이 필요하지만⋯."

선입견, 억측, 습관, 또는 규칙이나 신앙일 수도 있는데, 논리와는 다른 무언가에 사람은 지배된다.

그게 족쇄가 될 때도 있는가 하면, 갑옷이 될 때도, 무기가 될 때도 있다.

어쨌든 나는 도저히 들어갈 수 없는 깊은 곳이 뮤리에게는 있는데, 일레니아는 그곳까지 내려갈 수 있다.

"그럼, 정말로, 먹어도 화 안 내?"

"물론이죠. 그런 말을 했다가는 이 도시에선 못 살아요."

일레니아가 웃자 뮤리도 그제야 긴장이 풀린 듯이 미소 지었다.

그뿐 아니라, 좀체 만날 수 없는 사람이 아닌 자를 상대로 뮤리가 호기심이 들지 않을 리 없다.

"그리고, 양털로 만든 옷이라든가, 여러 가지로 궁금한 게 있는데⋯."

"예, 얼마든지."

뮤리의 얼굴이 확 밝아지더니 일레니아와의 거리를 바싹 좁힌다. 둘이 나란히 대화를 나누며 걸어가는 것을 보고 있자 왠지 무척 안심이 되었다.

뮤리는 고향 마을에 소꿉친구들이 있기는 해도, 아무도 뮤리의 정체를 모른다. 자신이 사람이 아니라는 것을 허심탄회하게 말할 수 있는 것은 한정된 상대뿐이다.

마을에서는 그 점을 신경 쓰는 것처럼 보이진 않았는데, 실제로는 그게 아니었다. 일레니아와 조심스러우면서도 친한 모습이 그 증거다.

일레니아에게는 큰 목적이 있고, 그것은 우리가 가고자 하는 방향과는 다를 수 있다.

하지만 세상이 무한히 펼쳐져 있는 것도 아니고, 저 둘은 오랜 시간을 산다.

우정을 쌓게 된다면 오빠로서는 그보다 반가울 일이 없다.

"그래서 있잖아, 오라버니가 말이야."

그런 단어가 들려오는가 싶더니 약간 앞서가던 일레니아와 뮤리가 나란히 돌아보며 키득키득 웃는다. 이것 참, 하며 어깨를 으쓱이는 수밖에.

오늘도 날씨는 좋고 햇볕은 따스하다.

이 세상 모두에게 축복 있으라, 하고 기도했다.

요제프와 오텀에게 볼일이 있어서 일레니아와는 항구에서 일단 헤어졌다.

뮤리는 일레니아를 따라갈까 고민했으나 한참 망설인 끝에 내게로 왔다.

반갑기도 하고, 반갑지 않기도 한, 복잡한 기분이다.

"무슨 얘기를 그렇게 재미있게 했어요?"

잔교를 걸어가면서 묻자 "비밀." 하고 뾰족니를 내보이며 웃는다.

출항에 관해 묻고 싶었는데 요제프는 물건을 사러 나가고 없었다. 높은 파도에 시달린 탓에 보수를 많이 해야 하는지, 좀 더 걸릴 거라고 선원이 말했다.

그렇다면 오텀을 찾아가는 용건도 달라진다. 뭔가 예를 표해야겠다는 생각을 하면서 선장실 문을 열자 오텀은 바닥 한복판에 가만히 앉아 있었다.

"실례합니다. 명상 중이셨습니까?"

"아니? 흑옥도 없고 도구도 없어서 그냥 가만있었을 뿐이다."

상대는 유구한 시간을 사는 거대한 고래라서 시간 감각이 다를 수도 있겠다.

"흠. 잘 수습된 모양이군."

"오팀 님의 격려 덕분입니다."

예의를 표하며 뒤이은 말은 부탁이었다.

"그래서, 죄송하지만 서신을 좀 전해 주십사 하고."

오팀은 잠자코 이쪽으로 눈길만 준다. 묵묵히 수염을 잡는 것이 왠지 승낙의 뜻으로 느껴졌다.

"라우즈번으로, 하이랜드라는 귀족님께 서신을 전해 주셨으면 합니다."

"선박 보수에 시간이 걸릴 것 같으면 다른 배로 가는 건 어떤가."

그래야 하겠으나, 오팀에게 꼭 부탁하고 싶은 이유가 하나 더 있다.

"죄송하지만, 서신을 전한 뒤에는 답신을 받아 와 주십시오."

오팀은 나를 물끄러미 보다가 한숨을 지었다.

"그 귀족인지 뭔지를 만나려면 어떻게 하면 되나."

"데바우 상회의 상관이 있을 겁니다. 거기에 머물고 있을 줄 압니다."

"마구 부려 먹는군."

한숨 섞인 말에 몸 둘 바를 모르겠다. 하지만, 할 수 있는 일을 하지 않아서 후회하는 짓은 더는 하기 싫다.

"잘 부탁드립니다."

오팀은 어깨를 으쓱일 뿐이었다.

그런 후 선원을 잡아 필기도구를 빌리고 서신을 작성했다. 클리벤드 왕자에 관한 질문이다. 왕자에게 성유물을 헌상할 기회라는 게 그리 흔한 게 아니다. 한 번은 일레니아의 권유를 거절했으나 만일 왕자와 좋은 관계를 쌓는 게 낫다면 일레니아를 따라가는 선택지도 가능하다. 얍삽한 듯하지만 주어진 기회는 활용해야 한다.

그런 내용의 서신을 작성하고 있자, 곁에서 뮤리가 뺨이 붙을락 말락 하게 얼굴을 바짝 들이밀었다.

"오라버니, 이상한 생각 하는 거 아니지?"

뮤리의 눈썹 개수까지 셀 수 있겠다.

"이상한 생각?"

"예를 들어, 일부러 일레니아 씨랑 헤어지지 않게끔 하려 한다거나."

뮤리가 예리하다기보다 내가 너무 빤히 들여다보였는지도.

"…뮤리한테 처음 생긴 친구 아닌가요?"

"오라버니 바보!"

하고는 박치기를 해 왔다.

"쓸데없는 참견인지 모르겠지만…."

"쓸데없는 참견이야!"

뮤리는 토라져 있었다.

"그리고 일레니아 씨는 나한테 친하게 대해 주긴 하지만, 친구… 하고는 달라. 오라버니한테는 물어볼 수 없는 것도 물을 수 있긴 하지만… 그건 친한 것과는 달라."

내게는 물어볼 수 없는 것이라는 말에 가슴이 욱신했지만, 뮤리의 말뜻은 이해되지 않았다. 그게 곧 친한 것 아닌가?

"아니야. 오라버니가 먹어 본 적 없는 음식의 소감을, 먹어 본 적 있는 사람에게 묻는 것과 같은 거야. 그게 꼭 상대와 친한 건 아니잖아?"

그런 건가.

"그리고 일레니아 씨가 나한테 잘해 주는 건 배에 탈 머릿수를 채우고 싶어서일 거라고 생각해."

그러면서 빙그레 웃는 것은 허세에서인지, 모험도 기대된다는 뜻인지.

하지만 이 말만큼은 해 두어야 한다.

"그 어떤 조건이 갖추어지더라도, 나는 뮤리가 배에 타지 않았으면 해요."

뮤리는 나를 물끄러미 쳐다보다가 곤란한 듯이 웃는다.

"하지만 다들 위험을 무릅쓰고 다 함께 사는 나라를 만든다면, 가만있기만 했던 내가 거기에 갈 자격이 있을까?"

뮤리는 나보다 오래, 한없이 오래 살지도 모른다. 뇨히라에 있던 때나 아티프에 있던 때 같으면 이런 질문을 받으면 대답이 궁색했을 수도 있다.

하지만 지금은 이렇게 대꾸할 수 있다.

"그러니까 하이랜드 님에게 일레니아 씨를 돕는 게 나을지 어떨지 물어보는 거예요."

"……."

"뭍에 있는 동안 열심히 도우면 불평은 없겠죠?"

뮤리의 커다란 눈이 더욱 커지더니 와락 뛰어든다.

"오라버니, 사랑해!"

"그래요, 그래."

적당히 다독이고 서신을 말린 후 뮤리의 꼬리털을 조금 빌려 봉인했다.

대화를 듣고 있었는지, 오팀은 어이없는 표정이면서도 별다른 말은 하지 않았다.

이보다 더 꼴사나운 모습을 북방의 섬에서 이미 보인 바 있으니.

"상대에게 달렸지만 내일 낮이나 밤에는 돌아올 거다. 상대가 답변을 하지 못할 상황이라도 그 사실을 알리러 오지."

"잘 부탁드립니다."

서신을 받아 들자 오팀은 성큼성큼 걸어 배에서 나가 버렸다. 갑판에서 바다로 뛰어들 수는 없을 테니.

"한 번이면 되니까 등에 타 보고 싶다."

배웅하면서 뮤리가 그런 소리를 한다.

"나는 빠지겠어요."

"오라버니는 미끄러져 굴러서 그대로 바다에 풍덩할 것 같긴 해."

왠지 장면이 상상되기에 웃을 수도 없다.

"자, 그럼 만찬에 가져갈 먹을거리를 사러 갈까요?"

"고기가 좋아!"

일레니아가 양고기를 준비하겠지만 그건 그것대로겠지.

시장에서 뮤리가 상관없는 것까지 조르는 걸 물리쳐 가며 대충 필요한 것을 산 후 상관으로 돌아갔다.

식자재를 들고 있는 모습을 보자 하녀들이 놀란 눈을 했고, 복도에서 부하 상인들과 장부를 사이에 두고 무슨 말을 나누고 있던 슬라이도 눈이 휘둥그레졌다.

"교회에서 세금 지불을 고기와 치즈로?"

저런 말을 듣게도 생겼다.

"아니요. 그쪽 일이 무사히 정리되었고, 이것도 무슨 인연이 아닌가 하여 일레니아 씨와 저녁 식사를 함께할 예정입니다."

슬라이는 더욱 놀라더니 수긍하듯 고개를 끄덕였다.

"그나저나 아무리 콜 님의 힘이 있었다고 해도 그 탐욕덩어리 주교가 금화 오십 냥을 용케도 치렀군요. 왕국과 대립하자마자 재산을 순식간에 감췄다고들 하던데."

저 말투로 봐서는 왠지 이곳 사람들은 하보트가 주교 대역을

248

종종 한 것을 눈치채고 있던 게 아닌가 하는 생각이 든다.

하지만 자세히 물어보는 것은 일레니아에게도 하보트에게도 난처하다.

"아닌 게 아니라 성당은 휑한 인상이었습니다. 거기에서 간신히 돈 될 만한 것을 찾아냈다 싶은, 그런 느낌이었지요."

그 정도로 큰 성당이면 걸개, 막, 촛대를 쓸어 담기만 해도 대충 때워진다.

그런 분위기를 풍기면서 얼버무렸다.

"그런데 콜 님, 그럼 이번엔 우리 차례 아니겠습니까?"

밑져야 본전이라는 심리겠지.

쓴웃음만으로 답해 두었다.

그런 후 방으로 돌아가려다가 문득 물어보았다.

"그러고 보니, 한 가지 여쭙고 싶은 게 있었는데요."

"예."

"동물에서도, 식물에서도, 곤충에서도 비롯된 것이 아닌 천, 그런 것을 들어 본 적 있으십니까?"

성 넥스의 천은 분명히 있으면서도 일레니아와 뮤리 둘 다 소재를 모르겠다고 했다. 세계를 오가는 상인이라면 알지 않을까.

"쉽지요. 금속입니다."

앗. 나의 무지함이 부끄러웠다.

"도금이 아닌 진짜 금사 은사 같은 것이지요. 뛰어난 솜씨의 직인이 짠 것은 보기엔 틀림없는 천인데 금속으로, 아주 신기하답니다. 천이라 불러도 될지 모르겠지만, 갑옷 밑에 입는 사슬 속옷도 그런 종류 아니겠습니까?"

"그렇군요. 또 하나 배웠습니다."

"별말씀을."

슬라이는 웃으며 답한 뒤 부하와의 대화로 돌아간다.

복도를 걸어 계단을 오르며 뮤리에게 말했다.

"금속이라네요."

하지만 뮤리는 고개를 갸웃한다.

"그런 느낌도 아니었는데? 그리고, 금도, 은도 아니었어."

"우리가 모르는 금속도 있으니까요."

뮤리는 여전히 납득이 가지 않는지 어깨를 으쓱이며 이렇게 말했다.

"됐어. 오라버니와 온 세상을 여행하면 모르는 게 없어질 테니까."

문을 열면서 돌아보자 씨익 웃는다.

하여간 참, 하며 웃고 만다.

"로렌스 씨와 호로 씨에게 편지를 보내서 물어볼까요?"

"아버지도 어머니도 둘 다 시골 사람이라 모를 거야. 분명히."

뇨히라에서 나온 지 얼마나 되었다고, 벌써 세상 전부를 다 본 듯한 말투였다.

뮤리는 방으로 돌아오자 하품을 하더니 침대로 꾸물꾸물 기어 들어가 몸을 웅크렸다. 밤을 대비해서인지 양털 베개를 끌어안고 낮잠이다.

태평한 늑대 소녀를 곁눈질하며, 나는 내 귀가를 알고 성난 파도처럼 밀려드는 상관 사람들을 처리해 나갔다.

묘하게 수가 많다 싶은데, 인근 상회에서도 온 모양이다.

우연히 물건을 납품하러 왔다가 어쩌다 내 존재를 알게 됐는데, 마침 고민거리가 있으니 말만이라도 좀 들어줄 수 없겠느냐는 사람들이 너무도 많은 것이, 아마도 지인이 지인에게 이야기하고, 그 지인이… 그런 것이겠지.

추기경이라며 고마워하는 것엔 난처하기 짝이 없었지만, 그들이 절실한 것 또한 사실일 거라는 생각에 한 사람 한 사람 가능한 한 성실히 응했다.

그렇기는 해도 아무튼 인원수가 많아, 처음에는 방 복도에서 대응했는데 정신이 들고 보니 상관 하역장에서 장부를 치운 계산대를 차지하고 있었다. 그 앞으로 쭉 줄이 만들어져, 상담하고, 조언하고, 기도드렸다. 어느 사이엔가 옆에는 커다란 나무 상자까지 여봐란 듯이 놓이고, 동화, 은화, 금화를 넣는 이에서부터 장사하는 상품의 일부를 넣는 이, 어느 상회의 차림새 좋은 간부는 걸치고 있던 외투까지 벗어 상자 안에 넣었다.

일일이 거절하기도 어려웠기에 얼마간 노잣돈에 보태고 나머지는 대성당에라도 기부하기로 했다.

그러고 있자 활짝 열린 하역장 입구에서 냄비 바닥 두드리는 소리가 들렸다. 시장이 닫히는 소리로, 요컨대 교회 종 대신이다. 폐장 후에는 시의 규칙하에 특정 직종만 장사를 할 수 있게끔 되어 있다.

줄 서 있던 이들은 못내 아쉬운 표정으로 악수만이라도 해 달라며 손을 잡은 뒤 돌아갔다.

녹초가 되었으나, 이마저도 데바우 상회와 특히 연줄 있는 상회 사람들로 극히 일부분만 온 걸 거다.

데자레프 시 전체로 확대하면 얼마나 많은 사람이 신에 대한 중재를 바라고 있을지 상상도 되지 않는다. 그것을 데자레프 인근, 조금 더 멀리, 왕국 전체로 확대해 생각하면 이 나라가 직면한 고통의 크기에 몸이 떨렸다.

홀로 의자에 앉아 사람들과 대면해서 처리 가능한 인원은 하루에 수십 명. 이야기가 길고 요령이 없는 노파가 오면 그이를 상대하는 것만으로도 하루가 다 갈 수도 있다. 그러는 사이에 해결한 것 이상으로 새로운 고민이 생겨날 테지.

사람이 혼자서 할 수 있는 일이래야 뻔하다.

역시 교회를 재건하거나, 하다못해 성직자들만이라도 성무를 집행할 수 있도록 해야 한다.

그런 결단을 내릴 수 있는 건 이 왕국의 권력자들뿐이라는 생각을 하면, 점점 더 일레니아의 권유를 거절해서는 안 될 것 같은 기분이 든다. 성 넥스의 천을 지렛대 삼아 클리벤드 왕자를 입회하는 자리에 동석해야 하려나.

그런 생각을 하면서 방문을 열자 때마침 뮤리가 깨어 있었다.

자는 새에 더웠는지 얇은 천 한 장만 걸친 차림으로 어금니가 다 보일 만큼 입을 쩍 벌리며 하품을 하는 참이다.

"아후."

딱, 하고 경쾌한 소리를 내며 입을 닫더니 반라의 소녀가 짐승 귀와 꼬리를 파닥대며 눈을 떴다.

"배고프다!"

"일어나자마자 밥 생각이 나요?"

바야흐로 감탄할 경지다.

뮤리는 나의 한숨 따위는 아랑곳도 없이, 침대에서 미끄러져 내려오더니 벗어 던진 옷을 주워 몸에 걸친다.

"오라버니, 준비는?"

마치 내가 준비가 안 된 것 같은 말투인데, 오히려 머리털을 빗고 있는 쪽은 뮤리다.

"허둥대지 않아도 돼요. 봐요, 옷을 뒤집어 입었잖아요. 끈도 똑바로 묶고."

입은 웃옷을 벗겨 안팎을 뒤집은 후 도로 입힌다. 옆을 조이는 끈도 제대로 묶고 주름을 편다. 자고 일어난 탓인지 뮤리의 몸은 조금 촉촉하고 뜨겁다. 생명의 힘이 꽉 들어찬 느낌이 들었다.

"오라버니는 그동안 쭉 뭘 했어? 책 읽으면서 낮잠?"

부지런히 머리에 빗질을 하는 뮤리에게 미소로 답해 둔다.

"자, 식자재 좀 들어요."

"이건?"

"슬라이 씨가 주었어요. 특급 포도주라더군요."

작은 나무통에 뮤리가 눈을 빛낸다.

"뮤리는 안 돼요."

"포도 과즙으로 희석하면 돼."

"그럼 과즙만 먹으면 되잖아요."

"그게 그거랑 같아?!"

뮤리는 그런 소리를 하고는 짐을 짊어진 뒤, 귀와 꼬리를 훌쩍 거둔다.

"그건 그렇고, 오라버니는 요리할 줄 알아? 오라버니는 재주가 없어서 못 할 것 같은데."

방에서 나와, 오가는 이들의 공손한 인사에 최대한 애교 있게 답해 가며 마침내 상관 밖으로 나선 순간 뮤리의 첫마디가 그것이었다.

오빠인 나를 조금만 더 존경해도 될 것 같지만, 나를 치켜세우는 사람들이 하도 많으니 들뜨지 않게 하는 추의 역할이라 생각하면 괜찮은 것도 같고.

"할 수 있어요. 가끔 한나 씨를 돕기도 했었고, 여행을 나서기로 한 후로는 연습도 했어요."

뮤리가 물은 이유는 지금 가는 여관 '은의 뱃머리'에서 우리가 저녁을 만들 것이기 때문이다.

대부분의 여관은 부탁하면 요리를 해 주지만, 땔감 값을 치르고 직접 지어먹을 수도 있다.

그러는 게 싸고, 선호하는 방식으로 먹을 수 있다.

"그럼 나는 앉아 있기만 하면 되지?"

자기도 거들겠다거나, 옆에 서서 배워 보겠다는 선택지는 없는지.

하긴, 뮤리가 바지런히 몸을 놀리며 직접 요리를 하는 모습도 상상되지 않으니, 그건 그것대로 나쁘진 않을 것 같다.

"나도 점점 독에 중독되어 가는 것 같네요."

자조하듯 말하자 뮤리가 "?" 하며 고개를 갸웃한다.

길에는 귀가를 서두르는 이, 아직 남은 일을 서둘러 정리하려는 이, 노점으로 저녁을 사러 가는 이 등, 다양하게 붐비고 있었다.

이러면 여관 '은의 뱃머리'에 있는 술집도 만원이겠거니 했는데, 막상 도착하니 오히려 사람이 별로 없었다. 낮에 배가 몇 척 출항했는지 폭풍 탓에 발이 묶여 있던 이들이 사라진 것이다.

아는 사람이 있던 것은 아니지만 어제까지 거기에 있던 이들이 오늘은 사라지고, 내일은 새로운 이들이 오는, 그런 나그네의 분위기에 조금 감상적인 기분이 된다.

여관 주인에게는 일레니아의 지인이라 전하고 음료만 주문한 뒤 구석 탁자에 자리를 잡았다. 교회 종이 제대로 울린다면 시간을 맞추기도 쉬웠겠지만, 시장이 닫히고 날이 저물 즈음에 만나자는 모호한 약속이었다.

"치즈는 먹어도 돼?"

탁자 위에 놓인 자루 속 내용물을 힐끗힐끗 보더니 뮤리가 그런 소리를 했다.

이윽고 바깥이 어두워지고 화롯불이 지펴질 무렵이 되자, 늦도록 거리를 쏘다니던 행상인들이 돌아와 조용하던 술집도 북적북적해졌다.

곳곳에서 건배하는 소리가 들리고, 주방에서 연신 요리가 나온다.

뮤리가 원망스러운 시선으로 나를 바라보다가 투닥투닥 무릎 위를 방정맞게 두드린다.

"평소 하는 일도 있으니 늦어지는 거겠지요."

그러면서 육포와 치즈를 꺼내고 뮤리의 포도 과즙에 포도주를 약간 넣어 주었다. 하지만 그 후로도 여전히 일레니아는 나타나지 않았다. 근처 손님들이 이상한 놈들 보듯 눈길을 준다.

"잠깐 가서 보고 올까요?"

어쩌면 뮤리처럼 자고 있을 수도 있으니.

염원하던 성인의 천을 입수해 긴장이 풀렸을 수도 있다.

"내가 보고 올게."

가만있기 싫어하는 뮤리가 말을 하자마자 의자에서 일어나 계단 쪽으로 달려갔다. 뮤리가 사라진 계단을 보고 있자, 옆자리에서 술을 마시고 있던 기골이 장대한 선원 중 하나가 나를 빤히 쳐다본다.

그리고 눈이 마주치자마자 의미심장하게 뮤리가 사라진 쪽을 보았다.

"뭐야, 여기 숙박객이었소? 못 보던 얼굴이다 했는데."

"아니요…. 이곳에 묵고 있는 지인과 식사를 할 예정이었습니다."

그런 뒤 덧붙였다.

"장사의 성공을 축하할 겸."

나는 지금 상인 차림을 하고 있다. 선원이 눈을 가늘게 뜨고 콧등에 주름을 잡더니 몸을 쑥 기울여 잔을 내밀었다.

"그거 축하하오."

나도 잔을 마주쳐 둔다. 나쁜 사람은 아닌 듯하다.

"그런데, 누구요? 나도 여기 오래 묵었거든. 대부분은 행동 파악이 되어 있지. 찾으러 갈 거면 지혜를 빌려드리리다."

우리 탁자로 완전히 몸을 틀더니 두꺼운 팔의 뻣뻣한 털을 쓱쓱 문지르며 그런다.

"검은 양 지젤, 이라는 양모 중개인입니다만."

여관 주인에게 들은 이름을 그대로 대자 선원의 눈이 동그래졌다.

"지젤? 이층 구석방의?"

넘쳐 나던 짐들과 입구 머리 위에 걸린 양 두개골을 떠올린다.

선원은 잔을 쭉 들이켰다.

"우~움… 이상하네…. 아니, 그게 지젤이 맞는 것 같은데?"

선원은 그러고는 원래 탁자를 돌아본다.

"어이, 여봐들. 아까 해가 중천에 있을 때 드나든 놈 있었지?"

"어엉?"

그런 대화가 오가기 시작한다. 대체 뭐지? 하고 있는데 머리 위 천장이 흔들렸다.

눈에 보일 듯한 기세로 소리가 천장을 내달리고, 계단에 다리가 보이고, 몸이 보이고, 뮤리가 나타났다.

얼굴이 굳어 있다.

그리고, 눈이 새빨갰다.

"역시 맞네. 지젤이 길을 떠난다며 짐을 정리했거든."

"예?"

선원이 말을 하는 뒤편으로 어깨에 힘이 들어간 뮤리가 서 있었다.

"일레니아 씨가 없어."

얼굴이 창백하고 눈의 붉은빛이 한층 진해 보인다.

"거래 때문에 이야기가 길어지는 것일 수도….'

"방이 열려 있고, 그 상자도 없고, 그리고 따뜻해 보이는 양털도 많이 사라졌어."

내 말을 자르며 딱 부러지게 말했다.

눈도 깜빡이지 않는 눈동자 속에서 간신히 억누른 감정이 으르렁대며 끓는다.

"무슨 일이시오? 검은 양에게 돈이라도 빌려주었소?"

뮤리와 나를 번갈아 보며 선원이 말한다.

바로 튀어 나간 것은 이런 질문이었다.

"짐을 정리한 건 일레니아 씨였습니까?"

일레니아가 짐을 정리해 길을 떠났다는 그 말이 빵에 섞인 모래알처럼 까끌까끌했다. 일레니아는 금화 오십 냥어치의 징세권을 행사하여 대성당 보물창고 안에 있던 비밀의 방에서도 더 비밀의 장소에 넣어 둔 성 넥스의 천을 손에 넣었다.

일반적으로는 별 가치 없다고 했지만, 함께 보관되어 있던 것은 어린아이도 알 만큼 유명한 성인의 머리카락과 성전에도 나오는 전설적인 방주의 파편이다. 실제로는 금화 몇 냥에 달할지 짐작도 가지 않는다.

일레니아는 강도의 습격을 당한 것이 아닐까?

그러다가 깨닫는다.

일레니아가 보물을 갖고 있는 걸 대체 누가 알겠는가.

"아니, 그 아가씨는 아니었지만, 아가씨 부탁을 받고 짐 정리를 하러 왔다던데?"

이곳저곳 떠돌며 사는 이들이 모이는 이런 곳에는 그런 일이 있더라도 아무도 신경 쓰지 않을 수도 있다. 날이면 날마다 새로운 사람이 왔다가 불쑥 떠나는 게 여관이라는 곳이니.

하지만 절도 외에 무엇을 고려할 수 있을까?

"다시 한번 확인해 보죠."

그러면서 의자에서 일어섰다.

"형씨들, 여기 좀 써도 되오?"

다른 선원이 탁자를 가리키기에 식자재가 든 자루도 건네며 대답했다.

"이것도 쓰십시오."

건장한 선원인데도 자루를 보는 눈은 묘하게 떨떠름했다. 탁자를 떠나자, 뒤에서 환성이 터졌다.

초조해하는 뮤리에게 이끌리듯 이층으로 올라가 복도 구석방을 향해 나아간다.

아래층 술집이 떠들썩한 탓인지 몹시 고요한 느낌이다.

"드나드는 사람의 냄새에 짚이는 바는?"

뮤리의 코는 늑대의 코다.

하지만 고개를 가로젓는다.

"다툰 느낌은 없었나요? 예를 들어… 피 냄새라든가."

그런 일이 없었기를 바라지만 확인은 해야 한다.

뮤리는 문을 잡으며 역시 고개를 가로저었다.

"그런 것도 없어. 아마 속아서 끌려간 것 같아."

다툰 흔적이 없다면 그렇겠지. 뮤리가 문을 열자 나무창 틈새
로 드는 불빛에 방 안의 윤곽이 어렴풋이 보인다.

"상자가 없다고 했지요?"

"응. 그거랑 질 좋아 보이던 양모도 몽땅 사라졌어."

눈이 어둠에 익숙해지고 나자, 확실히 압박감이 들 정도였던
물건들이 방 안에서 보이지 않는다.

"일레니아 씨의 냄새를 추적하는 것은?"

그 물음에 뮤리는 숨을 크게 들이마셨다가, 내쉬었다.

"아마… 안 될 거야. 온 도시에 양 냄새가 너무 나. 이 여관만
해도 일층으로 내려가면 벌써 알 수가 없는걸."

그렇다면 취할 수 있는 방법은 한정돼 있다. 일일이 찾아다니
며 묻거나, 추정하거나.

특히 일레니아에게는 성인의 천이라는 단서가 있다.

"오라버니, 일레니아 씨는….."

그렇게 말하다가 불안으로 당장에라도 울음이 터질 것 같은 얼굴이 된다.

일레니아가 잘해 주는 건, 배에 태울 머릿수를 채우고 싶어서 일 거라는 말을 했지만, 뮤리에게 있어 인간이 아닌 자의 존재는 무척 큰 의미일 것이다.

내가 성직자의 모습으로 대성당을 방문했을 때 하보트의 얼굴을 생각하면 된다. 낯선 사람일지라도, 적대하고 있는 상대라 할지라도, 자신과 같은 세계에 살고 있는 자가 나타난다는 것은 그것만으로도 기쁜 것이다.

게다가 일레니아는 오팀과는 달리 아가씨의 모습이고, 나이도 호로와 비슷해 보인다. 사람을 잘 따르는 뮤리가 금세 마음을 허락해 버린 것도 당연한 일이다.

그러나 지금 여기서 당황해 봐야 아무런 해결도 되지 않으며, 무엇보다 뮤리의 슬픈 얼굴을 보고 싶지 않다.

"괜찮을 거예요, 진정하고."

꼭 껴안아 주자, 더 강한 힘으로 마주 안아 온다.

그 가녀린 등을 세 번 정도, 쓰다듬듯 두드리는 사이 머리를 굴린다.

"자아, 멈춰 서 있지 말고 앞으로 나아가야죠."

몸을 떼고 그렇게 말하자 뮤리는 다부지게 웃어 보였다.

"뮤리, 그 이상한 천이 어디에 보관돼 있었는지 알 수 있겠어요?"

눈꼬리를 문지른 뮤리는 곧 허리를 구부리며 방으로 들어갔다.

빛에 따라 귀와 꼬리가 이따금 둔하게 빛난다.

"여기, 쯤? 곰팡내가 묻어 있어."

뮤리가 발견한 것은 방구석에 있는 자물쇠 달린 나무상자였다. 금속으로 보강되어 있고, 뮤리 정도면 두 명은 들어가겠다.

"자물쇠는 열려 있고… 안은 비었군요."

이만큼 큰 상자이면 평소에는 더 다양한 것이 들어 있다고 봐야겠지. 뮤리도 얼굴을 처박은 채 코를 킁킁댄다.

"돈 냄새랑 양가죽 냄새가… 응, 오라버니, 이런 게 들어 있던 거 같아."

그러면서 나무상자 옆으로 손을 뻗어 다른 짐과의 틈새에서 양피지 한 장을 꺼냈다.

나무창에 다가가 틈새 불빛에 비추자 글자가 보였다.

"계약서 같네요. 그럼 이 상자에는 귀중품이 들어 있었다고 봐야지요."

그 전부를 가져갔다.

우연한 일일까? 하보트 말처럼 양모 중개인이면서 징세권에 입찰하는 일은 나름대로 눈에 띄는 짓이다. 뤼미오네 금화로 오십 냥에 달하는 징세권이니 싼 금액은 아니다.

전부터 노렸다가 마침내 습격, 했을 가능성도 없지는 않다.

여기에서 다툼이 없었다면 뮤리의 말대로 속아서 끌려갔고, 그 사이에 방을 털렸다고 보는 게 타당할 테지.

하지만 우연이 아니라면?

"만약 그 천을 찾으려고 방을 턴 거라면….'"

범인은 절로 좁혀진다.

"하보트 외에는 없겠군요."

"그럼….'"

소리가 날 기세로 꼬리를 부풀린 뮤리가 튀어 나가려 한다.

"그런데 우리는 무사한 까닭은?"

뮤리를 쳐다보자 어리둥절한 표정이다.

"슬라이 관장은 시내에 교회 밀정이 있다고 했어요. 일레니아 씨를 데려간 것이 그들이라 보는 게 타당하겠죠. 그렇다면 우리도 잡히겠지요."

"…그냥 어쩌다 일레니아 씨한테 이용당한 것으로 봤을 수도."

"그래도 협조한 것은 맞잖아요. 뭔가 행동은 취하겠지요…. 뮤리는 그런 시선 같은 거 느낀 적 없어요?"

턱을 굳게 다물고 있던 뮤리는 어깨까지 움츠리며 민망한 듯이 옆을 본다.

"…전혀…."

"그렇다면, 누군가의 감시를 당하지는 않았겠군요."

뮤리는 멍청한 여자아이는 아니다.

"그리고, 그래요. 만일 하보트가 어떤 명령을 내린 거라면, 연락의 문제도 있어요."

"연락?"

"대성당은 곶 위에 있잖아요. 곶 위를 걸었으면 눈에 띄었을 테고, 그렇다고 밀정이 시내에 있었다 치더라도 보물을 들고 나간 걸 어떻게 알리나요?"

뮤리는 먼 산을 바라보는 눈으로 고개를 갸우뚱한다.

"혹시, 대성당 안에 사람이 있었을 가능성은?"

뮤리의 모습을 보건대 그것도 아닐 것 같다. 해가 중천에 떠 있을 때 방 안을 뒤졌다는데, 그러려면 하보트 본인이 낮에 시내에 내려왔거나 밀정이 대성당에 가 봤어야 한다.

확인해 볼 필요는 있겠으나, 좀 억지스럽다.

"그럼, 일레니아 씨는 어디로 간 거야? 여기 있는 짐은 누가 가져간 거고?"

뮤리가 안달을 내며 말한다.

이러는 사이에도! 싶은 거겠지만, 나까지 안달복달 허둥대서는 두 사람이 있는 의미가 없다. 북방 도서지역에서는 뮤리의 침착함 덕에 살았다. 이번에는 내 차례다.

어떻게 해야 할지 고심하다가 문득 손에 든 양피지가 눈에 들어왔다.

"일레니아 씨는 남방의 상회에 소속되어 있다고 들었습니다. 그렇다면 무슨 문제가 생겼을 때 의지할 데가 분명히 있을 거예요."

북방 도서지역에서는 상인들이 짓고 자체적으로 운영하는 교회가 그런 역할을 했다. 머나먼 땅에서 무슨 일이 일어날지 알 수 없고, 해당 지역의 권력자가 도와줄지도 확실치 않다. 한 사람 한 사람의 입지는 약해도 무리를 지으면 다르다. 하물며 일레니아는 양이니 그것의 중요함을 잘 알고 있을 터.

나와 뮤리 둘이서만 고민하는 것보다는 힘이 될 테지.

"하지만 어디로 가면 돼?"

"두드려라, 그러면 열릴 것이다."

모르면 물어보면 된다.

"아래층에 있는 사람들한테 물어보고 올게."

달려 나가려는 뮤리를 황급히 불러 세웠다.

"일레니아 씨가 어느 상회 사람인지도 모르면서요?"

우뚝 멈춰 선 뮤리 옆에서 양피지를 들여다본다. 어두워서 글자가 잘 보이지 않기에 나무창을 열어 외부의 빛을 들였다. 왠지 모르게 졸음을 부르는 화톳불의 주황빛 불빛이 손에 들린 양피지를 비춘다.

양모 거래에 관한 각서인 듯한데, 위에서부터 훑자 데자레프 시 공증인의 서명과 인장, 상인의 선언 등에 이어 마지막으로 일레니아의 서명이 있다. 지적인 분위기에 어울리는 정갈한 글씨체였으나, 그 옆에 있는 글자를 보고 숨을 삼켰다.

거기에 있는 것은, 나도 아는 상회의 이름이었기에.

"오라버니, 왜?"

뮤리가 내 기색을 눈치채고 다가온다. 세상은 넓고도 좁으며, 큰 상회는 거래처가 그물망처럼 펴져 있으니 엉뚱한 곳에서 마주칠 일도 있겠지. 그러나 나는 여기에서 뭔가 의미를 찾아낼 수 있을 것 같았다. 머릿속에서 무언가가 이어질 것만 같았다.

그리고 그것은 즐거운 무언가를 예감케 하는 것은 아니었다.

하지만, 뭐지?

파고들 듯이 양피지의 서명을 들여다보고 있는데 돌연, 창밖에서 날카로운 소리가 들렸다.

"…피리, 인가요? 설마 체포하러?"

시벽 안의 치안을 지키는 이들의 신호인지도 모른다. 혈기 왕성한 선원들이 모이는 항구도시이기에 싸움이 흔할 테지. 하지만 꺼림칙한 예감이 가시지 않아 나무창 밖을 엿보려는데 뮤리가 막아 세웠다.

"뮤, 뮤리?"

놀라서 쳐다보자 뮤리는 시야 아래가 아니라 하늘을 쳐다보고 있다.

"여기!"

그리고 뮤리가 손을 흔든 직후, 하늘에서 별이 떨어졌다.

"으앗!"

무언가가 엄청난 기세로 얼굴 앞을 통과하는 바람에 자빠질 뻔했다가 방에 남아 있던 양모 덩어리 덕분에 살았다. 대체 뭐지? 하며 눈을 껌뻑이다가 방 한복판에 있는 큰 새와 시선이 마주쳤다.

뮤리가 겁도 없이 새에게 다가가 커다란 부리를 가만히 쓰다듬는다.

"오는 길이 멀었지? 고마워."

새는 큰 몸뚱이를 더욱 크게 부풀리고 한숨 쉬듯 날개를 퍼덕였다.

"뮤리, 그 새는."

"오라버니, 편지."

새 다리에 묶인 종이를 풀어 이쪽으로 던진다. 그렇다면 라우즈번에서 온 사자다. 얼빠져 있던 것도 잠시, 이내 편지를 편다. 서명은 없었으나 글씨를 보자 하이랜드의 것임을 이내 알았다.

그리고 새를 쳐다본 것은, 사람의 말을 이해할 수 있는지 확인하고 싶어서가 아니었다.

268

이런 방법으로 보낸 것은 용건이 다급하다는 뜻이기 때문이다.

"뭐라고 쓰여 있어?"

"북방 섬에서의 활약은 사자에게 전해 들었소. 감사하오. 그리고 **두 번째 사내**에 관해서는, 그에게 신앙심 같은 건 기대하지 마오. 권력을 위해서라면 온갖 것을 이용하는 남자이니."

하이랜드가 이렇게까지 노골적으로 비난하는 걸 보니 어지간한 모양이다.

"그리고 일부 상인들 사이에 퍼진 소문은 나도 알고 있소. 하지만 그냥 허황한 이야기라 여기시오. 뭣보다 두 번째 사내는 그런 일에 정신이 팔려 있을 계제가 아니오. 그자는 폭풍이 휘몰아치고 있는 것을 기회로 노골적으로 첫 번째를 노리고 있소. **집안이 어찌 되든** 알 바 아니겠지. 온 왕국의 금고를 열려고 드는 것도 그러기 위한 자금 수집 행위로 보시오."

하이랜드의 차분하고도 힘찬 필치에 편지를 든 손에 땀이 밴다.

거기에는 꿈이고 자시고 그런 것은 일절 없다.

클리벤드 왕자는 교회와의 분쟁을 호기로 삼아 왕위를 찬탈하려고 움직이고 있다. 내란도 불사하고, 그러기 위한 자금을 교회에서 징발하고 있다고 하이랜드는 썼다.

"만일 성스러운 유물을 모으고 있다면 자신이 기도드리기 위해서가 아니라…."

타인이 기도드리게 만들려고.

신앙이란 역경에 처했을 때 매달리는 마음속의 기둥이다.

그렇다면 살기 위해 그것이 가장 필요한 때는 언제일까.

생명의 위험. 전쟁에 뛰어들었을 때다.

"두 번째 사내에게 가담하고 있는 자들은 그가 첫 번째가 되었을 때 단물을 빨려고 하는 것이오. 거기에 있는 건 사리사욕뿐이지. 나는 첫 번째 사내에게 그대를 소개하고자 부른 것이었소⋯."

다 읽고 나니 새가 부리를 발톱에 부딪치는 소리를 냈다.

"그럼 일레니아 씨는, 속은 거야?"

뮤리가 당혹해하며 그렇게 말했다. 하이랜드의 편지로는 그런 결론이다.

혹은, 일레니아가 멋대로 넘겨짚었거나.

하지만 편지를 쥔 손에 여전히 땀이 배는 것은 그것이 아닌, 다른 이유가 있었다.

심장이 아프리만큼 크게 뛴다.

왕위계승서열 2위인 왕자의 왕위 찬탈 계획. 내란도 마다치 않고, 그러기 위한 자금 모금을 왕국 내에서 취약한 상황인 교회를 상대로 행하고 있다.

그런 한편, 왕자에게 협조하여 왕자가 왕이 되었을 때 보상을 바라는 자들은 온갖 특권의 획득, 때에 따라서는 귀족으로의 신분 상승까지 기대하고 있겠지.

그렇다면 일레니아의 행동을 더 쉽게 설명할 수 있다.

왜냐하면.

"뮤리."

"…왜?"

평소처럼 길게 늘이는 대꾸가 아니다.

짐승 귀와 꼬리가 긴장한 듯 굳어 있다.

내 표정이 그 정도인 거겠지.

가능하면 나의 착각이기를 바란다. 그러나 세상을 보고 싶은 대로만 보려 한다는 것이 얼마나 위험한 짓인지를 나는 북방 도서지역에서 배웠다.

그리고 사람은 자신의 사고방식을 바꾸는 것을 몹시 고통스럽게 느낀다.

"일레니아 씨는, 속은 게 아닐 수도 있어요."

"…오라버니?"

곤혹스레 묻는 뮤리에게 이렇게 말하는 수밖에 없었다.

"일레니아 씨가, 우리를 속였을 수도 있어요."

그러자마자 귀와 꼬리의 털이 곤두섰다.

"오라버니."

"잘 들어요, 뮤리."

한 걸음도 물러서지 않고 일레니아가 나무상자 옆에 떨어뜨린 계약서를 내보였다.

"여기에는 일레니아 씨가 소속한 상회 이름이 쓰여 있어요. 그 이름은 **볼란 상회**. 내가 아는 사람이 세운 상회이고, 온천장 '늑대와 향신료'의 개업, 그리고 뮤리가 태어났을 때도 축하해 준 사람이 이끄는 곳이에요."

뮤리는 그 이야기를 멍한 표정으로 들으며 지금 이 상황과의 격차에 혼란스러운 모양이다. "고, 고마운 사람이네."라고 중얼거린다.

하지만 일레니아가 볼란 상회 사람이라면 이야기는 간단하다.

상회 주인이 일레니아의 정체를 이해하는 까닭도 알겠고, 일레니아가 주인을 흠모하는 이유도 알겠다. 볼란 상회의 주인인 에이브 볼란은 수전노를 그림으로 그려 놓은 듯한 상인이지만 악인은 아니다.

그러나 에이브 볼란에게는 과거가 있다. 에이브는 윈필 왕국의 몰락귀족으로, 가문의 이름을 돈으로 산 그의 남편은 양모 거래로 파산했다. 그 후에는 스스로 상인이 되어 위험천만한 다리도 태연히 건너가며 끝내 남방 지역에서 대상회를 일군 여장부다. 어릴 적에 만난 에이브는 그야말로 늑대 같은 분위기이긴 했어도, 당시부터 여하튼 다정했다.

이곳 상인이 말하길, 일레니아는 고용주를 흠모하는 종류의 상인이라고 했다. 그게 영 오해는 아닐 수도 있겠다.

그런 일레니아가 에이브를 위해 고군분투하고 있던 거라면 목적은 하나뿐이다.

"요컨대, 일레니아 씨는 에이브 볼란을 위해 이 나라에서 작위를 되찾으려 하고 있는지도 몰라요."

그쪽이 더 이해가 된다. 바다 저 끝에 있을지 없을지도 모르는 대륙에 새로운 나라를 세운다는 이야기보다는 훨씬 이해가 된다.

철새에게 물어본 것도 진지함의 증거라기보다는 단순히 원격지 무역에 종사하는 자로서의 호기심이라 여기는 편이 더 와닿는다. 일부러 철새에게까지 물어본 것은 일레니아가 양의 화신이고, 철새라면 사람은 모르는 일도 알고 있을 수 있다는 당연한 판단에서겠지.

거기에서 필사적인 모습을 보고, 당찬 아가씨의 기개를 느낀 것은 완전히 나의 상상이다.

하보트도 경고하지 않았던가.

일레니아는 평범한 여자가 아니다. 정신을 차리고 보면 어느덧 대화의 주도권을 빼앗아 마음속을 파고든다고 했다.

일레니아가 선실에서 눈을 떠, 뮤리의 존재, 그리고 나와 사이가 좋은 것을 안 그 순간부터 어떻게 하면 우리를 이용할 수 있을지 궁리했다면, 허황한 이야기를 지어내는 것도 어렵진 않앗을 거다.

그리고 거짓말은 언제든 진실의 얼개에 거짓을 섞어 상대가
보기 원하는 세계를 전할 때 가장 효과적이다. 마무리로 우리
눈을 흐리게 할 선입견이나 억측이 있으면 더 좋다.

양 아가씨가 여우보다 정직할 거라고 누가 그랬나.

늑대는 경계를 게을리하지 않는 숲의 패자 아니었던가.

"일레니아 씨는….."

말을 잇기 괴로웠으나 해야만 했다.

"우리를 속인 거예요."

그렇게 생각하면 간단히 설명된다. 일레니아는 성인의 천을
가져가고, 질 좋은 양모는 인편을 써서 매각하여 노잣돈을 쥔
뒤 행방을 감춘다. 거짓이 들통나면 뮤리의 날카로운 이와 발
톱 앞에서 무사할 수 없을 줄 알았을 테고, 이 도시에는 더 이
상 볼일이 없었겠지.

원래 여러 도시를 돌아다닌다고 했다. 이곳의 거점을 잃는다
고 해서 그리 곤란할 리 없을 것이고, 그렇기에 여관살이를 했
을 수도 있다.

"그, 그치만."

당연히 뮤리는 그렇게 반론한다. 왈가닥에 장난치기를 좋아
하고, 무서우리만큼 머리가 잘 돌기도 하여 그 혜안이 현자를
떠올리게 할 적마저 있다. 게다가 손위 오빠를 있는 대로 깎아

274

내리곤 하지만, 사실은 다부지고 마음 착한, 나이에 걸맞은 여자아이다.

배신을 당하다니, 난생처음 겪는 경험이리라.

"뮤리."

그 이름을 부르며 어깨로 손을 내민다.

그 손을, 뮤리가 쳐냈다.

"거, 거짓말이야. 일레니아 씨가, 우릴 속이다니."

믿고 싶지 않은 마음은 안다. 친해질 수도 있으리라 생각했겠지.

어쩌면 뮤리 나름대로 자신들만의 나라라는 꿈에 마음을 빼앗겼을 수도 있다.

남의 눈치 볼 필요도 없이, 세계지도 위에 당당히 쓰인 자신들의 보금자리에.

"하지만 일레니아 씨는 양의 화신이에요. 습격을 당했어도 여차하는 순간에는 자력으로 도망칠 수 있어요. 그렇게 하지 않았다는 건, 자기 의지로 갔다는 거 아니겠어요?"

괴롭겠지만 받아들여야 한다.

한번 품은 인상을 뒤집는 게 쉽지 않다는 것은 안다. 나는 뮤리를 여전히 여동생이라 여기고, 뮤리는 나를 오라버니 아닌 다른 이름으로 부르지도 못한다.

하지만 세상은 나 편할 대로 생겨 먹지 않았다.

"뮤리…."

결국 등을 웅크리며 울음을 터뜨리는 뮤리의 어깨로 다소 머뭇대면서도 손을 내민다.

이번에는 쳐내지 않았다.

뮤리의 자그마한 몸을 껴안고, 방 안에 있는 큰 새에게 문득 시선을 준다.

면목 없다는 표정을 짓자, 새는 머리를 두어 번 좌우로 돌리더니 피로한 몸짓으로 창에서 날아올랐다.

한순간 새에게 공중에서 일레니아를 찾아 달라고 할까 했지만, 찾지 못하는 편이 나을 것도 같다. 섣불리 다시 만났다가 뮤리가 일레니아에게 집착해 사태가 복잡해질 수도 있다.

마음 편한 집을 떠나면 이런 일도 생긴다. 적어도 뮤리의 마음이 조각조각 나지 않도록 두 팔에 힘을 주었다.

복도를 걸어오는 발소리를 알아챈 것은 그러고 있을 때다.

이곳은 일레니아의 방이니 너무 오래 있다가는 갖은 의심을 살 수도 있다. 뮤리를 재촉해 방에서 나가자고 하려는 순간.

"콜 님."

문 너머에서 나를 부르는 음성이 들렸다.

뜨끔했는데, 이내 음성이 이렇게 말을 이었다.

"슬라이 님께서 콜 님을 급히 모셔 오라 하셨습니다."

울던 뮤리가 고개를 들고, 눈이 마주친다.

"안 계십니까?"

여관 '은의 뱃머리'에 간다고 슬라이에게 말을 해 두기도 했고, 술집에서 우리에 관해 물어봤으면 활달한 선원들이 가르쳐 주었으리라.

"예. 잠시만요."

대답한 뒤 다시 뮤리를 보았다.

"괜찮아요?"

뮤리는 대답 대신 무슨 오기를 부리듯 내 가슴에 얼굴을 대고 이리저리 문질렀다.

괜찮다는 거겠지.

"옳지, 착해요."

머리를 쓰다듬자 불만스러운 표정으로 귀와 꼬리를 넣었다.

"슬라이 관장님께서 부르셨다고요?"

문을 열자 나와 동년배로 보이는 상인이 서 있었다.

"예. 조금… 아니, 대단히 큰 문제가. 급히 콜 님을 모셔 오라고."

대단히 큰 문제.

젊은 상인은 복도를 둘러본 뒤 음성을 낮추고 말했다.

"일레니아 지젤이, 시 참사회에 잡혀 있습니다."

"엇."

상인의 눈이 빤히 이쪽을 쳐다본다.

"죄목은 절도입니다. 대성당에서 다수의 보물을 훔쳤다는."

나의 의식만이 몇 걸음 뒤로 물러난 듯한 감각에 싸였다.

내 예측이 틀린 것은 반가웠으나 사태는 악화일로다.

"그, 그건 누명입니다. 보물창고는 이미 비어 있었어요. 징세에 걸맞은 물건만 가지고 나온 것은 제가 보증합니다."

우리를 이용하기 위해 있지도 않은 꿈 이야기까지 했을 가능성은 여전히 남아 있지만, 횅하게 비어 있던 보물창고의 상태가 일레니아의 소행이라는 것만큼은 도저히 믿을 수 없었다.

"당연히 참사회는 콜 님도 공범이라 의심하고 있습니다."

곳으로 가는 길은 눈에 띄고, 어귀에는 걸인들이 있다. 내게도 의심의 화살이 향하는 게 흐름상 당연하다. 그리고 설득해야할 상대는 눈앞의 상인이 아니었다.

"설명을 하러 가면 되는 것이지요?"

"예. 슬라이 님도 물론 증인으로 입회하실 겁니다. 안심하십시오."

일레니아의 목적과 이 일은 전혀 별개의 문제다.

필시 하보트는 제 몸을 지키기 위해 사라진 보물의 행방을 해명해야 한다 싶었겠지. 그를 비난하기는 쉽지만, 이야기를 좀 더 친근히 들어 주었으면 막을 수도 있었을지 모를 폭주다.

"안내하겠습니다."

상인이 그렇게 말하고 걸음을 내디딘다. 그 뒤를 따르기 전에 뮤리를 보고, 손을 잡았다.

"괜찮아요. 신께서는 정의로운 사람의 편이니까요."

뮤리가 손을 맞잡으려다 말고 나를 쳐다보았다.

"물론 나도 그렇고요."

자그마한 손이 내 손을 꼬옥 쥐었다.

어둠도 깊어져 항구도시 데자레프는 나른함을 품은, 녹아내릴 듯한 밤 시간에 차 있었다.

술에 취해 고래고래 소리 지르는 단계도 지나 탁자 앞에서 졸거나 똑같은 말을 수없이 되풀이하고 있을 자들이 곳곳에 널렸다.

그런 그들 사이를 빠른 걸음으로 지나쳐, 냉정한 머리로 대성당으로 향했다.

도시의 윤곽이 붉은 화톳불에 드러나고, 타다 남은 숯불이 연기를 피우고 있는 것 같은 항구 너머로 대성당의 모습이 간신히 보인다.

등대의 불빛이 보이지만 대성당 자체는 고요하다.

셋이서 종종걸음을 치면서 데바우의 상인에게 상황 설명을 들었다.

"주교님이 참사회에 연락한 것이 오후 들어서입니다. 징세권을 행사하러 온 양모 중개인을 안으로 들였는데, 정신을 차리고 보니 다수의 보물이 사라졌다면서."

"참사회는 그 말을 곧이곧대로?"

"징세권을 왕자 대신 경매에 부친 것은 참사회이니까요…. 징세에 갈등은 따르기 마련이라 해도 대성당 주교님이 절도 신고를 하셨으니 무시할 수는 없지요."

하보트는 그토록 궁지에 몰렸다는 건가. 잠시 말을 나누기만 했지만, 제 몸을 지키느라 남을 모함할 인물로는 안 보였는데.

아니, 이 또한 나의 억측인 걸까. 어쩌면 하보트라는 사람은 원래부터 없었고, 주교가 연기한 거였다면 아귀가 맞는다.

"그래서 일레니아 씨는 지금 성당에?"

"예. 교주님과 참사회의 주요 인사들도 모여 있습니다."

그 자리에서 이러쿵저러쿵 탁상공론을 하고 있는지.

"그럼 일레니아 씨의 방에서 짐을 가져간 것은 참사회 사람들의 증거 수집 때문입니까?"

그런 거였다면 일레니아가 저항하지 않은 것도 납득이 가고, 여관의 다른 손님들에게 사실대로 말하지 않았을 만도 하다.

상인은 이쪽을 돌아보고 느릿느릿 고개를 끄덕였다.

"모든 것은 신께서 밝혀 주시겠지요."

그리고 다시 자세를 바로 하고 달려나간다. 곶 어귀에는 여전히 걸인들이 있었고, 돌계단을 올라가는 우리를 멍하니 바라보았다.

한밤중 돌계단은 상상 이상으로 시야가 어두워, 어디가 계단이고 어디가 벼랑인지 알 수 없어 겁이 났다. 조금이라도 벗어나면 바다에 떨어지는 게 아닌지, 길이 긴 것에도 주눅이 들었다.

물론 실제로는 그렇게 좁은 길은 아니다. 낮보다 다소 바람이 강해서 괴로웠지만, 시가지 야경은 벌건 숯을 뿌려놓은 것처럼 아름다웠다.

성당 앞 광장에 다다르자 인적이 전혀 없이 조용하다. 병사를 보내 봉화를 올리면 무슨 일이 벌어진 줄 알고 온 도시가 시끄러워져서겠지.

상인이 이끄는 대로 통용문 쪽으로 가자 소년 하나가 망을 보고 있었다. 추운지 몸을 움츠리고 있다가 우리를 보더니 등을 딱 펴고 거드름을 피우며 문을 연다.

이내 엿보기 창이 열리고 한 쌍의 눈이 빈틈없는 시선으로 훑는다 싶더니 철문이 열렸다.

"기다리고 있었습니다."

세로로 된 줄무늬 셔츠에 불룩 나온 배. 허리띠를 우측으로 길게 축 늘어뜨리고, 가슴에는 깃털 장식을 달았다.

전형적인 시의 유지로, 원래는 상인이거나 유복한 직인조합의 조합장이리라.

"참사회의 테오르라고 합니다."

"토트 콜입니다."

나와 악수한 후 뮤리와도 악수했다.

"지금, 때마침 주교님의 고발을 바탕으로 보물창고를 조사하고 있는 참입니다."

"참사회는 주교님의 해명이 올바르다 보시는 겁니까?"

복도를 걸어가며 묻자 테오르는 곤혹스레 웃었다.

"설마요. 보물창고는 훌륭할 정도로 비어 있었습니다. 중개인 한 사람을 안으로 들였다고 훔쳐 낼 수 있는 양이 아닙니다."

상식적으로 그렇다.

"하지만 주교님은 가능하다고 생각하십니다. 그래서 우리까지 이곳에 모이게 된 거죠."

"어떻게요?"

마법이라도 쓰지 않는 한 불가능하다.

그렇게 생각한 순간, 테오르는 익숙한 몸짓으로 다가와 귀엣말을 했다.

"대성당에는 각종 비밀통로와 비밀의 방이 있습니다. 그것을 이용해 곳 속을 지나 비밀리에 바다로 운반해 냈다고."

"……."

어이가 없어 테오르를 쳐다보자 어깨를 으쓱인다.

"원래는 아무한테도 말하면 안 되는 정보이지만, 보물창고 절도 혐의를 받는 것보다는 낫다고 판단했겠지요. 교수대 밧줄이 목에 걸린 단계에서 후회해 봐야 때는 늦으니까요."

그야말로 고육지책으로.

하지만, 그렇다면 역시 하보트는 주교 본인이었다는 이야기다. 사람 보는 눈이 정말 흐려졌구나 하며 기막혀하고 있자, 테오르는 더 노골적으로 한숨을 지었다.

"그렇다 해도, 가장 큰 문제는 정작 주교님 본인이 비밀통로가 어디에 있는지 모른다는 겁니다."

"예?"

하고 묻자, 테오르가 콧등을 찡그렸다.

"주교님의 발버둥이겠지요. 왕국과 갈등이 일자 보신을 위해서인지 축재를 위해서인지는 모르겠지만, 본인이 보물을 반출해 어딘가에 숨겼거나 팔아 치웠는데, 징세 건으로 그게 드러나게 되었으니 쓸 수 있는 방법은 뭐든 써서 무마하려는 것일 테지요."

그렇다면 주교는 역시 양치기 하보트인 건가? 인색하고 탐욕스러운 진짜 주교라면 이런 상황에서 비밀통로를 가르쳐 주지 않고 망설일 이유가 없다.

하보트는 예배실과 제단 사이에 있는 일반 보물창고 안에 비밀 보물창고가 더 있는 것을 보고 놀랐다. 그리고 두 번 일어난 일은 세 번도 일어날 수 있다. 비밀스러운 이런 것 저런 것들이 더 있을 수도 있다고 여기는 게 인지상정. 비밀통로가 있을지도 모를 가능성에 도박을 걸고 싶은 심정은 충분히 이해한다.

게다가 보물창고에서 보물을 훔쳐 낼 경우, 솔직히 곶 위에 난 길을 쓸 수는 없다. 그 길을 오가는 사람들은 시내에서 훤히 보이고, 게다가 곶 어귀에는 걸인들도 모여 있으니 한밤중에 몰래 온다고 해서 완벽하게 들키지 않기는 어렵다.

"그럼 다들 그 비밀통로를 찾고 계시는 겁니까?"

"그러는 수밖에요. 주교님 말씀을 곧이곧대로 믿기는 어렵지만, 만일 그 해명을 믿지 않으면 보물을 훔쳐 간 범인은 주교님이 되니까요. 우리는 국왕께 이 일을 보고해야 하고, 그렇게 되면 주교님은 필시 교수형입니다. 신을 모시는 성직자를 누명으로 교수대에 매달았다가는 데자레프 시는 저주받습니다."

이런저런 추측과 억측이 뒤얽힌 결과, 이들은 이렇게 여기에 있는 것이다.

그런 한편, 보물창고에 산더미 같은 보물이 있었던 것은 틀림없고, 어디론가 사라졌다.

수면 밑에서 소용돌이가 일어 항해 중인 배를 끌어들일 때가 있다고 한다.

일레니아는 그런 일을 당한 거다.

"그런 거라면 저도 협조를…."

하며 비밀통로를 찾는 데에는 더없이 적합한 뮤리를 보며 운을 떼다가 문득 깨달았다. 뮤리의 힘을 빌리면 비밀통로의 유무를 확인하기는 어렵지 않다. 문제는 통로가 있든 없든 그 후의 일이다.

왜냐하면, 비밀통로가 발견되면 일레니아가 불리한 쪽으로 몰리니까.

하지만 보물은 실제로 도난당했고, 비밀통로가 존재한다면 절도에 그 통로가 쓰였을 게 분명하다. 통로의 존재를 알면서도 지적하지 않는 것은 신의 가르침으로 올바른 일인가? 비밀통로가 비밀인 채로 있으면 일레니아는 살 수 있는데?

그리고 이야기는 거기에서 끝나지 않는다.

일레니아가 목숨을 구하는 대신 하보트가 무고죄로 교수형에 처해질 테니.

내가 걷고 있던 곳이 몹시 좁다란 길임을 새삼 깨달았다.

불빛은 적고, 앞길은 아주 조금밖에 보이지 않는다. 게다가 길은 좌우 어느 쪽인가로 휘어져 있다. 어디로 발을 내디뎌야 하지? 누구의 어떤 말을 믿어야 하나?

물론 보물을 실제로 훔쳐 낸 자들을 찾아내는 게 최선이다.

하지만 인간은 전지전능한 신이 아니고, 신은 걸핏하면 부재 중이니.

이내 걸음이 무거워지고 성당 안 어둠은 한층 짙게 느껴진다.

복도에 설치된 촛대에 점점이 불이 붙어 있다.

그 불빛 아래를 걸어 드디어 보물창고 앞에 도착했다.

테오르 같은 차림을 한 이가 셋쯤 모여 난감한 기색으로 말을 주고받고 있었다.

우리를 알아채고는 나란히 모자 잡는 몸짓을 취한다. 상인 출신들인가 보다.

"주교님과 슬라이 관장님은 안에 계십니다."

재촉에 안으로 들어간다. 이 보물창고는 여전히 잡다한 물건들로 넘치고, 안쪽 비밀 입구에 있는 선반은 열려 있었는데, 슬라이가 그 안을 들여다보고 있다.

"오오, 콜 님."

"오면서 상황 설명은 들었습니다. 어찌 되었는지요?"

"오래된 성당이니 어디에 뭔가 있을지 모르겠지만, 그런 거야 북방 도서지역에 진짜 해적들이 살던 옛날 옛적 이야기지요. 당시엔 이 성당을 최후의 요새 삼아 싸웠다고 들었습니다. 이 좁은 입구 안쪽의 보물창고도 아마 농성을 하려고 만든 것이겠지요."

입구에 서자 등에서 앞으로 바람이 빠져나간다. 어딘가에 구멍이 있어 공기가 흐르는 것이다.

오래된 석벽에 손을 얹으며 당시를 그려 본다. 해적의 습격을 받아 도망쳐 온 이들이 좁은 통로 안에서 창과 방패를 들고 적을 기다린다. 적은 한 사람씩만 들어올 수 있고, 게다가 자유로

이 팔을 휘두를 수도 없으니 힘없는 노인이나 여자들도 족히 싸울 수 있다.

보물을 보관하기에 적합한 곳은 사람들의 목숨을 지키는 곳으로도 적합하다.

"주교님은 안에?"

"예. 비밀통로가 있을 거라면서. 그곳을 통해 중개인이 보물을 반출한 게 틀림없다고. 당사자인 중개인 아가씨도 계십니다."

슬라이도 하보트의 해명에는 어이가 없나 본데, 하보트 입장에서 보면 목숨이 걸린 문제다. 물론 일레니아의 목숨도 걸려 있다.

그러나 어떻게 하는 것인 정답일지 아직까지 답이 보이지 않는다. 두 의자에 동시에 앉을 수는 없는 노릇이니.

내가 할 수 있는 일은, 애당초 두 의자가 나란히 놓이지 않는 선택을 취하는 것이다.

"저는 주교님의 주장 자체가 황당무계하다고 생각합니다."

"예에. 주교가 스스로 재산을 처분해 놓고 그게 들통난 것으로 봅니다."

슬라이는 냉정하다. 대성당이나 기타 교회 조직이 이 왕국에서 해 온 짓에 비춰 볼 때 당연한 반응일 수도 있겠으나.

"주교님과 잠시 이야기를 하고 오겠습니다."

"알겠습니다. 저는 부하들과 다른 곳을 찾아보지요."

통로 안쪽에 희미하게 불빛이 보이기에 초는 받지 않았다. 계단도 가팔라서 뮤리를 앞세우고 손을 잡아 지탱하며 내려간다.

그리고 계단을 내려가듯 사고의 심연 속을 깊이 들어간다.

이 문제는 뮤리의 힘을 빌려도 해결되지 않는다. 하보트를 설득해 일레니아가 죄인이라는 주장을 철회케 한 후, 그의 편에 서서 하보트가 나쁜 사람은 아님을 이곳 사람들에게 보여 주어야 한다. 그러나 만일 하보트가 양치기가 아니라 진짜 주교이면? 보물을 훔친 것도 본인이라면?

좀 더 들어가, 진실을 알고 나니 가령 하보트가 주교이고 그가 범인이었다면, 나는 그를 교수대로 보내는 평결에 찬성표를 던질 수 있을까?

이 도시 사람들을 먹잇감으로 삼아 오랜 세월 부를 축적하고, 제 한 몸 지키려고 그 재산을 이용했다면 비난받아 마땅하다. 어린애가 빵을 훔쳐도 팔을 잘릴 때가 있다. 넘치도록 많은 금은보화를 훔쳐 가로챘다면 그 어떤 신의 가호로도 보호받지 못하리라.

죄에는 벌을.

결국 문제는 내게 각오가 서 있느냐 아니냐다.

따뜻한 온천물이 솟는 향락의 땅이 아니라, 이 무자비하고 야만적인 세상에서 살아갈, 그 각오가 되어 있는지.

"뮤리, 나는."

그렇게 말하려던 순간이었다.

"오라버니!"

돌아본 뮤리가 소리친다.

좁은 통로에서 뮤리가 억지로 옆을 지나가려 했을 때는 이미 늦었다.

뒤에서 문이 닫히고 덜컥, 잠기는 소리가 났다.

"이…!"

뮤리가 어떻게든 옆을 지나 계단으로 기어오르듯 하여 문에 매달렸으나 드륵 드륵, 녹슨 쇠 긁히는 소리만 난다. 선반 뒷면은 두꺼운 철판을 쓴 모양이다.

뮤리는 나를 돌아보며 어둠 속에서 보리주머니를 손에 쥐고 있었다. 늑대 모습으로 돌아가려는 것이다.

그러나 나는 뮤리에게 그러라고도, 그러지 말라고도 할 수 없었다.

문 너머에 있을 슬라이 생각뿐이었다.

"왜?"

오직 그 한마디. 슬라이에게 갇혔다. 착각이나 사고가 아니다. 선반의 자물쇠를 조작하려면 바닥에 무릎을 꿇고 선반 밑으로 손을 넣어야 한다.

계단을 비틀대며 올라가 뮤리의 머리 너머로 쇠판을 손으로 쳤다.

"어째서입니까?!"

물론 대답은 돌아오지 않는다. 사실은 물을 것까지도 없었다. 누가 진실을 말했는지는 행동에서 드러났으니.

보물창고에서 보물을 훔쳐 내고 있던 것은 다름 아닌 슬라이다.

화도 나지 않고, 놀랍지도 않은 것 같다.

가슴속에 있는 것은 큰 낙담이었다.

"오라버니."

뮤리의 이빨과 발톱을 이용하면 쇠로 된 문을 부술 수 있을지도 모른다.

하지만 한 가지 염려스러운 점이 있다.

"이렇게 좁은데?"

뮤리는 인간의 모습으로야 가냘픈 소녀이지만, 늑대로 돌아가면 내가 등에 탈 수 있을 만큼 크다.

그 점은 미처 생각지 못했는지 눈동자의 붉은 기가 다소 가라앉더니 초조하게 주위를 돌아보았다.

"…머리가, 들어가면, 아마도…."

"그걸 여기에서 시험하는 건 너무 위험해요. 일단 안으로 들어갑시다."

뮤리는 마지못해 수긍하고 따라왔다.

그리고 방 안에는 몸이 묶인 채 바닥에 쓰러져 있는 일레니아가 있었다.

"일레니아 씨?!"

뮤리가 달려들어 어깨를 잡으려다 만다. 일레니아에게 의식이 없다. 뮤리는 다친 곳이 없는지 코를 대어 확인하고, 끝으로 목 언저리의 냄새를 맡았다.

"정신을 잃은 것뿐인가 봐. 머리에 혹은 있지만…."

이 방으로 유인되어 뒤에서 일격, 이었겠지.

"일레니아 씨, 일레니아 씨."

뮤리가 경계를 푼 뒤로 뺨을 다독이며 이름을 불러 본다.

이윽고 일레니아는 나직이 신음한 후 서서히 눈을 떴다.

"뮤리… 씨?"

"다행이다. 괜찮아?"

일레니아는 머리를 감싸듯 하며 천천히 일어난다.

간신히 몸을 일으키더니 멋쩍게 웃었다.

"멍청한 양입니다. 완전히 함정에 걸려들었어요."

일레니아는 긴 한숨을 내쉬고는 기분을 추스른 듯 말했다.

"또 구해 주셨네요."

그 말에 나도 뮤리도 얼굴이 굳었다. 일레니아는 이내 화들짝 놀라며 우리 뒤편의 좁은 통로를 보았다.

"혹시, 저기…."

얼버무린다고 될 일이 아니다.

"예. 우리도 방금 여기에 갇혔습니다."

일레니아가 낙담하는 기색이 아닌 것은 상인답게 빈틈이 없어서인지, 아니면 적어도 혼자는 아니라는 안도감에서인지.

아무튼 현 상황을 확인하기로 했다.

"…일레니아 씨를 이곳에 가둔 것은 데바우 상회의 슬라이 관장, 맞습니까? 우리는 일레니아 씨가 절도죄로 고발되었고, 조사를 위해 이곳에 모여 있다는 말과 함께 불려 왔습니다."

"저도 같은 수법이었습니다. 계획한 것은 필시 슬라이 관장이었겠지요. 주교님일 가능성은… 없지 않을까 합니다. 대성당에 호출된 후로 한 번도 모습을 보지 못했습니다. 이미 죽었거나 돈을 쥐여 주고 도주시켰거나 둘 중 하나일 겁니다."

시선을 내리고 기억을 더듬으며 이야기하는 일레니아의 말에 오싹한다.

최소한 후자이기를 바란다.

"하지만 눈치챘어야 했습니다…. 이 성당의 보물창고에서 물품을 훔쳐 내고 있다면 일단 이 지역 사람이 분명합니다. 주교님이 반출했다 해도 시간이 걸립니다. 왕국과 갈등하는 와중에 그게 가능하다고 보기 어렵지요. 그렇다면 좀 더 경계했어야 했습니다. 우리 행동이 범인들에게 고스란히 노출됐을 가능성은 얼마든지 있었는데…."

우리가 일레니아에 관해 정보를 수집하고 다닐 때도 슬라이는 정보망으로 그것을 파악하고 있었다. 시벽 안에 뿌리를 뻗은 상인은 그런 세계에서 산다.

"주교님이 말한 비밀통로는요?"

일레니아는 동정을 구하는 듯한 표정으로 방 한구석을 본다.

"지어낸 이야기겠지요. 저기에 공기구멍만 있습니다."

입구를 열면 공기가 흐르는 것은 그래서였나 보다.

"하지만… 새삼 생각해도 기이합니다. 여기에서 어떻게 보물을 훔쳐 냈을까요? 하보트… 아니, 주교님도 이런 곳이 있다는 걸 몰랐는데요."

결국 하보트의 이름을 대고 말았는데, 일레니아는 그 말에 쿡쿡 웃었다.

"그가 콜 님께 자백하던가요?"

"…알고 있었습니까?"

"이 도시 내에서는 암묵적 양해 같은 겁니다. 본인만 속여 넘긴 줄 알고 있지요. 그러니까 그 점을 이용한 것일 테고요."

그것은 당신도 마찬가지 아니냐고 하려다가 일레니아의 의미심장한 시선을 알아챘다.

"예. 맨 처음 문을 두드렸을 때의 승산은 그것이었습니다. 결과는… 아시다시피. 양은 양치기에게는 이기지 못하네요."

웃어도 될지 난감해하자 일레니아가 말을 이었다.

"절도 수법은 머리를 맞은 덕분인지, 슬라이 관장이 흑막이라는 것을 깨달은 순간 알았습니다."

그 말에 무의식중에 선반을 본다. 남아 있는 것은 오히려 제일 먼저 훔쳤어야 할 큰 것들뿐이다.

"식자재 납품입니다."

"…엇."

온 세상에 있는 오르막길과 내리막길, 더 많은 것은 어느 쪽?

대성당을 드나드는 유일한 길은 곶 어귀에서 이어지는 돌계단. 그곳은 늘 사람들의 시선에 노출되고, 걸인들이 지켜본다.

그렇다면 가능성은 두 가지뿐이다. 누구의 눈에도 띄지 않도록 궁리하거나, 누구의 눈에 띄어도 문제없는 입장이거나. 식자재를 가져오는 상인만이 예외적으로 누구의 의심도 받지 않는다.

그리고 오르막길을 올랐으면 내려올 때는 내리막길이듯, 짐을 가져왔으니 돌아갈 때는 싣고 나가는 역할로 바로 전환할 수 있다. 여기에 큰 것만 남아 있는 것은 운반해 온 식료품에 비해 돌아가는 짐이 너무 크면 몰래 반출할 수 없기 때문이다.

"빈 수레를 없애는 것은 무역의 기본입니다. 벌이가 배가 되니까요."

"그래서 징세 문제가 잘 풀린 것을 알고 슬라이 관장은 놀란 걸까요…? 이 비밀의 보물창고에 도달하지 않는 한, 금화 오십 냥 어치를 모을 수 없다는 걸 알고 있었겠지요."

"걸인에게 돈을 주어 감시시키고 있었을 테니, 우리가 산더미 같은 재화를 안고 있지도 않았고, 거대한 금 접시를 짊어지고 있지도 않았던 것을 알았을 겁니다."

"그렇다면, 일레니아 씨가 뭔가 작으면서도 대단히 고가인 보물을 발견했을 거라 결론짓고, 그럼 그런 보물이 비밀 보물 창고가 아닌 다른 곳에 있었을 리 없다. 그런 식으로 생각하다 보니, 자신들의 악행이 다른 사람의 눈에 띄었을 게 뻔하고, 그러니 자신들이 범인이라는 게 들통나기 전에 선수를 쳐서⋯."

말을 하다 한숨을 쉬고, 상인들의 빠른 결단에 일종의 감동을 느껴 버린다.

일레니아는 이런 말도 했다.

"그러는 참에 그 밖에도 보물이 남아 있지 않은지 조사하려고도 했겠지요. 주교님에게서 말을 끌어내는 것쯤은 일도 아니었을 테고요."

그 말에 뮈리가 일어나 촛불 빛이 닿지 않을 구석으로 갔다가 돌아온다.

모포처럼 커다란 천을 끌면서. 성유물이 든 상자들을 싸고 있던 천이다. 슬라이 측도 저것은 귀중하게 생각지 않은 모양이다.

"이것밖에 안 남았어. 곰팡내 나던 상자들은 모조리 사라졌고, 그 밑에도 뭐가 있지 않을까 해서 욕심 사납게 구멍을 판 흔적이 있어. 우리라면 쏙 들어갈 수도 있을 정도야."

뮤리가 짓궂게 웃는다. 미친 듯이 구멍을 파는 슬라이 일행을 상상했겠지.

"그건 그렇고, 오라버니."

"예?"

"느긋하게 이러고 있어도 돼?"

그 눈은 죄에는 보복을, 이라고 말하고 있다.

하지만 아직 마음에 걸리는 점이 있다.

"슬라이 관장은 우리를 어쩔 작정일까요?"

일레니아도 걱정스러운 얼굴이었다.

"…단순한 입막음이라면 벼랑에서 떨어뜨리는 편이 빠릅니다. 그렇다면 우리를 여기로 모은 것은… 죄를 전가하기 위해서이겠지요. 절도행위가 있었다는 것은 추후 반드시 밝혀집니다. 그렇다면 범인이 있어야 하지요. 안 그러면 누군가가 진상을 알아챌 테니."

"하지만 어떻게?"

이 상황에서 참사회에 넘겨진다 해도 산적 처리하듯 즉결 참수가 행해질 리는 없다. 우리는 재판을 받게 될 것이고, 그게 우리한테 불리하게 작용하리라 생각하긴 어렵다.

왜냐하면 참사회까지 낀 재판이 벌어지면 왕족 혈통인 하이랜드가 편을 들어줄 우리 쪽에 오히려 명분이 있으니까. 무엇보다 나를 추기경이라 부르는 시민들의 호의가 있다. 이야기가 우리에게 유리하게 진행될 게 분명하다.

슬라이도 그 점을 알 테고, 일레니아도 마찬가지인 듯하다.

그러니 슬라이의 행동을 더 이해할 수 없었다.

"아니, 두 사람, 뭔 소리를 하는 거야?"

조바심을 내며 뮤리가 끼어들었다.

"여기 있던 보물을 훔쳐 갔잖아? 그런데 여기에 사람이 있으면 바로 범인인 거지."

장난치기를 좋아하여 종종 현장에서 붙잡혀 야단을 맞곤 하던 뮤리다. 변명할 길 없는 상황에 처한 기억이 수두룩할 것이다.

하지만 이곳은 어린아이의 세계가 아니다.

"뮤리, 그야 그럴 수도 있지만, 세상에는 재판이라는 게 있고, 재판에서는 대화로 진실을 찾…."

거기에서 말이 끊겼다.

대화로, 진실을 찾아?

엉겁결에 주위를 둘러보았다. 이곳엔 출구가 하나뿐인, 사방이 석벽에 둘러싸인 방이다.

주교는 가짜인 듯하고, 참사회에서 나왔다는 사람들도 슬라이의 심복들일 테니까 진실을 아는 자는 한정돼 있다. 그리고 대성당에는 사람이 거의 오지 않는다.

이런 상황에서, 대화?

그야말로 멍청한 생각이다.

"죽은 자는 말이 없다, 는 건가요."

"그래! 그러니까 어서 여기서 나가야 한다니까!"

뮤리는 말을 하자마자 보리가 든 주머니에서 보리를 꺼내 입에 물고 옷을 벗어젖히기 시작한다. 빠른 행동력에 당황하는 한편, 뮤리가 늑대가 되는 것을 보여 주고 싶지 않아 하던 게 떠올라 바로 고개를 돌리고 눈을 감는다.

눈을 뜬 것은 뺨에 털을 비벼 온 뒤였다.

「통로에 머리가 들어가려나.」

뮤리는 통로 입구에 머리를 넣고 조금 안으로 들어갔다가 돌아왔다.

「힘껏 몸을 부딪치면 저딴 건 쉽게….」

하며 뮤리는 통로 안쪽을 올려다보다가 말을 멈췄다.

그러고는 흠칫 뒤로 물러난다.

왜 저러나 했는데, 계단에서 뱀이 기어내려 왔다.

뱀?

「뭐지, 이거… 물?」

대번에 깨달았다.

"뮤리, 떨어져요!"

직후, 통로 안이 밝아졌다. 불길이 즉시 강해지고, 일렁일렁 계단을 내려온다.

「으앗, 앗, 앗.」

이 세상에서 두려울 것은 어머니 정도밖엔 없는 뮤리가 꼬리를 말고 훌쩍 물러선다.

계단에서 뱀이 한층 맹렬한 기세로 내려온다.

몸에 불을 휘감은 대량의 기름이었다.

「어, 어떡해, 이런….」

뮤리는 통로 너머를 머뭇머뭇 보면서 몇 번이나 뛰어들려다가 멈춘다.

불은 순식간에 통로를 막고, 검은 연기가 천장을 뒤덮는다.

뛰어들었다가는 무사할 리 없다.

더욱이, 불타는 뱀은 점점 방 안쪽으로 파고들고 있어 도망칠데가 없다.

오히려 전화위복이랄까, 당황하지 않고 주변을 둘러보며 할수 있는 일을 하는 수밖에 없다는 쪽으로 생각이 전환됐다.

"뮤리, 선반을 모조리 쓰러뜨려요!"

단박에 깨달았는지 뮤리가 몸을 뒤집어 선반에 달려든 뒤 코끝으로 선반을 쳐서 불뱀을 밀어낸다. 나무 선반이어도 기름을 막을 수는 있을 것이다. 이곳은 석벽에 둘러싸인 방이니 기름만 막으면 발치부터 불길에 휩싸일 일은 없다.

그렇게 생각한 것도 뮤리가 선반을 두어 개 넘어뜨려 통로입구에 쌓아 올릴 때까지였다.

"…만반의 준비를 했군요."

그때까지 촛불 빛이 닿지 않았던 방 안쪽도 지금은 붉게 비치고 있다. 장작이 산더미처럼 쌓여 있었다.

설상가상, 천장 통풍구에서도 불타는 기름이 떨어져 장작에 불이 붙기 시작했다.

농성용 장소는 가두기에 적합한 장소이기도 하다.

"우리를 불태워 죽이고, 그러는 김에 보물도 불에 탄 것으로 만들면 모든 게 원만히 수습될 것으로 생각했겠지요."

일레니아가 반웃음을 지으며 중얼거렸다.

「우우으…!」

뮤리가 으르렁대더니 활활 타는 나무 선반 더미를 향해 자세를 낮췄다.

허옇게 질려 뮤리의 몸뚱이에 달려들었다.

"뮤리, 진정해요! 불가능해요!"

「하지만, 어쨌든 우리는 여기에서 불타 죽잖아! 나라면 저 문을 열 수 있을지도 몰라!」

그러면서 몸을 털어 나를 떨쳐 내고, 재차 이름을 부르기도 전에 통로로 사라졌다.

"뮤리!"

나의 외침과 쿠우웅 뮤리가 철문에 부딪치는 소리가 겹쳤다.

그것이 조금 전이었는지, 여러 번 심호흡을 할 수 있을 정도의 시간이었는지는 모르겠다.

정신을 차리자, 불길과 검은 연기 속에서 늑대가 튀어나왔다.

「아윽… 아악!!」

뮤리는 바닥에 제대로 착지하지도 못한 채 그대로 옆으로 쓰러졌다. 몸에서는 연한 연기가 피어나고, 앞발과 뒷발의 발톱 새에서 불꽃이 힐끗힐끗 보인다.

"이, 무슨 짓을!"

연기에 눈을 뜰 수가 없는지, 아니면 불붙은 다리의 통증 때문인지 뮤리는 일어서려다가 실패한다. 이내 다리에 달려들어 양손으로 뮤리의 늑대 발바닥을 꼭 감쌌다.

불이 내 손을 태워, 치익 소리가 난다.

통증에서인지 혼란에서인지 몸부림치는 뮤리의 몸을 일레니아의 도움도 받아 가며 내 체중으로 필사적으로 누르고 손바닥으로 불을 계속 꺼 나간다. 마지막으로 뒷다리 불도 간신히 끌즈음에서야 뮤리가 거친 숨을 쉬며 비로소 몸부림을 멈췄다.

불길의 기세는 가라앉지 않고, 바야흐로 눈도 제대로 뜨지 못할 정도의 열기와 빛이다.

「…오라버니, 미안해. 문을 못 열었어….」

마루에 축 늘어진 채로 뮤리가 말했다.

"무모한 짓 좀 하지 말아요."

그렇게 말하자 뮤리는 고개를 들고 붉은 눈동자로 이쪽을 보았다.

「죽어 가면서도 조신하라고?」

어이가 없어 웃는 듯한 뮤리의 말투에 나도 덩달아 따라 웃고 만다.

"그래요."

뮤리는 한숨을 쉬고는 몸을 떨면서 일어나려 한다.

"뮤리, 누워 있어요."

「싫어. 문을 못 열면 다 죽잖아. 어차피 불타 죽을 거면 할 수 있는 건 해 봐야지.」

하지만 첫 일격에도 문은 열리지 않았다. 발바닥에 화상을 입은 상태에서 뛰어든다고 해결이 될 것 같지도 않다. 무엇보다, 다친 뮤리가 몇 번이나 불길에 뛰어들어 고통을 당하며 죽어 가는 모습을 멍하니 지켜보는 짓을 어떻게 하겠는가.

달리 할 수 있는 일이 없다면 이렇게 말하는 수밖에 없다.

"그럼 내가 통로에 누울 테니 그 위를."

「뭐어?! 그런 짓을 어떻게….」

옥신각신하는 그때.

"제게 안이 있습니다."

그렇게 말한 것은 일레니아였다.

"안?"

사방이 석벽에 둘러싸인 지하실에 유일한 출입구는 막혀 있다. 장작을 쌓아 놓은 데다 방 안에는 기름이 담긴 나무통도 놓여 있었는지 슬슬 화덕의 양상을 띠어 간다.

이미 온몸이 뜨겁고, 숨을 쉬면 폐까지 타들어 갈 것 같다. 남은 시간은 신께 기도하며, 적어도 증오와 분노에 쫓겨 지옥에 떨어지지는 않도록 영혼의 구제에 몸을 맡기는 수밖에 없지 않을까.

그런데 일레니아가 검 한 자루를 내려놓았다. 여기에 남아 있던 갑옷에 딸린 것이다.

"제가 양으로 돌아갈 테니, 배를 갈라 그 피로 불을 끄십시오."

"…예?"

"내장도 불을 잡는 데에 도움이 될 겁니다. 그리고 다 꺼낸 뒤에는, 몸 안에 숨으세요. 양피지는 불길에 휩싸인 수도원에서도 종종 무사히 발견되고, 돼지나 양을 통구이할 때 시간이 오래 걸리는 점을 떠올려 보세요. 안까지는 불길이 쉽게 전해지지 않습니다."

담담하게 설명하는 일레니아를 망연히 쳐다보았다.

"농담, 이시죠?"

"이 상황에서요?"

쓴웃음이 돌아온다.

"이대로는 모두 죽습니다. 셋이 죽는 것보다는 하나가 죽는 게 낫습니다."

상인다운 손익계산인지도 모른다. 게다가 일레니아의 냉철한 방안은 너무도 이치에 맞았다. 뮤리는 그 정도까지 몸이 크지 않으니 배 속에 숨는 건 무리다.

하지만 거대한 발굽을 가진 일레니아라면.

"게다가, 구워진 부분을 먹어 연명하면 오래 버틸 수 있습니다."

저거야말로 농담이었다.

「싫어! 절대로 싫어!」

뮤리가 어린애처럼 외친다. 물론 나도 동의한다.

"그건 안 됩니다. 절대로."

"반대 입장이라도 같은 말씀을 하시겠습니까?"

그러면서 나를 똑바로 쏘아본다.

만일 내가 가련한 신의 어린양이 아니라 거대한 양이었다면. 어미 새가 새끼를 지키듯 내가 희생하여 누군가를 구해 낼 수 있다면.

그렇다면 어떻게 할까.

제기랄, 신을 원망했다.

똑같이 하겠지.

"…하지만, 그래도…."

"따지고 보면, 제가 끌어들인 일입니다."

침묵이 내린다.

일각의 여유도 없는 상황에서 시간만이 흐른다.

불길은 점점 심해진다.

"그럼."

하고 일레니아가 일어섰다.

아무 말도 못 하고 그 모습을 눈으로 좇는 수밖에 없었다. 뮤리가 울부짖듯이 무슨 말을 하고 있었으나 전혀 들리지 않았다. 원래 사람이든 늑대이든 살기 위해 양을 먹지 않느냐고, 약아빠진 이성이 그런 억지를 속삭인다. 이런 상황에서 살아남을 수 있을지도 모른다는 유혹에 질 것만 같다.

안 된다. 도저히 용납될 일이 아니고, 동시에 거절하기도 괴로운 결단이었다.

하지만 일레니아는 헛되이 죽고, 불에 타 죽는 뮤리를 지켜보겠단 말인가? 그거야말로 아무 의미도 없는 짓 아닌가?

이성과 감정이 불길에 싸여 머리가 돌아 버릴 것 같다.

뭔가, 뭔가 돌파구는 없는가. 이곳은 신이 사는 집이 아니었던가?!

"으음, 저기, 잠시 눈길을 돌려 주시면."

수줍어하는 일레니아에게서 역시 젊음을 느낀다. 바다 저 끝에 신대륙이 있다고 정말로 믿어 버리는, 그런 순수함이 있다 해도 전혀 이상하지 않았다.

여기에서 눈길을 돌리면 일레니아의 말을 받아들이는 셈이

된다. 검으로 저 배를 가르고, 우리는 살아남는다. 몸을 움직이려 해도 움직여지지 않는 것은, 죽음을 목전에 두고 시간이 늘어지고 있기 때문인가.

그 직후, 충격으로 시야가 흐려지고, 바닥에 쓰러진다.

늑대인 뮤리에게 떠밀려 넘어졌다.

「일레니아 씨, 내 발톱과 이빨이 더 날카로워.」

뮤리가, 말했다.

"예."

바닥에 쓰러진 채 저항도 하려 들지 않은 것은, 이것이 모두에게 최선의 선택지이기 때문이라는 걸 머리로는 알고 있어서인가.

뮤리의 발톱이 아프리만치 어깨를 누른다. 그러지 않으면 내가 일어설 것으로 확신하듯이.

바닥에 쓰러져 눌린 채 생각한다.

북방 도서지역에서도 신은 기적을 보여 주지 않았다.

현실에서 싸우는 것은 옛 시대에 신으로 모셔지다가 그 후에 까맣게 잊힌 이들뿐이었다.

신앙의 무력함에, 우직하다는 자각이 있는 나조차 불살라 버리고 싶은 분노가 치민다. 전해지지 않을 것을 알면서도, 아무 일도 일어나지 않을 것을 알면서도, 그럼에도 기대하듯, 천사가 구원의 손길을 내밀어 주지 않을까 하고 불길을 바라보

며….

"어?"

머리를 들어 그것을 보았다. 어깨에 발톱이 파고드는 것도 개의치 않았다.

「오라버니, 제발. 일레니아 씨의 뜻을 헛되게 하지 말아 줘.」

뮤리의 애원하는 음성에도 돌아보지 않고 오직 그것만을 바라보았다.

"뮤리."

「오라버니!」

초조한 음성에 이번에는 나도 또렷이 대답했다.

"뮤리, 저것을!"

방구석을 가리켰다. 거기 있는 것은 지극히 평범해 보이는 천. 두껍고, 다소 딱딱하고, 묘하게 무거운 천이다. 성 넥스의 천이라 불리는 것과 같은 천.

동물의 털도, 식물의 섬유도, 곤충의 실도 아니다. 슬라이는 금속이 아니겠냐고 했다.

무엇이든 상관없다.

저 천은 불길에 싸이고도 전혀 타지 않았다.

「…뭐야, 저거… 왜, 안 타?」

뮤리도 성 넥스의 천을 보고 의아하게 중얼거린다.

"뮤리, 저 천을."

거듭된 말에 뮤리가 기세에 눌린 듯 내 어깨에서 발톱을 뗀다. 그러나 여전히 곤혹스레 나를 바라보고 있기에 단호하게 말했다.

"저 천을 가져와요."

뮤리가 달려가 입에 물고 이내 돌아온다. 내 앞에 천을 내려놓고도 의아해하고 있었다.

「전혀⋯ 뜨겁지 않아. 금속이랬지? 정말 금속이야?」

쇠 종류가 금세 뜨거워지는 것은 어린애도 안다.

자신의 목숨을 내놓으려던 일레니아도 기가 꺾인 듯이 천을 본다.

"숨겨져 있는 문을 열었을 때 이 천이 덮개로 쓰이고 있었지요."

성유물의 가장 큰 적은 무엇인가. 아니, 수호성인 성 넥스를 모시면 어떤 이익이 있다고들 하지? 실은 끊어지지 않고, 천은 벌레 먹지 않고, 그리고.

"불이 나지 않는다."

이것은 진짜 성유물이다.

등줄기에 소름이 돋고, 눈물이 터질 것만 같았다.

"이것은⋯ 이것은, 신의 가호입니다!"

그 천을 손에 쥐고 확인한다. 탄 곳 하나 없이, 뮤리 말대로 뜨겁지도 않다. 장식으로 다른 성유물 위에 덮어 놓았던 게 아니다.

"덮개로 써서 안에 숨는 방안을 쓰도록 합시다."

우뚝 서 있는 일레니아와 뮤리를 보고, 말했다.

"단, 다 함께 살아남는 겁니다."

성유물이 있던 비밀 구덩이를 슬라이 일행이 탐욕으로 더 크게 파 놓았다.

다행히 일레니아와 뮤리는 둘 다 몸집이 작고 가냘프다. 셋이서도 어떻게든 들어갈 수는 있을 듯한데, 문제는 구덩이가 가로로 긴 절구 모양이라는 점이다.

"일레니아 씨, 엎드리면 안 돼! 오라버니는 엎드려!"

밑부분이 좁아져서 한 사람만 누울 수 있다. 뮤리와 일레니아는 둘 다 가냘프니 아래에서 사람 둘의 체중을 받았다가는 그로 인해 압사할 수도 있다.

결국 내가 밑, 뮤리와 일레니아가 위가 되기로 했는데, 뮤리는 이 마당에 이르러서도 그런 말을 한다. 좁은 곳에서 다른 이성과 붙어 있으면 무슨 일이라도 날 줄 아는지.

"일레니아 씨에게도 실례예요…."

어이없어하며 말했으나, 뮤리가 올라타는 바람에 말을 잇지 못했다.

"시, 실례하겠습니다."

일레니아도 주저주저하면서도 내 위에 오른다. 만에 하나 성

310

인의 천으로도 불을 피하지 못하게 되면 둘 다 털가죽으로 어떻게든 하겠다면서 기어코 두 사람이 위가 되었다.

두 아가씨의 무게를 등으로 느끼며 성인 남자가 제일 안전한 곳에 있는 것에 심경이 복잡했다. 신은 마침내 불쌍한 어린 양에게 기적을 보여 주셨으나, 그 안전(案前)에서 두 아가씨를 올라 태운 이 파렴치한 꼴을 필사적으로 변명하듯 신께 기도를 연신 바쳤다.

그러자 등에서 뮤리가 킥킥댄다.

"…왜요?"

하고 묻자, 뮤리가 코웃음을 치고는 이렇게 말했다.

"으응? 불이 꺼지면 저놈들을 모조리 물어뜯어 버릴 게 기대돼서."

죽음을 앞두고도 조신하게.

확실히 내가 그렇게 말했지만, 지금은 불도 통하지 않는 성인의, 그 천으로 덮개를 한 구덩이 속.

설마하니 신인들 이곳에서는 귀를 세우지 않겠지.

"적당적당히 해요."

"예에."

일레니아가 그런 대화를 듣고는 키득키득 웃는다.

데자레프 시에서는 온갖 것이 현기증이 날 만큼 양상을 바꿔 우리를 농락했다.

하지만 흙은 흙, 먼지는 먼지로 돌아간다. 진실은 반드시 그 진실한 모습으로 돌아간다. 흔들리려던 나의 신앙도 모습을 되찾았다.

불은 여전히 타고 있으나, 우리의 앞길 또한 희망을 이은 듯했다.

종 막

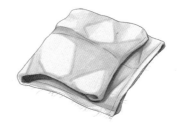

불은 한밤중이 되니 꽤 잦아들었으나 오산이 있었다. 여열을 생각지 못한 것으로, 빵 굽는 화덕도 장작이 다 탄 후의 열로 빵을 구울 정도이니, 온도는 그리 쉽게 떨어지지 않는다.

성인의 천이 직화와 열은 차단해 주었지만 우리가 숨어 있던 구덩이를 에워싸듯 밀려드는 열까지 막지는 못했다. 조금만 더 구덩이 안에 있었으면 찜이 되거나 갈증에 쓰러졌을지도 모른다.

그렇게 되지 않은 것은, 방구석 나무 선반의 잔해 같은 것에서 아직 연기가 나고 있는 무렵, 보물창고의 입구가 열렸기 때문이다.

즉시 흘러든 차갑고도 신선한 공기를 가슴 가득 들이마실 새도 없이, 벌떡 일어난 뮤리가 당장에 늑대로 변신해 뛰쳐나갔다. 우리가 비틀대며 보물창고 밖으로 나갔을 때는 대부분을 쓰러뜨렸고, 마침내 따라잡자 제단 밑에 숨어 있던 남자를 있는 대로 위협해 끌고 나오는 참이었다.

일레니아와 내가 기절한 사람들을 다 묶고 나자 총 여덟 명. 장본인인 슬라이는 상관으로 돌아갔을 거라 생각했는데 보물창고 입구 바로 앞에 있다가 일착으로 뮤리의 세례를 받았다.

그 점에 다소 놀라기는 했는데, 쓰러져 있는 슬라이의 눈 밑에는 큼지막한 그늘이 져 있고, 얼굴도 어젯밤과 딴판일 만큼 여위어 있었다. 오히려 우리보다 더 불안한 하룻밤을 보낸 것 같다.

비밀리에 빠져나갈 구멍이 있어서 지금쯤 시내로 도망친 게 아닌지 노심초사했을 수도 있고, 어쩌면 죄의식에 시달렸는지도 모른다. 그런 생각이 든 것은 뮤리가 기막혀할 만큼 착해 빠진 공상에서가 아니라, 슬라이 옆에 펼쳐진 채 뒹구는 성전 때문이었다.

숨어 있는 자, 도망친 자가 없는지를 뮤리가 확인한 후로 대성당에 딸린 취사장에서 물병을 발견해 차가운 물을 마셨다.

아, 살았다. 그제야 비로소 마음이 놓였다. 안도한 나머지 주저앉아 입도 벙긋하지 못한 것은 일레니아도 마찬가지였으나, 뮤리만은 달랐다.

슬라이 일행이 가져온 먹을거리를 발견하자마자 양팔로 끌어안고 서둘러 어디론가 가려 한다. 의아하여 뮤리를 부르자 아직 뜨거운 보물창고의 돌에 달걀, 소금 친 고기, 빵을 구워 오겠단다. 성당 천장의 창에서 희미하게 서광이 들고 있으니 이른 아침밥을 먹으려나 보다.

이젠 화를 낼 기력도 없어 뮤리를 보냈다.

그리고 아침밥보다도 고심해야 할 일이 있었다. 이후의 뒤처리다.

포박하여 작은 방에 가둬 둔 슬라이 일행을 어찌할 것인가. 보물을 훔친 범인으로 참사회에 넘기는 게 상식이겠으나, 그냥 그렇게 해도 될지 염려스러운 점이 있었다.

그러고 있는데 대성당 문을 두드리는 소리가 울려 심장이 철렁했다.

뮤리는 지하 방에 가 있다. 달리 의지할 사람도 없어 일레니아를 쳐다보자, 일레니아가 대성당 정문 쪽으로 향하며 고개를 갸웃한다.

"…물고기?"

그렇게 중얼거리는 말에 짚이는 게 있었다. 서둘러 회랑을 달려가 문을 열자, 예상한 대로 오텀이 서 있었다.

"뭐야, 무사했군."

머리며 수염에서 물을 뚝뚝 흘리며 푹 젖은 오텀이, 어깨에 앉은 커다란 새에게 눈길을 준다. 매처럼 생긴 새가 삐이이 날카롭게 울었다.

"불에 타서 죽을지도 모른다기에 산더미처럼 물을 마시고 왔더니."

어디까지 진심인지 모르겠으나 사정은 대충 파악됐다.

"지하실에 갇혔고, 불이 난 것도 사실입니다. 신의 가호로 무사했습니다."

명색이라도 수도사를 자처하는 오텀이나, 무뚝뚝하게 어깨를 으쓱이기만 했다.

그런 후 우리를 태워 죽이려 한 불로 만든 아침밥을 신나게 먹는 뮤리까지 끼워 어젯밤 사건을 대충 설명했다. 오텀은 슬라이 일행의 처우에 관해 외딴 작은 섬에 버리고 온다는 불온한 제안을 했다. 버린 후에는 어디로 달아나든 그들의 자유라면서.

달아날 수가 있다면, 이라는 주석이 붙었지만 오텀의 제안은 그나마 온건한 축이다.

왜냐하면 그들은 자기네 죄를 남에게 뒤집어씌워 죽이려 했을 뿐 아니라, 대성당의 보물을 훔쳤다. 참사회로 끌려가면 아무리 발버둥 쳐도 교수형을 면치 못한다.

죄를 지었으니 벌을 받아 마땅하지만, 슬라이가 밤새 성전을 읽었을 것을 떠올리면 이성을 잃은 끝의 폭거였으리란 생각도 든다. 그뿐 아니라 슬라이가 범인이라는 게 알려지면 데자레프에서 데바우 상회의 평판도 땅에 떨어지고, 데바우 상회 전체에 불똥이 튀지 말란 법도 없다. 그것은 삼가야 했다.

그렇다고 무죄 방면은 있을 수 없다.

뮤리와 일레니아는 오텀의 제안에 찬성하면서, 온정을 베풀려는 나를 보며 어이없음과 비난이 반반 섞인 눈빛이었으나, 내게는 더 나은 방안이 있었다.

그것을 설명하자 뮤리는 어리둥절해했으나 일레니아와 오텀은 오히려 전율했다.

"그대는 때로 참 잔혹해."

"저도, 그건….."

둘의 반응은 과장이다 싶고, 외딴 작은 섬으로 유배되는 것보다야 훨씬 유익할 것이다.

그렇게 주장하자 더 이상의 반론은 나오지 않았다.

하지만 한 가지 문제가 있었다. 이 제안에는 오팀과 새의 협조가 꼭 필요했다.

새는 뮤리에게 기름이 뚝뚝 떨어지는 소금 친 고기를 받아 먹고 회유된 듯했으나, 오팀은 무뚝뚝하게 이렇게 말했다.

"나는 그대에게 빚을 배로 갚은 거라 여겨도 되겠나."

그러자 빵에서 삐져나온 달걀구이를 후루룩 들이마시듯 먹고 있던 뮤리가 입술에 붙은 노른자를 할짝 핥으며 오팀에게 웃음 짓는다.

"모자라는 만큼은 내가 구멍을 파러 갈 테니까 오라버니를 도와주면 좋겠어."

북방 도서지역에서 사람들의 생활을 떠받치는 것은 탄광이고, 뮤리의 코와 발톱이면 새로운 광맥을 또 찾아낼 수 있다.

오팀은 잠시 손익의 저울을 바라본 후, 체념하듯 한숨지었다.

"…하는 수 없군."

"잘 좀 부탁드립니다."

어제부터 내내 부려지고 있는 오팀과 새의 출발을 배웅할 무렵에는 수평선에서 해가 얼굴을 내밀려 하고 있었다.

"후아~암. 배가 부르니까 잠이 오네."

절경을 앞에 두고 늘어지게 하품을 하더니 뮤리가 꼬리를 파닥였다.

"오텀 님 일행이 돌아올 때까지 시간이 있을 거예요. 잠시 쉽시다."

밤새 불타는 방 안에 있었기에 물론 한숨도 자지 못했다. 이미 꾸벅꾸벅 졸기 시작한 뮤리의 몸을 껴안다시피 하며 성당으로 돌아가려 했다.

그러다 우뚝 멈춰 선 것은 일레니아가 바다를 바라보는 채로 꼼짝하지 않았기에.

그것도 해 뜨는 동쪽이 아니라, 해 지는 서쪽을 보며.

"서쪽 끝에 있는 대륙에 나라를 세운다는 이야기 말입니다만."

자신도 놀랐을 만큼 불쑥 튀어 나간 말이었다.

"그건 어디까지 진심입니까?"

품 안에서 녹아내리던 뮤리의 몸이 이내 경직된다.

서쪽 바다를 바라보는 일레니아의 얼굴은 그을음으로 반쯤 시커멓다.

우리를 돌아보는 얼굴 표정이 의아하다.

"왜요?"

"볼란 상회에서 일하고 있지요?"

바닷새 두 마리가 바람을 타고 곶 아래에서 날아올라 순식간에 공중으로 사라진다.

"그렇, 습니다만, 그게 왜?"

"에이브 볼란 씨와는 오랜 지인입니다. 볼란 씨가 잃은 작위를 되찾으려고, 당신은 왕자에게 가세하려 한 것 아닌지요?"

일레니아의 눈이 휘둥그레진다.

하지만 그 후에 보인 것은 곤혹스러운 웃음이었다.

"그런 생각이 없었다, 고는 말 못 합니다만… 볼란 님은 작위 따위는 원하지 않으십니다."

물론 말이야 어떻게든 할 수 있다. 결국엔 일레니아의 말을 믿느냐 마느냐에 달렸지.

그리고 품 안의 뮤리는 믿어야 한다는 투로 내 팔을 꼬집는다.

기세에 눌린 것은 뮤리 때문이 아니다.

일레니아가 되레 도전하는 눈빛으로 이쪽을 보며 대담한 미소를 지었기 때문이다.

"왜냐하면 볼란 님은 서쪽 끝에 우리의 나라가 세워지면 그곳과 인간 세계 사이의 무역을 독점하실 생각이니까요. 그분은 돈벌이를 위해서만 움직입니다. 제게 협조해 주신 것도 연민에서가 아니라 금화 때문이지요. 작위처럼 소소한 것으로는 기뻐하시지 않아요."

일레니아는 자신의 주인이 젊음을 되찾을 만큼 큰돈을 벌고 싶다고 했었다.

주인 못지않게 양가죽을 뒤집어쓴 늑대 같다.

그러다가 아니, 아니지, 하고 생각을 바꾼다.

"당신은 양가죽을 뒤집어쓴 양이로군요."

눈이 동그래진 일레니아가 모호하게 웃는다.

"칭찬인가요?"

"저는 앞으로 양 같다는 말을 들어도 자랑스럽게 여길 겁니다."

일레니아는 간지러운 듯이 웃었다.

"저는 잠시 더 경치를 바라보겠습니다. 두 분은 먼저 들어가 쉬세요."

배려에서 하는 말이 아니라는 것은 도전적인 웃음을 보면 명확하다.

내 말을 못 믿겠으면 그냥 지켜보기나 하라는 거지.

품 안의 뮤리는 이젠 거의 내 팔을 물어뜯을 기세였으나, 오히려 끌어안은 팔에 더욱 힘을 준 뒤 이렇게 말했다.

"그럼 그리하도록 하지요."

물론 일레니아는 놀라지도 않는다. 담담히 웃고, 고개를 갸웃하듯 끄덕였다.

뮤리를 재촉해 성당으로 돌아갔으나, 뮤리는 한동안 기분이 별로였다.

일레니아를 의심했던 것 때문이기도 하겠지만, 우리 둘이 나눈 대화 이면에 어떤 의미가 들어 있던 게 마음에 들지 않았나 보다.

뮤리가 어떤 점에서 질투를 하는지도 점점 알 것 같다.

"내가 잠든 새에 어디 가면 안 돼."

"그래요, 알았어요."

뮤리는 하고 싶은 말이 아직 남아 있는 듯했으나 뿌루퉁한 얼굴인 채로 나를 껴안고 눈을 감았다. 순식간에 새근새근 숨소리가 나고, 이쪽도 지쳐 있기는 마찬가지다.

금세 의식이 가라앉았고, 다음에 눈을 떴을 때는 목적했던 인물이 눈앞에서 쓴웃음을 짓고 있었다.

"참 오랜만입니다. 면학은 잘되고 있습니까?"

긴 수염에 언행이 차분하고 노령으로 보이는 인물은, 여전히 졸고 있는 뮤리를 보자 호호할아버지처럼 눈을 가늘게 떴다.

"죄송합니다. 먼 길을 와 주셔서 고맙습니다, 힐데 씨."

이내 자세를 바로 하자, 뮤리도 그제야 눈을 뜬다.

오텀과 새에게 부탁해 대륙에서 데려온 이는 북방 지역 일대에 세력을 확장하고 이제는 태양 은화라 불리는 통화를 찍어낼 정도의 대상회이며, 우리 여행의 뒤를 봐주고 있는 데바우 상회의 장부를 관리하는 대상인, 힐데 슈나우였다.

일레니아는 상인으로서 물론 힐데의 이름은 알고 있었지만,

사람이 아니라는 점에 놀라워했다. 힐데는 작은 토끼의 화신으로, 크기가 작은 점도 있어 새와 오텀의 연대로 데바우 상회 본점에서 이곳으로 데려오게끔 했다.

"이야기는 오는 도중에 들었습니다. 저를 부른 것은 올바른 판단입니다. 왕년의 로렌스 씨가 떠오르는군요."

슬라이 일행을 가둔 방을 쳐다보며 힐데는 그렇게 말했다.

"데자레프 상관의 수익이 하도 좋아 이상하다 싶어 눈여겨보고 있던 참입니다. 빼돌리기, 요컨대 밀수 같은 좋지 않은 짓을 하고 있는 게 아닌지 조사하고 있었는데, 설마하니 대성당에서 절도를 했을 줄이야."

힐데는 한숨을 짓고 머리를 절레절레 저었다.

"저들의 처리는 제게 맡기세요. 참사회에 데려가도 교수형이 고작이겠지요. 훔친 보물의 행방을 실토하게 한 뒤, 그 후로는 변제를 위해 감시하에 일을 잔뜩 시킬까 하는데, 어떠십니까?"

나는 물론 찬성이지만, 일레니아와 오텀은 여전히 내키지 않는가 보다.

둘의 태도에 의아해하고 있자, 힐데가 어깨를 들썩이며 웃었다.

"안심하십시오. 광산에서 죽을 때까지 일을 시키지는 않을 겁니다."

"엇."

갤리선의 노잡이와 쌍벽으로 가혹한 일로 손꼽히는 것이 광산 일이다. 사슬에 묶여 폐병과 낙반 사고를 두려워하며 일하기보다는 차라리 섬에 버려지는 게 낫다.

오텀과 일레니아는 매우 관대한 심성의 소유자들이었던 거다.

뮤리의 의견만 남았는데, 우리를 태워 죽이려던 불로 만든 아침밥을 먹고 있다가 관심 없는 투로 어깨를 으쓱였다.

그렇다면 이제 한 건 낙착인 모양이다.

한숨을 돌리고 있자 힐데가 바람에 실려 감도는 탄 냄새에 얼굴을 찡그리며 이렇게 말했다.

"그런데, 저런 곳에 갇힌 채 불까지 놓였는데 어떻게 무사하셨는지?"

신기해하는 힐데의 물음에 퍼뜩 생각이 났다.

"성유물의 가호입니다. 진짜 성유물이에요."

우리의 목숨을 구해 주었는데 까맣게 잊고 있었다. 들어갈 때와 나올 때가 다르다더니. 남 말 할 수가 없겠다.

시간이 꽤 흘렀는데도 열기를 뿜는 보물창고로 황급히 달려가 성인의 천을 꺼내 왔다.

"이겁니다. 성 넥스의 천이 구해 주었습니다."

"호오?"

신의 종복으로서 자랑스레 천을 내보이자, 힐데는 고개를 갸웃한 뒤 천을 쓰다듬고는 느릿느릿 고개를 끄덕였다.

그리고 나를 본다. 미안해하는 눈빛이다.

"콜 씨의 두터운 신앙심은 저도 잘 알지요."

그런 전제를 둔 후, 이렇게 말했다.

"하지만 이 천이 여러분을 구한 것은 성인의 가호가 아닙니다."

엇, 하고 말문이 막혀 있자, 뜻밖에 일레니아가 끼어들었다.

"이 천은 무슨 천입니까? 저도 정체를 도무지 알 수 없었습니다."

뮤리도 의아한 표정이고, 고래인 오팀도 다소 흥미가 인 기색이다.

힐데는 그런 우리를 둘러보고는 기침을 한 번 하고 대답했다.

"광석입니다."

그러자 어리둥절해하던 뮤리가 웃으며 힐데의 팔을 거리낌 없이 툭 쳤다.

"힐데 할아버지, 그런 소리 하면 오라버니가 믿는다니까? 오라버니는 가지 끝에 양이 열매 맺히는 식물이 있고, 그걸로 만든 천이 있다는 말도 믿었을 정도란 말이야."

그 이야기는 면에 관한 속설 중 하나라니까요, 하며 뮤리에게 눈치를 주었지만, 힐데는 싱긋 웃지도 않는다.

"아니, 그것과 비슷한 이야기이고, 믿기지 않는 것도 이해합니다. 그러나 세상이란 곳은 우리의 상상과 신념을 가차 없이 깨부수지요. 이것은 돌에서 나온 것입니다."

힐데의 손에 들린 것은 아무리 봐도 천이다.

하지만 확실히 불에 타지 않고, 열도 전하지 않았다. 보통 천일 리는 없고 금속과도 다르다.

"석면(石綿)이라 불리는 것으로, 광산에서 채취합니다. 데바우 상회의 기둥은 광산이지만, 그래도 이런 품질의 물품은 좀처럼 못 봅니다. 이것을 기적이라 하자면, 확실히 기적 맞습니다. 참 좋은 물건을 보게 되었네요."

힐데는 순순히 감탄한 듯했다.

설마 돌에서 짜낸 천이 있다니. 서쪽 끝에 대륙이 있다는 말을 들은 것 이상으로 충격이다.

이런 게 있을 수 있다면 무슨 일이든 일어날 수 있다.

뮤리로 말할 것 같으면, 놀란 나머지 거의 혼이 나가 있었다.

"그럼 못난 부하들은 제가 인수하겠습니다. 여러분은 일단 시내로 내려가 쉬시는 게 좋겠습니다."

밤새 불타는 보물창고에 있었다. 잠깐 눈을 붙인 정도로는 피로도 풀리지 않는다.

게다가 최후엔 성 넥스의 천의 비밀까지 알게 되어 맥이 탁 풀렸다.

오팀은 거대한 석조건물이 의외로 마음에 드는지 잠시 바라보고 있겠다고 하기에 나와 뮤리, 그리고 일레니아 셋이서 대성당을 나섰다.

바깥 경치는 여전히 절경이었다.

탁 트인 푸른 하늘에 바다 냄새를 품은 바람. 하지만 신비롭게까지 느껴지는 광경 속에도 고기잡이를 나서는 어선, 출항하는 무역선, 부지런히 일하는 항구 사람들의 삶, 유유히 하늘을 나는 바닷새들이 있다.

세상은 놀라움으로 가득하고 변화로 풍부하여 단 하나의 형태로 고정되는 일은 없는지도 모른다.

그렇다면 우리가 움직임으로써 나아지는 부분도 꼭 있겠지.

일레니아가 말하는 서쪽 끝의 대륙이나 클리벤드 왕자를 필두로 한, 교회에 대한 왕국의 진의는 아직 결정적으로 이야기하기 어렵다.

하지만, 설사 그런 사실들이 좋지 않은 방향으로 기운다 해도, 지금이라면 강하게 맞설 수 있을 것 같은 그런 기분이 들었다.

뮤리와 손을 잡고, 그 모습을 보며 미소 짓는 일레니아와 함께 계단을 내려간다.

전방에서 사람이 오는 것을 알아챈 것은 바닷새 무리가 머리 위로 날아간 후의 일이다.

"하보트 씨?!"

얼결에 이름을 부르자, 고심하는 얼굴로 발밑을 보며 올라오고 있던 하보트가 튕기듯 고개를 들었다.

"코, 콜 님?"

그러더니 몸을 덜덜 떨다가 그 자리에서 무너진다.

황급히 달려가자 하보트는 두 손을 모으고 신께 기도를 바치고 있었다.

"돌아오길 잘 했다…. 저는, 다시는 신 앞에 서지 못할 뻔했습니다…."

울 것 같은 얼굴로 중얼거리는 하보트에게 나 역시 물어보고 싶은 게 있었다.

"하보트 씨는 슬라이 관장과 만나셨지요?"

"예."

하보트는 죄를 고백하듯 말을 이었다.

"돈을 받을지, 지금 당장 죽을지 선택하라고 했습니다. 보물 창고의 보물을 훔친 건 그들이지요?"

하보트가 슬라이에게 돈을 받았거나, 최악의 경우 살해되었을 거라는 일레니아의 추측이 옳았다.

"제가 가짜라는 건 이미 알고 있었겠지요. 저항하고, 만일 참사회에 달려갈 수 있었더라도 가짜인 저의 말은 참사회도 귓등으로도 들으려 하지 않을 거라 생각했습니다. 그래서 저는 돈 주머니를 잡았습니다."

고통스레 말하던 하보트는, 그러나 고개를 들었다.

왜냐하면 그는 지금 이곳에 있으니까.

330

"저는 돈을 받았지만, 머릿속은 다른 생각으로 가득했습니다. 나만 저 보물창고를 아는 게 아니다. 그리고 보물이 도난당했다면 보물을 훔친 범인이 있어야 한다. 그들이 어떻게 할지 바로 예상되었습니다. 저는 양치기입니다. 이런 때 누가 죄를 뒤집어쓰게 될지 잘 압니다."

재앙은 언제든 시벽 밖에서 온다.

그리고 나와 뮤리, 그리고 일레니아는 이곳 사람이 아니다.

"이대로 잠자코 도망쳐야 한다고 생각했습니다. 저는 그저 양치기일 뿐입니다. 하지만…."

밤새 고민하며 하보트는 도망치지 못했다. 돌계단을 오르며 고심하던 표정은 자신 안의 정의를 위하여 죽음도 불사할 작정이었기 때문이리라.

초라한 천도 훌륭한 보증과 내력을 적은 종이를 곁들이면 성유물로 팔 수 있다. 그리고 하보트는 가짜이기는 해도 주교복을 입고 몇 년이나 성당에서 지내 왔다.

"당신은 훌륭한 주교님입니다."

그 어깨에 손을 얹고 이렇게 말했다.

"진짜보다 진짜입니다. 제가 증언하지요."

하보트는 나를 바라보며 태양이 눈부신 듯 쓰게 웃었다.

"신께서 어찌해야 할지 보여 주시겠지요. 하지만 저는 임시로 부여된 이 역할을 어떻게든 완수하고 싶습니다."

주교 역할인 하보트가 돌아오면 힐데도 뒤처리가 쉬워질 것이다. 대성당에 데바우 상회를 이끄는 힐데가 와 있다고 전하는 동시에, 하보트가 용기를 내어 성당으로 돌아온 일도 다시금 칭찬했다.

돌계단을 올라가는 하보트의 뒷모습은 당당해 보였다.

이젠 양치기라 해도 아무도 믿지 않겠다.

"거짓에서 나온 참?"

뮤리가 그런 말을 했다.

"그럴 수도 있겠네요."

세상은 아직 살 만하다고, 온화한 마음으로 그렇게 대답하자 뮤리가 손에 힘을 주어 꼭 잡았다.

"그럼, 나도 포기하지 말아야지. 양치기인 사람이 주교님으로, 돌이 천이 될 정도면, 내가 오라버니… 에헴. **오라버니**의 신부가 되는 것쯤, 일도 아니지?"

"……"

오라버니, 라고 두 번 되풀이한 때의 대담한 웃음과 터무니없는 내용에 할 말을 잃고 있자, 일레니아가 곁에서 즐겁게 웃는다.

"뭐, 일단은 목욕하고 넓은 침대에서 자고 싶어! 피곤해."

"제가 빌리고 있는 여관도 괜찮으시다면 바로 방을 잡아 드릴 수 있을 거예요."

"일레니아 씨 방에서 자고 싶다. 좋은 꿈을 꿀 것 같아."

일레니아는 조금 놀란 듯하다가 웃으면서 고개를 끄덕였다.

"오라버니도 그거면 되지?"

멋대로 이야기를 진행하는데, 나는 어린양이고 상대는 늑대이니.

어깨를 으쓱이는 수밖에.

태양은 머리 위에 있고 바닷새는 씩씩하게 운다.

오늘도 내일도 좋은 하루가 되게 하소서, 그렇게 신께 기도드렸다.

3권 끝

◆작가 후기◆

J씨 갑작스러운 연기, 죄송합니다.

이런 사적인 소식에서부터 시작해야 할 만큼 이번에는 원고가 늦어졌습니다. 여러 곳에도 두루 죄송합니다.

『늑대와 양피지』의 앞선 시리즈인 『늑대와 향신료』도 3권은 전혀 플롯대로 진행되지 않아서 당초 등장인물의 연령, 지위를 대폭 바꾸어 머릿속에서 다시 쓰며 고생한 일이 떠오릅니다. 하지만 당시엔 마감은 제대로 지켰던 것 같다…고 생각하는 것은 늙어서인가…. 이제는 전처럼 마감 직전의 막판 분발이 되질 않네요. 『늑대』 시리즈를 초기부터 따라오고 계신 독자 여러분 중에는 수긍하실 분들이 많지 않을까 합니다! 최근 이 시리즈를 접한 젊은 분들은 십 년 후에 다시 읽어 봐 주세요. 꼭 이해가 되실 겁니다. 그리고 저는, 독자 여러분이 십 년 후에도 책꽂이에서 꺼내실 수 있을 만한 책을 만들려고 노력하고 싶습니다.

아무튼 잘 수습되지 않았습니까.

얼마 전, 난생처음으로 TV를 샀습니다. TV를 보지 않는 게

멋지다고 믿던 십 대 때부터 어영부영 살 타이밍을 놓친 채 지금에 이르렀는데, 콘솔 게임이 재미있어 보이는 유혹에 졌습니다(이때까지 게임은 PC용으로만).

그런데 요즘은 엄청 화면이 크고 깨끗하더군요. 유기 EL 디스플레이가 드디어 나와 있고, 조금만 더 하면 미소녀가 화면에서 튀어나오지 않을까 싶더군요. 하지만 하도 깨끗해서 눈이 피곤할 것 같고, 너무 비싸기도 하여 일반으로 했습니다. 하나 더 놀란 것은, 유튜브, 넷플릭스도 볼 수 있잖아요. 사양 설명을 듣는데 그런 단어가 줄줄이 나와서 처음엔 무슨 소리인지 이해를 못 했습니다. 이왕 인터넷 연결을 할 거면 브라우저도 있으면 좋죠. 그러면 리모콘 조작으로는 힘드니, 마우스도 달고, 문자 입력을 위해 키보드도 달고, 내친 김에 이런저런 앱도 동작시키면 좋잖아요? 대박 사업의 예감이! 어째 비슷한 장치를 어디선가 본 것 같기는 합니다만.

여하튼, 종종 전자 대리점에 가면 온 세상이 전진하고 있구나 하며 놀랍니다. AI 이야기도 떠들썩하고, AI에게 소설을 쓰게 하는 작가도 있다지요. 시대를 따라가야 하는데… 하고 초조해지는 요즘입니다. 아니, 시대 이전에 마감 날짜에 늦지 않는 게 중요하죠.

그러니 이쯤에서.

다음 권에서 다시 뵙겠습니다.

하세쿠라 이스나

수르스트뢰밍(surströmming)이라는 북유럽 먹거리가 있습니다. 우리에겐 삭힌 홍어가 있고, 스웨덴엔 수르스트뢰밍—삭힌 청어가 있죠. 통조림 뚜껑을 따는 순간 사람들이 100미터는 도망간다는, 그러나 홍어 마니아가 있듯 스웨덴 사람들은 이 삭힌 청어를 대단히 사랑하고 즐겨 먹는다고 합니다.

난데없이 웬 삭힌 청어 이야기냐 하면, 늑향도 그렇고 늑양도 그렇고 소금에 절인 청어 이야기가 자주 나오잖아요. 그래서 어느 날 문득, 호로도 뮤리도 코가 너무너무 좋은데 어떻게 견디었을까 싶더라고요. 염장 청어를 겨우내 먹어서 질려 하는 모습도 나왔고.

그런데 아, 다행히도 이 삭힌 청어는 15세기 무렵이 되어서야 개발이 되었답니다. 늑향과 늑양의 시대는 그 이전이라 추정해 봅니다. 아무튼 이 수르스트뢰밍이라는 음식의 유래는 청어 절일 소금이 모자라서(여러 가지 것에서 빈곤했던 북유럽) 덜 절여진 청어가 삭았는데 그게 또 맛이 괜찮더라는 우연성 발명이죠. 우리에겐 간고등어, 삭힌 홍어가 있듯이, 유럽인에게는 염장 청어, 염장 대구, 삭힌 청어가 있는 거죠. 어떻게든 열악한 상황에서도 먹거리를 개발해 내는 인간의 의지 만세! 입니다.

예전에 〈피쉬 플래닛〉이라는 K본부의 다큐를 본 적이 있어요. 3편 부제가 '유럽을 바꾼 물고기'였는데 유럽 사람들이 어떻게 물고기를 먹거리로 다량 소비하게 되었으며, 물고기 염장 기술이 대항해시대와 어떤 연관이 있는지를 설명한 다큐였어요. 흥미진진합니다. 중세 마니아이신 늑향/늑양 독자 여러분, 참고도 할 겸 한번 보세요.

그런데 이번 늑양을 보면서 그 다큐 생각이 떠올라 '오오!!' 했습니다. 일반적으로 대항해시대 하면 콜럼버스가 생각나죠? 그런데 영국을 비롯한 저쪽 윗동네 뱃사람들이 콜럼버스 시대 이전에 벌써 청어, 대구 찾아 삼 만 리 하면서 서쪽으로 서쪽으로 진출을 했었다는 설이 있답니다. 유럽의 서쪽 저 끝에는 무엇이 있나요? 예, 거기요. 아시죠, 어딘지?

고백하자면 늑양 3권을 읽으면서 깊은 슬럼프가. 아, 이럴 리가 없는데, 하세쿠라 이스나 작가가 이렇게 지루하게 글을 풀 리가 없는데, 책장이 넘어가질 않아! 하면서 고뇌하다가, 그 부분에서 '오오오오오?!!!!' 눈이 번쩍 했습니다. 어디인지는 본문을 읽고 역자 후기로 넘어오신 분은 아실 테고, 혹여 후기부터 읽는 분들은 어서 가서 본문을 읽으세요. 역자 후기는 그냥 읽어도 그만, 안 읽어도 전혀 무방한 잡글입니다. 어서 가세요.

사담이지만, 개인적으로 저는 삭힌 홍어도 못 먹어 봤습니다. 생선을⋯ 사랑하지 않아요. 가끔 먹기는 해도 역시 생선은 나의 취향이⋯. 저는 고기! 뮤리처럼 양고기! 특히 터키 케밥, 꼬치에 꿴 양고기, 사랑합니다. 예, 원조 케밥 먹으러 터키는 꼭 가 보려고요! 여행의 목적은 음식 아니겠습니까? 경치 구경은 곁다리.

그리고 이번 3권에서 요제프가 말한 왕국 명산품 불타는 증류주. 위스키, 그것도 스카치위스키겠죠. 데자레프의 위치를 보면 스코틀랜드의 어느 항구쯤 되니. 예전에 스코틀랜드 여행 갔다가 우연히 스카치위스키의 본고장인 도시에서 하룻밤 묵게 된 적이 있었습니다. 양조장 투어 같은 것도 있었는데 시간이 없어서 못 본 게 내내 아쉬웠어요. 숙소에도 앙증맞은 위스키가 웰컴 선물로 있더군요. 반가운 것.

늑양 3권을 읽다 보면 영국에서 산업혁명이 일어났을 만하다 싶어요. 그 뭉텅뭉텅한 양털에서 모직물이 만들어지기까지의 공정이 이만저만 손이 많이 가는 게 아니라는 건 콜과 뮤리의 목격담에서도 전해지지만, 실제로 그 뭉텅뭉텅 양털을 깎아서 북슬북슬 털 뭉치를 실로 잣는 것부터가 상상을 초월하는 노동 집약 작업입니다. 양이 제 몸을 깨끗이 관리했을 리가 없으니 온갖 잡스러운 이물질을 일일이 제거한 후에 긴 팽이처럼 생긴 추를 이용해서 뱅글뱅글 돌려 가면서 털을 실로 가늘게 뽑아

냅니다.

저처럼 궁금한 건 못 참는 성격이신 분들은, 바야흐로 전 세계 인류의 지식 창고로 변신한 유ㅇ브를 찾아보세요. 중세식 옷을 입고 몸소 중세식 양털 실잣기를 시연하시는 할머님이 계십니다. 신나는 중세음악과 함께 호로가 언젠가 한 양갈래 머리를 하고 나오시는 바람에 깜짝 했네요. 제목도 정직하게 〈Spin like you're Medieval〉 중세 때처럼 실을 자아 봅세.

아무튼 그런 추를 이용해서 그냥 막, 시간을 막, 노동력을 막 쏟아부으면 나오느니 기껏 한 가닥의 기다란 실. 다시 이 실 두 가닥을 또 다른 추를 이용해서 꼬아 내면 우리가 보는 털실의 배배 꼬인 모양이 나오는 거죠. 중세엔 이것도 별수 없이 수작업으로! 아, 이러니 청어에 소금 팍팍 뿌려 염장 청어로, 소금 모자라면 삭힌 청어로라도 만들어 돈을 벌던 똑똑한 인간들이 가만있었을 리가 있나요. 대량생산은 곧 떼돈! 이 공식은 동서고금 어디에나 적용되는 진리인 것을. 수작업에서 물레로, 물레에서 방적기로 인간 지혜의 혁명은 한도 끝도 없는 거죠. 이런 의미에서 4차 산업혁명이란 것에도 은근 기대가. 인간은 노동을 하러 태어난 게 아니라, 세상을 즐기고 놀려고 태어난 겁니다. 맞죠?

이만 진정하고, 등장인물에 관해 몇 마디 덧붙이자면,

오텀 님은 진정한 의미의 성직자. 긍휼을 몸소 실천하고 있으십니다. 등장할수록 감칠맛 상승 중이십니다.

콜, 너의 단점은 억측이 심한 데 있는 게 아니라, 상인답게 앞뒤를 꼼꼼히 따지다가 아차 하는 로렌스와 달리, 앞뒤 따질 새도 없이 사태가 휘리릭 진행돼 버려서 늘 버스 떠난 뒤에 손 흔드는 양상이 반복되는 데 있다고 본다. 진정 위험하다, 너의 위상.

뮤리는 마성의 소녀 맞아요. 늑대가 웃으면 고래도 춤을 춥니다. 매, 양, 토끼 할 것 없이 모조리 사로잡아 버리는 무시무시한 숲속의 패자.

그럼 저는 4권에서 다시 뵙겠습니다. 장대한 스케일의 모험담을 기대하면서.

역자 박 소 영

늑대와 향신료의 새로운 이야기

늑대와 양피지 [3]

————

2019년 7월 10일 초판 발행

저자 하세쿠라 이스나 | **일러스트** 아야쿠라 쥬우 | **옮긴이** 박소영
발행인 정동훈
편집 팀장 황정아 | **편집** 노혜림
발행처 (주)학산문화사 | 서울특별시 동작구 상도로 282 학산빌딩
편집부 02.828.8838(전화). 02.816.6471(팩스) | **영업부** 02.828.8986(전화). 02.828.8890(팩스)
홈페이지 www.haksanpub.co.kr | **등록** 1995년 7월 1일 | **등록번호** 제3–632호

————

WOLF ON THE PARCHMENT Vol.3
ⓒISUNA HASEKURA 2017
First published in Japan in 2017 by KADOKAWA CORPORATION. Tokyo.
Korean translation rights arranged with KADOKAWA CORPORATION. Tokyo.
through Korea Copyright Center Inc.
이 책의 한국어판 저작권은 일본 KADOKAWA CORPORATION과의 독점계약으로 (주)학산문화사에 있습니다.
저작권법에 의해 한국 내에서 보호를 받는 저작물이므로 불법 복제와 스캔 등을 이용한
무단 전재 및 유포·공유 시 법적 제재를 받게 됨을 알려드립니다.

————

ISBN 979–11–348–1436–6 04830
ISBN 979–11–256–9364–2 (세트)
값 7,000원

※이 책에는 수량 한정 부록이 들어 있지 않습니다.

늑대와 향신료 20

하세쿠라 이스나 지음 | 아야쿠라 쥬우 일러스트

호로와 로렌스의
언제까지나 행복할 이야기!

온천객들로 떠들썩하던 짧은 여름이 가고 온천여관 '늑대와 향신료'도 온화한 한때를 맞았다. 첩첩 산으로 둘러싸인 뇨히라에서 가을의 미각을 즐길 생각에 평소보다 더 기운이 넘치는 호로와 어이없는 표정의 로렌스. 산행을 마치고 바구니 한가득 담은 수확물과 함께 돌아오니 가게 앞에 사람 여럿이 서 있다. "글쎄, 잘 모르겠지만, 온갖 짐승내가 나네." 비수기에 온천여관 '늑대와 향신료'를 찾아온 진귀한 손님들의 목적은…?! 새로 쓴 단편 「늑대와 수확의 가을」을 비롯해, 전격문고 MAGAZINE 게재 단편 네 편을 담은 온천여관 이야기 제3탄.

(주)학산문화사 발행

WORLD END ECONOMiCA
월드 엔드 이코노미카 3

하세쿠라 이스나 지음 | 우와츠키 히토시키 일러스트

청춘×월면×금융!
하세쿠라 이스나가 시나리오를 쓴
동인 비주얼 노벨 대망의 완결!!

거대 기업 아발론의 부정행위를 폭로하고 '달의 영웅'으로서 바쁜 나날을 보내던 하루. 그러나 언제나 머릿속을 스치는 것은 하가나의 모습이었다. 정체되어 있는 하루의 마음과는 상관없이 월면도시에는 지금까지 없었던 전대미문의 부동산 붐이 일어난다. 하루는 소년 시절부터 꿈이었던 전인미답의 땅을 밟기 위해, 그리고 하가나를 되찾기 위해 일생일대의 승부에 나선다! 소년의 못다 꾼 꿈의 행방은…?!

(주)학산문화사 발행